W0365505

Ils étaient de leur village…

DU MEME AUTEUR

Chez Jean-Cyrille Godefroy :

La guerre en sabots
Brigands et sorciers d'autrefois
Les gagne-misère (2 tomes)
Petits métiers oubliés
Ils étaient de leur village...

GÉRARD BOUTET

Ils étaient de leur village...

**Un livre écrit
avec la complicité de
Auxile Rousseau (93 ans),
Sarah Simon (87 ans), Luce Gréjon (85 ans),
Athos Siguret (84 ans), Paul Boucher (81 ans),
Robert Hiault (81 ans)
et Henri Guenordeau (75 ans).**

Jean-Cyrille Godefroy

12 rue Chabanais
75002 Paris
ISBN 2-86553-071-X

Les enfants des enfants sont la couronne des vieillards,
Et les pères sont la gloire de leurs enfants.

PROVERBES (Chap. 17, *6*)

A Édouard, le grand-père,
et à Julien, le petit-fils.

«De quel village étaient-ils?». C'est une question qui nous est souvent posée à propos des deux vieillards représentés en couverture. Leur arrière-petit-fils Norbert Chevé et Mme Roland Raimbert, sa lointaine cousine de Chartres, nous apportent les précisions demandées.

Le bonhomiot se nommait Pierre-Romain Delatouche. Né dans l'autre siècle, le 9 août 1827, il se maria le 5 juin 1848 avec la fille de feu Henri-Maximilien Challet et de Victoire Marie-Aimable Peigné, prénommée Marie-Césarine, laquelle se trouvait déjà *en possession avant mariage d'un enfant naturel, Césarine-Émilie-Élise, née le 22 juillet 1847.* Le couple eut par la suite trois autres enfants : Charles-Fulgence, né le 24 janvier 1850 ; Gustave-Désiré-Aspire, né le 21 février 1852 et Valentine-Marthe, née le 22 juillet 1859. Au soir de leur vie, compagnons de tous les jours, les deux bons vieux, usés par la besogne, posèrent côte à côte devant un photographe de passage, et cela sans aucune simagrée.

M. Norbert Chevé ajoute que sa mère, Yvonne Gérondeau, appelait toujours le bonhomme — son grand-père — «Papa Romain». Celui-ci gardait la réputation d'avoir été, dans son jeune temps, «un bon vivant et un dur». Il exploitait une ferme de six chevaux sise au centre de Corancez, un village de la Beauce chartraine.

Préface

*«La terre de Beauce, dense et grasse sous le soc, est assez féconde pour nourrir l'inspiration de ses poètes», disait Gérard Boutet l'été dernier, en saluant la réédition des poèmes de Maurice Hallé, le clos-cul d'Oucques-la-Joyeuse, son compatriote et devancier, comme Hallé avait été le cadet et l'*alter ego *de Gaston Couté. Car c'est toujours de la même terre de Beauce qu'il s'agit, d'une «Petite Beauce» d'ailleurs, mâtinée de Val de Loire et de Sologne, au sein d'un terroir dont la diversité s'affirme et se réunifie tout naturellement dans son histoire.*

De cette histoire, Gérard Boutet est passionné. Il s'étonne quelque part, dans les pages qu'on va lire, de ce qu'un homme de sa génération, jeune encore, s'intéresse à ce passé qu'une tumultueuse actualité précipite si vite dans le néant. Oui, cela peut surprendre dans notre temps d'accélération et de métamorphose. Mais dans ce retour, dans ce recours aux sources, il ne faut pas voir une fuite ou une nostalgie. Il faut y voir au contraire le signe d'une ardente curiosité et même d'une vitalité novatrice. Ce que de jeunes maîtres à penser (et à étonner) méprisent et condamnent comme «rétro», c'était la réalité d'hier, d'avant-hier, une réalité violente ou pittoresque, comique ou tragique, et qui persiste sous le manteau des mœurs nouvelles, derrière le nouveau visage des choses, des paysages et de la vie.

Dans son Catalogue des méfaits et des étrangetés, *qu'il publia l'an passé, et qui rappelle les faits divers de la région au siècle dernier, Gérard Boutet, réunissant des textes parus dans* La République du Centre, *redonnait aux vieilles chroniques du terroir une impressionnante actualité. Le volume que voici rassemble une série d'articles parus au cours de l'année 1978. Le succès de cette lecture fut d'autant plus grand que l'auteur ne se bornait pas à soliloquer au-dessus des grimoires, des documents de bibliothèque, des collections de journaux d'autrefois, ni même des papiers de famille. Il réveillait directement la mémoire des vivants, des survivants, de cette noble phalange des «anciens» qu'il a interrogés, en journaliste, mais aussi en historien, en poète, en humoriste, en philosophe souriant et perspicace, sans pédanterie ni prétention, soucieux d'authenticité, habile à saisir le trait révélateur, l'anecdote significative, l'air et la saveur d'un temps. Il a fait ainsi participer ses lecteurs à son œuvre, enrichie d'une moisson de témoignages, remontant d'une génération à l'autre, pour la restitution, pour la sauvegarde de tout un patrimoine d'événements, de coutumes, de vie vécue.*

Le point de départ de cet itinéraire géographique, historique et humain se situe quelque part entre le Vendômois et l'Orléanais, entre cette Beauce et cette Sologne que relie un ruban bleu de Loire. Mais l'enquête a rayonné d'elle-même bien au-delà, tout comme elle s'est étendue dans le temps, bien avant un entre-deux-guerres déjà lointain, au-delà de la Belle Époque, tout au long du siècle précédent, parfois plus loin encore, dans un passé dont les vestiges ou les résurgences sont cachés à nos yeux, mais prêts à ressusciter, comme ces revenants solognots ou beaucerons rendus par Gérard Boutet à leurs os, à leur chair et à leurs passions.

Il n'y a guère de thème qui ne trouve sa place dans cette encyclopédie d'un terroir. Personnalités et personnages, lieux-dits, métiers et travaux des fermes et des bourgs, moissons et vendanges, préjugés et surperstitions, fêtes et cérémonies, légendes et chansons, religion et politique, tout un cortège d'évocations, comédies et drames villageois, défile ainsi, dans le retentissement de la grande histoire sur la petite, dans le décor d'une nature familière.

Et c'est aussi excitant qu'un roman.

ROGER SECRÉTAIN

Josnes est une modeste commune de la Petite-Beauce ; elle se tient sur le canton de Marchenoir, en lisière du Loir-et-Cher.

On traverse son bourg, sans vraiment le remarquer, lorsqu'on se rend de Beaugency à Vendôme. Les touristes ne s'y arrêtent jamais. Il n'y a rien à voir, rien à visiter, et son unique hôtel est fermé.

Voici une vingtaine d'années, le village de Josnes, qui demeurait prudemment à l'écart des routes nationales, était encore ignoré des Parisiens. Seuls quelques-uns s'y étaient aventurés pendant l'Occupation, alors qu'ils cherchaient du ravitaillement. Sa vocation restait essentiellement agricole.

L'autoroute a chamboulé tout ça, et les résidences secondaires se sont brusquement multipliées. Les masures ont été retapées tant bien que mal. Les agriculteurs durent battre en retraite, sans toutefois céder trop de terrain. Les lotissements n'osent toujours pas semer leurs pavillons dans les champs à blé, mais il est à craindre qu'un jour prochain, si l'on n'y veille pas...

Et si l'Histoire n'a pas souvent daigné s'attarder en ce lieu, cela ne signifie nullement que son petit millier d'habitants ne se rappelle rien du temps passé. La mémoire des gens sans Histoire, des gens simples, sait parfois se montrer fidèle, précise, vivace, à condition qu'on l'attise un peu, comme ces braises qui crépitent sous la cendre dès qu'on souffle dessus. La vie quotidienne des paysans d'autrefois n'a point besoin de la caution d'illustres figures pour qu'on lui consacre enfin ces quelques pages.

Autant l'avouer dès le début : les chapitres que vous allez lire ne sont guère de mon fait. Ce sont avant tout les souvenirs des personnes les plus âgées — remarquez que je n'ai pas écrit : des plus vieilles — de Josnes, un petit village qui s'est glissé voici bien longtemps entre Beauce et Sologne, à seulement une enjambée de Gargantua des rives de la Loire.

Pourquoi avoir choisi ce village plutôt qu'un autre, me demanderez-vous ?

D'abord parce que sa situation géographique lui a permis d'hériter tout à la fois de l'histoire et des traditions beauceronnes et solognotes : Josnes représente donc à ce titre le village du «Cœur de la France» par excellence. Ensuite et surtout, parce qu'il est mon village natal. Toutefois, nous évoquerons largement ce qui se passait dans les communes environnantes et nous ne nous bornerons pas aux seuls finages dudit village. A partir d'un lieu précis, c'est de toute une région dont nous parlerons. Voire du monde rural en général puisqu'on retrouve des éléments communs à toutes les provinces de France.

Ils étaient là, mes anciens de Josnes, tous les cinq, exacts au rendez-vous et casquettés de neuf comme pour se rendre à un événement. Sans eux, je n'aurais rien à vous apprendre aujourd'hui. Ils se sont racontés et je les ai sagement écoutés. Tous les cinq, c'est-à-dire : Auxile Rousseau, 93 ans, le vieux meunier à vent, de surcroît le doyen né natif de l'endroit ; Sarah Simon, 87 ans, ma mère-grand qu'aucun loup n'a voulu dévorer ; Athos Siguret, 84 ans, le grand-oncle qui se louait enfant dans les grosses fermes de la plaine ; Robert Hiault, 81 ans, que les travaux pénibles ont fini par casser ; Paul Boucher, 81 ans, la moustache crânement retroussée ; enfin Henri Guenordeau , 75 ans, le benjamin de la bande, le dernier faiseux de paniers des alentours.

Ils étaient là à revivre leur jeunesse, attablés autour de la chopine et de la galette. Ça a duré deux bons jours avant que tout soit dit de ce temps si lointain, qui ne remonte pourtant qu'à trois générations...

Ont-ils tout raconté ? certainement pas. Comment raconter en quelques heures plusieurs vies, plusieurs siècles de vie — la sienne et celle de ceux d'avant ? Mais le peu qu'ils ont fait revivre, jeunes gens, mérite sans doute qu'on ne l'oublie pas tout de suite. Moins que la sagesse chenue, c'est la mémoire de la terre que nous lèguent ces grands-pères-là. La vision d'un monde qui n'existe plus, qui n'existera plus jamais parce qu'il ne peut plus exister. Un monde difficile à vivre mais qu'ils regrettent néanmoins sans pour cela sombrer dans la pleurnicherie béate des «passéistes». Quoi qu'il en soit, on ne peut plus faire marche arrière, on ne doit pas avancer à reculons. Il n'empêche que cette époque d'autrefois était celle de leurs vingt ans et que l'air du temps avait d'autres senteurs que celles qu'il a de nos jours...

A leur exemple, je ne crierai pas sur les toits que cet ancien temps était si bon que ça. Je me contenterai plus simplement d'évoquer ce que fut le quotidien de nos aïeux afin de n'en conserver qu'une raisonnable nostalgie et, si possible, de vous la faire partager.

Un village comme tant d'autres

Notables et personnages en vue

En ce début du XXᵉ siècle, la commune recensait dans les quinze cents habitants, soit environ trois cents maisonnées (on disait alors les «feux» et non pas les «foyers»).

Elle était administrée par le maire, M. Octave Rabier, et par un conseil municipal composé de treize élus. L'adjoint au maire se nommait Hyacinthe Huet et le secrétaire de mairie, qui était inévitablement le directeur anticlérical de l'école publique, Auguste Pothée. La loi républicaine était incarnée par Alfred Blanchard, garde champêtre, dit plus communément «Titi».

Au premier rang des notabilités venait le notaire Ernest Vivier, dont l'étude employait deux clercs. Le premier clerc se changeait parfois en agent d'assurances.

Autre personnage d'importance : le docteur-pharmacien Eugène Baudron, que secondaient deux sages-femmes.

Les âmes des paroissiens étaient confiées à l'abbé Faix, curé du lieu de 1897 jusqu'en 1925. A ses côtés se tenaient un sacristain, un chantre et un bedeau-sonneur de cloches. Le pasteur Lemaire avait la garde du troupeau protestant.

Au bureau des Postes, vous étiez accueillis par le sourire de Mlle Eugénie, la receveuse. Le courrier était distribué par le facteur Halion, dit Bilotte.

Toute la marmaille de la commune s'emplissait la tête de

calcul, de lecture, de morale, de départements et de sous-préfectures dans deux paires d'écoles : l'une pour les garçons et l'autre pour les filles. Au total près de deux centaines d'écoliers, tous et toutes en tabliers noirs, qui entraient par la «petite classe» à cinq ans et sortaient par la «grande» vers douze-treize ans.

Pour la plus grande sécurité de ses concitoyens, le capitaine des pompiers Georges Goujon commandait à deux officiers (un lieutenant et un sous-lieutenant), à trois sous-officiers (un adjudant-chef porte-drapeau, un adjudant et un sergent-major) et à cinquante hommes, tous bénévoles, qui étaient armés de fusils en plus de leur équipement de sapeurs. Le capitaine possédait une épée de commandement.

La commune s'enorgueillissait encore de deux fanfares, la Société municipale et l'Union républicaine, que nous passerons bientôt en revue plus détaillée.

Dans les paroisses voisines...

Grand émoi à Mur-de-Sologne : M. le maire — le poète Paul Besnard — se verra contraint de démissionner parce que son secrétaire de mairie faisait trop de fautes d'orthographe. L'histoire ne précise pas s'il s'agissait du maître d'école... La Sologne élut une autre célébrité littéraire en qualité de premier magistrat : Eugène Labiche, à Souvigny.

Des hauts et des bas : le clocher et les puits

Le clocher était ce qui se remarquait de plus loin dans un village avant qu'on érige les châteaux d'eau, les silos à grains et les relais de télévision. Chaque bourg se groupait autour du sien. Tous variaient de forme, comme pour ne pas se confondre entre eux. Les uns étaient pointus et élancés jusqu'à en piquer les nues ; les autres, pentus et trapus, ne dépassaient guère la hauteur des moulins. Rien qu'en apercevant la silhouette d'un clocher, un vagabond savait sur quelle paroisse il cheminait.

Cette profusion de tours d'église déclencha cependant moins de guerres que ne l'auraient souhaité certains esprits chauvins. On perpétuait évidemment quelque sournoise rancune envers telle ou telle bourgade, par habitude, bien que les centenaires eux-mêmes en aient depuis longtemps oublié la cause ; mais le ressentiment ne dépassait que rarement les convenances. Tout juste ricanait-on à Josnes, en parlant du village voisin de Concriers. Le calembour était tellement facile qu'il en perdait toute nuance de méchanceté...

Vraiment, le clocher offrait d'autres utilités que celle de servir d'étendard aux conflits paroissiaux. Le nôtre était de construction récente puisqu'il ne datait que du siècle précédent. Il avait été bâti sur l'emplacement de l'ancienne église, dont les fondations sont toujours visibles. La place a enterré une seconde fois les morts du premier cimetière : ce n'est pas un hasard si ses tilleuls sont si beaux.

Le clocher donnait maints renseignements sur la vie communale sans qu'aucune notion de religion n'intervienne réellement. Les tocsins, les glas et les carillons qu'il égrenait annonçaient les deuils et les bonheurs, les guerres et les armistices. On disait : «Le glas sonne pour le père Chose, qui n'allait plus très fort ces jours derniers.» Ou encore : «Le tocsin doit être pour la fumée qui s'élève là-bas ; ça serait une grange qui brûle que ça n'étonnerait personne.» On apprenait les détails de l'affaire, plus tard, quand on montait au bourg pour aller acheter son paquet de gris.

Chaque son de cloches avait sa signification. L'angélus du soir indiquait aux charretiers qu'il était grand temps de dételer la charrue. Pendant les moissons, les glaneurs qui l'entendaient s'arrêtaient de ramasser les épis et se signaient en une rapide prière, comme au temps du peintre Millet.

Le clocher permettait encore les plus audacieuses prouesses. On raconte qu'un couvreur serait grimpé avec une échelle de corde jusqu'à son sommet et qu'il en aurait descendu le fameux coq, pour ensuite le trimbaler dans tous les environs. Les bonnes femmes lui offraient qui un canon, qui quelques sous. L'acrobate amateur remonta à nouveau là-haut pour y rejucher le coq, mais il eut quelque peine à ne pas dégringoler car le vin des bonnes femmes, plus que le vertige, lui tournait la tête.

Si les maisons d'un bourg s'agglutinaient autour de leur clocher, celles d'un hameau se serraient autour des puits. On en comptait souvent plusieurs par écart et chaque ferme isolée tirait l'eau du sien. Il n'y a pas si longtemps, la place de l'église possédait encore sa fontaine.

La plupart des puits existaient depuis belle lurette ; les vieux les avaient toujours connus là. Un puits commun abreuvait sept ou huit maisons : celles qui y avaient droit de puisage en étaient les «tirants».

Personne n'entretenait un puits, si ce n'était que faucher les orties qui entouraient son treuil, mais chacun se gardait bien d'en gâter l'eau. Celui qui cassait la chaîne la remplaçait par un trait de charrue. Quand le seau se détachait et tombait au fond, on en rachetait un autre, et tout était dit. Il n'était bien sûr pas conseillé d'y pousser sa femme, à plus forte raison quand celle-ci était une fieffée empoisonneuse. Un malappris le fit pourtant, que je ne nommerai pas, ce qui lui valut la désapprobation générale du voisinage.

Un bon puits équivalait à une véritable source de vie. Les pires sécheresses ne parvenaient jamais à le tarir. On déplorait, hélas ! quelques déconvenues dues aux infiltrations des fosses à purin et des tas de fumier, trop souvent proches d'une margelle. Dans le hameau d'Izy, une nappe fut contaminée à la suite de l'incendie d'une bergerie.

Vers 1920, le puisatier du village demandait douze cents francs pour forer un puits. Il bourrait un trou avec des mines, plaçait les mèches et jetait une poignée de charbon sur tout ça. Quand le puits était suffisamment profond, il prenait soin d'en obstruer l'ouverture avec des planches, cela pour éviter tout accident, jusqu'à ce que les parois et la margelle soient maçonnées. On a rarement vu un puits s'ébouler sur son puisatier.

Un paysan convoqua un jour le sourcier, puis le puisatier : il voulait faire creuser un puits près de sa buanderie. Le puisatier s'apprêtait donc à allumer ses mèches lorsque le paysan lui cria d'attendre un instant.

— Mon voisin est vitrier, expliqua-t-il, et il serait plus prudent qu'il vienne retirer les carreaux de sa buanderie avant que tu fasses péter ton fourbi.

Il appela son voisin vitrier, lequel se mit aussitôt en devoir de démastiquer les carreaux. A la première vitre, crac, mille morceaux. A la seconde, même désastre. Pareillement à la troisième.

— Il vaut mieux que tu arrêtes, se résigna le paysan catastrophé. Les mines ne feront pas plus de dégâts que toi !

Le puisatier alluma enfin ses mèches. Les mines explosèrent dans un vacarme d'enfer. On se tourna vers la fenêtre de la buanderie, anxieux. Aucune vitre n'avait été cassée ! Le mieux est souvent l'ennemi du bien, dit le proverbe...

Les puits furent délaissés en 1948, dès que le château d'eau fut mis en service. Le sous-préfet ne l'inaugura que deux ans plus tard, au milieu d'une mémorable cavalcade.

Les autres points d'eau d'un village d'autrefois étaient les mares, elles franchement boueuses. Les égouts s'y déversaient et les gamins s'amusaient à y pêcher les grenouilles. Elles servaient de réserves en cas d'incendie. Entre-temps, les charretiers y lavaient les paturons des chevaux ; les cochons venaient y farfouiller et les vaches y boire. Quand l'été les asséchait et craquelait leur épaisse croûte de vase, une méchante odeur de pourriture en empestait les abords. Les airs se purifiaient après l'orage ou l'ondée, et les bestiaux pouvaient y revenir patauger.

Dans les paroisses voisines...

Les villages de Courbouzon et d'Herbilly, près de Mer, se livrèrent pendant longtemps une guerre sans merci pour une sombre histoire de... cloche. C'était à qui s'appropriait l'unique bourdon qui existait dans les deux paroisses, d'où des tentatives et des expéditions homériques.

A séris, les angélus marquaient le début et la fin des travaux pour les journaliers.

On couvrait parfois les puits communs soit par un petit toit à deux pentes, en tuiles, soit par une maçonnerie plus imposante en forme de gros obus. La manivelle était toujours extérieure. Une grille fermait la lucarne de la margelle pour éviter que les enfants ne commettent l'imprudence de s'y pencher.

En Sologne et en Berry, une bouteille de vinaigre était toujours déposée à côté des mauvais puits. On vinaigrait en effet l'eau qu'on y puisait afin, paraît-il, de la rendre potable.

Lieux-dits et patronymes

Le territoire communal se divisait en nombreux lieux-dits dont chacun avait sa raison. Les Noues, par exemple, indiquaient une région de parcelles uligineuses et, de surcroît, imbriquées les unes aux autres. Les chemins y étaient rares jusqu'au remembrement récent et le laboureur devait fouler les champs voisins avant d'accéder au sien, ce qui soulevait souvent des problèmes à discorde. Pour éviter ces inconvénients, les paysans étaient quelquefois obligés d'échanger leurs arpents. Là encore, ce n'étaient pas des tractations faciles, chacun s'estimant désavantagé par rapport à l'autre.

Les Échas devaient leur nom à la déformation du mot «échalas» : on y trouvait les bois où les vignerons avaient coutume d'aller tailler des pieux d'acacia. Les Grands-Champs et Les Grands-Riages désignaient un ensemble de parcelles étendues, le riage étant la longueur d'un sillon. La Croix-Rouge rappelait certainement une croisée de chemins qui avait jadis été le décor d'une sanglante rencontre. Les Ouches vantaient la qualité d'une bonne terre, au contraire des Grenouillères qui laissaient supposer des «bouillons» argileux. Les Folies définissaient un coin qui rendait beaucoup, «à la folie» ; paradoxalement, ce nom s'appliquait aussi aux terres ingrates qu'il était folie d'ensemencer.

Le Buisson-Luisant et La Genetière évoquaient une végétation particulière, depuis longtemps déracinée. Le Réteur signalait des terrains qu'un puisard (un réteur) drainait...

Certains lieux-dits s'expliquaient d'eux-mêmes : Le Chemin-Bas, La Maison-Menu, Le Bois-à-César, Le Chemin-des-Aniers, Les Gros-Cailloux, La Haute-Croix, Le Moulin-de-Lorges, La Motte... D'autres en revanche semblent avoir perdu toute signification avec le temps, comme La Pouge. Coïncidence : c'est au lieu-dit Futurville que s'implantera le lotissement communal ! On retrouve la même toponymie en de nombreux endroits.

Aux noms des champs se liaient ceux des hommes. On imagine le croquant d'autrefois rivé à sa terre natale et peu enclin à s'établir ailleurs. Il suffit pourtant de feuilleter les registres paroissiaux pour admettre que nos ancêtres n'hésitaient pas, quand ils le pouvaient, à s'installer au loin dès que la disette ou les troubles perturbaient leur quiétude de jacques, au hasard de l'embauche. L'orthographe des patronymes variait selon l'humeur et la fantaisie du curé qui tenait les baptistaires. Mon nom s'est écrit Bouté, Boutté et Boutay avant de se fixer à ses lettres actuelles.

Nous citons ci-après un extrait du Bulletin paroissial paru en mars 1900, et repris dernièrement dans une circulaire municipale. Les noms qu'il mentionne sont communs dans toute la région et ce document peut intéresser de nombreux lecteurs :

Il est bien difficile de déterminer à quel moment précis chacune des familles de notre paroisse a commencé à y demeurer. Le défaut de documents d'une part, la difficulté de lire ceux qui restent et dont l'écriture est en partie effacée par le temps, rendent cette tâche des plus malaisées. Ainsi les dates signalées ne sont-elles qu'approximatives, et telle famille assignée à une date peut fort bien avoir existé dans la paroisse plusieurs années avant cette date.

En 1139, l'abbaye Notre-Dame de Beaugency avait pour abbé un Jocelin. En 1149, un second abbé, parent du premier, est nommé Guincelin. En même temps, nous trouvons une famille alliée à ces deux abbés dont le nom s'écrit Gosselin, Gausselin, Gauslin. Cette famille est probablement la souche de la famille Gasselin, si nombreuse encore maintenant.

En 1170, un nommé Allard, boucher des environs de Beaugency, va chaque semaine vendre sa viande sur le marché de la ville, et paie de ce fait une redevance au seigneur Lancelin de Beaugency.

En 1219, nous trouvons un Philippe Gauchart, habitant près de Vendôme, en procès avec l'abbaye de Beaugency à propos d'un champ.

Vers 1300, nous avons un Hervé Breton, qui est prévôt de Beaugency, un Rousseau, boucher, propriétaire d'un champ près de la ville, un Pierre Aalix, d'abord prévôt d'Orléans puis garde de la prévôté de Beaugency. Ne serait-ce pas là l'origine des familles Hallard, Gauchard, Breton, Rousseau et Alix que nous devons retrouver plus tard à Josnes et dans les environs ?... Mais nous arrivons à des certitudes.

En 1380, un Jean Rabier (on écrivait «Rabbié» à l'époque) *donne à l'abbaye de Beaugency un arpent de vignes pour célébrer chaque année son anniversaire.*

En 1457, le 14 janvier, Jacques abbé de Beaugency et sa communauté donnent, par une déclaration faite en chapitre, à l'unanimité, des lettres de confraternité à Mathurin Rabier et à Jeannette sa femme. Ce prénom de Mathurin va devenir un prénom habituel dans la famille et de 1595 à 1615, nous trouverons un Mathurin Rabier notaire à Villemuzard, puis notaire royal à Beaugency, dont la spécialité sera d'être parrain des enfants de Josnes. Pendant ces vingt ans, nous retrouverons son nom à chaque page des registres de baptêmes. (En effet, on n'inscrivait pas alors la date de la naissance mais celle du baptême, pas la date de la mort mais celle de l'inhumation.) *A cette époque, vers 1600, la famille Rabier est déjà très répandue dans la paroisse. Nous la retrouvons au bourg, à Origny, à Isy. Les différents membres se traitent de petits-cousins.*

En 1595, nous trouvons, répandues un peu partout, les familles Croissandeau, Gollandeau, Landas, Forhan, Boutet,Rouballay, Gaillard, Martin et Cosson dont l'un des membres porte le prénom de Léonard qui va devenir le prénom affectionné d'une branche de cette famille. D'autres familles semblent localisées en certaines parties de la paroisse : les Simon à Lavau, les Hiault à

Ourcelles, les Gentils à Isy, les Séjourné à Trugny, les Gasnier à Prenay.

Vers 1600 apparaissent les Bidault, les Nourrisson, les Bury, les Mégret, les Adam, les Hallard, les Duguet, les Mormiche, les Thauvin, les Brouard, les Lepage, les Jallon, les Bonneau, les Charron, les Huet et les Beaujouan... Vers 1650, les Recoquiller, les Caillard, les Champenois, les Grugier, les Fleury, les Grillon, les Bourreau, les Guillon, les Blanchard, les Camus.

En 1668 a lieu à Josnes une confirmation où quatre cent quatorze confirmants sont présentés à Mgr d'Orléans. C'est dans la liste de ces confirmants qu'apparaît pour la première fois le nom de Rousseau. Vers la même époque, nous trouvons les Sauvé, les Boucher, les Leroux, les Roger, les Gauchard, les Gousset, les Poilrat, les Chevallier, les Blain, les Tournois, les Garnier, les Boulet, les Hallais.

En 1700, nous voyons apparaître les Huguet, les Lubineau, les Peschard, les Guenordeau, les Hardillier, les Villiers dont la plupart signent «de Villiers». L'année 1725 nous amène les Cognet, les Deschamps, les Péan, les Daviau, les Riby, les Gasselin. Vers 1750, ce sont les familles Goujon, Hilaire, Marquenet, Chardon, Brisset et Dupuis. Vers 1780, nous avons les Crosnier, les Deniau, les Renault, les Venot, les Hubert, les Toupenay, les Mondamert, les Dubreuil et les Gallier.

Parmi les autres familles de notre paroisse, peut-être s'en trouve-t-il d'aussi anciennes que celles citées : il y a tant de noms impossibles à déchiffrer. Les autres familles ne sont à Josnes que depuis la Révolution.

En effet, nos recherches généalogiques personnelles nous ont permis de relever les signatures suivantes :

— Au XVIIe siècle : Taudoimir, Baubereau, Cousin et Roux ;

— Au XVIIIe siècle : Rimbault, Lorgeou, Blondeau, Guiot et Fiaut.

Les divers parentages se sont donc égaillés dans toute la région mais la tradition orale, cette merveilleuse mémoire des humbles, a conservé quelques souvenirs flous de leurs origines. On croit se rappeler que les Guenordeau venaient de Normandie, les Billaud des lointaines Auvergnes. Les Boucher étaient des saisonniers limousins qui se louaient pendant les moissons...

Quant aux Grejon dont ma mère est issue, ils ne figurent sur aucun des registres paroissiaux, bien qu'étant une des plus anciennes lignées du village : ils étaient de confession huguenote, donc inexistants sous la plume des curés de l'Ancien Régime. L'étymologie du patronyme remonterait pourtant à l'époque mérovingienne. C'est un nom qu'on ne retrouve guère ailleurs.

En ce qui concerne ma parentèle, les Boutet, le mystère s'est peu à peu éclairci malgré leur appartenance protestante. Le premier mentionné se prénommait Mathurin. Sa fille Jehanne fut baptisée par un soldat de Beaugency, son parrain, au mois de may de l'an de grâce 1593. Près d'un siècle plus tard, le huitième jour de septembre 1684, le dénommé Jacques Boutet, charron au bourg, baptisait son fils Gentien, qui ne sera inscrit sur les registres de l'église que deux ans après, le 13 août 1666. Leur foi en la religion dite réformée était alors connue, malgré tous les désagréments que cela entraînait. Le 22 avril 1771, le pasteur Berjo célébrait au désert, c'est-à-dire dans la clandestinité, le mariage de Silvain Rouzeau, fils de Silvain Rouzeau et de Marie Boutet, ses père et mère, de la paroisse de Josnes, et de Françoise Breton, fille de François Breton et de Jeanne Naverreau, ses père et mère, de la paroisse de Poisly. Il convient de remarquer que la coutume voulait que les enfants aînés fussent mêmement prénommés que leur père.

Les Boutet firent souche dans les environs de Josnes vers les années 1590, et ils n'en bougèrent guère jusqu'à présent. Il reste difficile de savoir d'où arrivaient ces parpaillots-là. Leur appellation pouvait désigner le matelot qui remplissait la «boute», l'outre d'eau douce sur les navires, ou un homme de petite taille, ou encore un moissonneur venu du Midi (un fauchet se dit «bouto» en vieil occitan), peut-être même un marchand de boutons.

Ils exercèrent d'abord le métier de charron au bourg et à Isy, puis celui de vigneron à Lavau, à Trugny, à Isy, enfin à Prenay où mon trisaïeul Jules-Édouard s'installa vers 1855, après s'être uni à Mélanie-Henriette Récoquillier. C'est là, à Prenay, que j'ai vu le jour. Un seul Boutet manqua à la règle de Vulcain et de Bacchus : ce fut Christophe, né en 1645, qui était tisserand à Prenay.

Encore de nos jours, on dit qu'une famille «ne sort pas d'ici» quand elle vient précisément d'y rentrer.

Témoignages

NOM DE NOM !

«J'ai été très surpris par les étymologies populaires que vous ont données vos correspondants. Ce qui est amusant surtout, c'est la grande différence qui existe entre les étymologies savantes et les étymologies populaires. J'en prendrai deux exemples :

«Vous parlez des Noues en disant qu'il s'agissait de parcelles de terre "nouées" les unes aux autres, autrement dit de rassemblement de terres. Si vous consultez Soyer (noms de lieux, n° 259, p. 55), vous constaterez que Noues a l'origine suivant : "*Nauda,* en bas latin, signifie 'terrain bas et humide, marécageux'. Il a abouti en français à noe, puis noue, par chute normale de la dentale intervocalique et la réduction de la diphtongue au à o." L'une des étymologies les plus pittoresques est certainement le nom de Trainou en forêt d'Orléans, qui signifie, à proprement parler : "trois marécages". Il ne s'agit donc pas de trois rassemblements de terre, mais de trois marécages qu'on trouve encore d'ailleurs asséchés en partie sur la commune.

«En ce qui concerne l'étymologie du mot «Folies", les opinions sont diverses : Jacques Soyer pense comme vous qu'il s'agit d'une petite maison de campagne de "dépenses coûteuses où l'on vient s'amuser et faire des folies". En revanche, Littré pense que ce nom serait une altération de feuillée (cabane de tré pense que ce nom serait une altération de feuillée (cabane de feuillage).» (Lettre de Me Jacques-Henri Bauchy, notaire à Bellegarde-du-Loiret.)

Artisans et commerçants

Il est surprenant de constater l'intensité commerçante qui animait un bourg de cette époque. Qu'on en juge par ce qui suit.

On pouvait fréquenter sept cafés, un par jour de la semaine. Trois d'entre eux faisaient auberge et un quatrième proposait une salle de bal en supplément. Il n'en reste aujourd'hui qu'un bar-restaurant.

Les boutiques d'alimentation comprenaient une demi-douzaine d'épiceries, dont deux qui vendaient également des tissus et une troisième qui était bureau de tabac, régie et buvette ; deux boucheries ; une charcuterie ; une cuisinière pour noces et banquets, et une boulangerie (alors que beaucoup de maisonnées cuisaient encore leur propre pain). De nos jours, n'ont subsisté que deux épiceries, deux boucheries, une charcuterie et une boulangerie.

On trouvait deux négociant en vins, un marchand de bestiaux, un autre de porcs, un maquignon et un commerçant de grains et d'engrais. Seuls les marchands de bestiaux et de porcs se sont maintenus jusqu'à nous.

Au registre de l'artisanat, on connaissait un entrepreneur en maçonnerie, un maçon-fossoyeur, un maçon-cantonnier, un tailleur de pierres, un entrepreneur en charpenterie, un couvreur, un couvreur-zingueur et trois menuisiers-ébénistes.

Autres artisans : trois charrons, un tourneur sur bois, un mécanicien-vendeur de cycle (déjà !) et un quincaillier. Les charrons construisaient des voitures à cheval sur commande et embattaient les roues.

Trois forgerons-maréchaux-ferrants, trois chaudronniers, deux bourreliers-matelassiers, un tonnelier et un distillateur.

Trois bouifs (cordonniers-savetiers), trois couturières, trois lingères, deux modistes (deux sœurs), deux tailleurs pour hommes, deux sabotiers, une mercière et un coiffeur (qu'on appelait encore le perruquier). Les lingères repassaient les coiffes à domicile, à raison d'une fois par mois ; c'était une besogne qui demandait beaucoup de minutie. Les épouses des bouifs réparaient les parapluies.

Et enfin un ramasseur de peaux de lapin, mi-chiffonnier miferrailleur, qui partait en collecte sur une charette attelée à deux chiens. C'était le seul véhicule de ce type dans la commune.

Les charrons, les maréchaux-forgerons, les bourreliers, les couturires et la ravaudeuses travaillaient quelquefois au domicile de la clientèle.

Rappelons que cette énumération ne mentionne que les boutiquiers et les artisans qui tenaient échoppe au bourg. A ceux-là s'ajoutaient ceux qui s'étaient établis dans les hameaux. Chaque hameau possédait ainsi son bistrot.

On rencontrait encore un tisserand et un fabricant d'allume-feu ici, un équarrisseur et un tuilier là-bas. Ce dernier produisait tout ce qu'il fallait pour couvrir la quasi-totalité des toits du pays. Quant à l'équarrisseur, il se chargeait de dépecer les bestiaux invendables pour en tirer les derniers profits. Les mauvaises langues prétendaient que pour ne pas manger de la vache enragée, il se nourrissait de «viande crevée». En vérité, l'équarrisseur récupérait surtout la graisse animale, qu'il revendait à l'entour pour enduire les essieux de tombereaux.

L'activité commerçante ne se limitait pas à cela car les villages recevaient encore la visite de nombreux marchands ambulants, sans parler des colporteurs. Le poissonnier venait de Beaugency avec sa carriole couverte remplie de sel et, par journées orageuses, de mouches bourdonnantes.

Il passait régulièrement un Auvergnat qui vendait du drap. Sa marchandise venait par le train jusqu'à Beaugency, en même temps que le bonhomme. Sitôt débarqué, l'Auvergnat chargeait sa voiture toilée qui l'attendait sous une remise louée, près de la gare. Il achetait ensuite un cheval au maquignon, l'attelait à sa voiture et s'enfonçait en campagne. Il logeait à l'auberge, là où il se trouvait le soir. Tout Auvergnat qu'il était, il disait à ceux qui montraient quelques difficultés pécuniaires : «Je n'ai pas besoin d'argent, vous me paierez une autre fois.» Les gens ne réglaient souvent qu'au passage suivant... Quand il revenait à son point de départ, son périple achevé, il remisait sa voiture près de la gare, dételait le cheval et le revendait au maquignon. Puis il grimpait dans le train et recommençait un peu plus loin.

Cette concurrence itinérante forçait les commerçants sédentaires à plus de flatterie envers la clientèle, d'où une profusion de primes et de cadeaux. Le coiffeur-perruquier distribuait des images d'Épinal sur lesquelles il y avait des chansons, des légendes, des portraits plus revanchards qu'historiques, des devinettes, des jeux de l'oie... Les épiciers donnaient des pichets de réclame marqués à leur nom (opération publicitaire qui coûterait maintenant une fortune !) ou quelque autre brimborion — une boîte à épices, un petit bas-relief en plâtre bruni — bref, une attention qui attache à coup sûr la fidélité du client le plus retors. La publicité, on le voit, n'est pas une invention récente.

Témoignages

Un correspondant de La Chapelle-Saint-Mesmin qui désire garder l'anonymat, écrit : «A l'automne et au début de l'hiver passait le marchand de harengs frais et fumés (saurs) avec un gros cageot sur sa bicyclette, ou simplement avec sa brouette. A la belle saison, il était maçon.»

À L'ÉPICERIE

«Au sujet des petits commerces antérieurs à 1900, j'ai entendu mon père parler de petits épiciers qui revendaient aux clients des articles achetés chez des commerçants détaillants. Par conséquent, ils n'avaient que de très menus bénéfices sur ces ventes minimes. On les appelait des «regrattiers». J'ai retenu ce terme qui dit bien ce qu'il veut dire.» (Lettre de Mlle Suzanne Millié, de Beaugency.)

AU PETIT BÉNÉFICE

«Pour compléter vos récits concernant la vie paysanne beauceronne, je pense intéressant de vous livrer quelques souvenirs bien précis transmis par mon père ou même vécus, résumant la vie d'un petit commerçant de jadis, dans la même région.

«Mon grand-père (1857-1939) était épicier à Aschères-le-Marché. Il vendait bien sûr un peu de tout. Ma grand-mère tenait la "boutique" où elle laissait, par exemple, deux fromages pour trois sous... Lui faisait des tournées aux environs, d'abord à pied, portant sur le dos une lourde boîte pleine de mercerie, de lunettes..., puis avec une voiture à cheval. Le commerce était dur : les clients beaucerons marchandaient, tâtaient, soupesaient, hésitaient avant de vider douloureusement leur porte-monnaie ! J'ai maintes fois entendu l'histoire de l'un d'eux qui, après une heure de palabres et de vains essayages au magasin, a tenu à emporter chez lui, "sur son dous", un plein sac de sabots qu'il voulait comparer "à têt' erpousée" avant de prendre une décision. Les ménagères demandaient "l'meilleur et l'moins cher" ; certaines achetaient au petit, tout petit détail : un quart de litre d'huile, une demi-livre de sucre (tout se mesurait ou se pesait sur place à l'époque !) ; elles voulaient goûter chaque fromage et leurs papilles gustatives les laissaient longtemps perplexes. C'étaient alors des ventes d'autant moins rentables et d'autant plus fastidieuses.

«Scrupuleusement honnêtes, mes grands-parents ont ainsi réalisé des bénéfices si minimes qu'après la Guerre de 14-18, lorsqu'ils ont cédé leur petit fonds à leur deuxième fils, mon oncle, ils n'eurent plus, pour pouvoir vivre et éventuellement parer aux frais médicaux, qu'à redoubler d'ardeur : il n'y avait en effet aucun secours, aucune aide hors l'intervention des enfants, ce qu'ils voulaient farouchement éviter. Jardinage, élevage de quelques poules et lapins, couture, leurs à-côtés d'avant devinrent désormais leur gagne-pain. Tandis que ma grand-mère assurait un appoint bien faible certes, mais régulier, en ravaudant à longueur d'année les bas noirs et les vêtements usagés d'une fermière voisine, mon grand-père cultivait au mieux son jardin situé à un kilomètre de la maison : deux vieux pots à lait de vingt litres, péniblement remplis à la pompe communale (où il fallait souvent 80 tours de manivelle avant d'avoir la première goutte d'eau) et non moins péniblement transportés sur une brouette dans un sentier étroit, assuraient l'arrosage indispensable. Des charges et des charges d'herbe fauchée le long des chemins et ramenées sur la tête fournissaient la nourriture fraîche et le foin pour l'hiver aux nichées de lapins ; les monceaux de glanes, ramassées parfois fort loin et soigneusement battues, nourrissaient les poules.

«Tout ce labeur était récompensé par le plaisir d'y gagner son propre fricot et celui de vendre à l'un ou à l'autre quelques légumes, et parfois quelques lapins, une douzaine d'œufs, le jour du marché, sous la vieille halle. L'hiver, des récoltes de mâches, dans les champs glacés, complétaient ces petites recettes, voici comment, selon un passage d'une lettre que je conserve pieusement, écrite par mon grand-père en janvier 1938, donc un an avant son décès, alors qu'il souffrait de plus en plus des reins et de l'estomac :

«Le froid ne m'empêche pas d'aller à la salade, souvent assez loin, ça me fait du bien ; d'ailleurs, je fatigue davantage à l'éplucher qu'à la cueillir, car il faut avoir de la patience, les mâches n'étant pas grosses ; cueillette vendredi, samedi et dimanche les après-midi, lundi épluchage et mardi jusqu'à midi ; j'ai vendu mes vingt-trois corbeilles épluchées, lavées et bien propres 1 franc la corbeille et je vais continuer. A 1 franc, ça cube !...»

«Quelle satisfaction, voyez, dans ce dernier mot !... J'ajoute que la corbeille en question faisait un bon saladier, que l'eau de lavage venait — après maints efforts — de cette pompe déjà évoquée, à deux cents mètres de la maison, et, à titre de comparaison, que, d'après une autre lettre de février 38, chaque paquet de petites graines valait alors 1 franc.

«Et voici trois remarques qui, actuellement, pourront surprendre : malgré une scolarité très courte, ces lettres contiennent très peu de fautes ; l'humeur de mon grand-père était toujours égale, il chantait en rentrant des champs, il exprimait son bonheur d'avoir accompli sa tâche, ma grand-mère aussi d'ailleurs quand elle pliait le linge réparé ; et enfin tous deux pensaient aux moins favorisés qu'eux et auraient trouvé mal à propos de se plaindre. N'avaient-ils pas la chance de s'approvisionner à moindre prix à l'épicerie de leurs enfants ? "Ça compte dans nout' p'tit budget" disait souvent ma grand-mère. Et pourtant, au village, nombreuses étaient les familles beaucoup plus aisées que la leur !

«Sachant tout cela, vous comprendrez que je pense très souvent avec beaucoup d'émotion et d'admiration à ces braves gens dont la vaillance et la sagesse n'ont plus cours. Et si je me réjouis que les conditions de vie se soient améliorées, comme je regrette qu'ils n'aient pu, eux aussi, en bénéficier !» (Lettre de Mme M. R. Auger, de Châtenoy.)

PERSONNALITÉS

«La plupart des habitants de Cravant se souviennent encore de Gustave Valadon. D'humeur toujours égale, il excellait dans son atelier de menuisier la semaine, mais coupait les cheveux ou rasait le dimanche matin dans un coin de sa cuisine, pour le prix d'un litre de lait. Son fidèle perroquet, rapporté par son frère Clément, chauffeur d'ambassadeur au Mexique, était célèbre dans les environs et valait un bon chien de garde.

«Un troisième frère, Gaston, était marchand de cycles au bourg. Lorsqu'il se retira du commerce, il s'installa dans un ancien moulin de Beaugency où, après mûres réflexions, il inventa... l'ouvre-boîte à cirage ! Cette trouvaille, on s'en doute, ne fut pas sans lui rapporter une certaine aisance...» (Souvenirs de M. Daniel Maillard, de Cravant.)

Le sabotier

L'artisan le plus pittoresque du village, avec le maréchal-ferrant, était certainement celui qui chaussait les gens de bois, autrement dit : le sabotier.

On devenait rarement sabotier : on l'était de père en fils. L'ouvrage ne manquait jamais car tout le monde des campagnes, de l'écolier au maître charretier, traînait des sabots aux pieds. Cela ne signifiait nullement que le sabotier devenait plus fortuné à la fin de sa vie. Il mourait riche de peine, mais d'écus point : les sabots, c'est bien connu, ne convenaient guère aux richards. Seuls les paysans savaient s'en contenter, mais ils ne pouvaient pas toujours les payer. L'hiver, ils les garnissaient d'une poignée de paille pour avoir plus chaud aux arpions. Les femmes et les enfants portaient aussi des galoches, qu'on peut considérer comme des sabots de luxe.

L'usage du sabot nous viendrait des Gaulois, comme celui du tonneau : c'est peut-être ce qui explique, outre que tous les deux travaillaient le bois, que le sabotier et le tonnelier se servaient d'outils semblables. Ceux du «chausseur en bois» s'accrochaient au mur, devant l'établi, à portée de la main. C'étaient les paroirs qui bûchaient la bille, qui la dégrossissaient ; les tarières et les cuillères qui en creusaient l'intérieur ; les planes et les rouannes qui fignolaient le sabot ; les gouges qui le décoraient. Tous ces outils tranchants se maniaient avec rapidité et précision ; la moindre maladresse pouvait être fatale pour l'artisan, qui se garantissait d'un tablier de cuir. Le sabotier travaillait les rondins encore verts, pour plus de facilité. Le bois choisi était généralement du bouleau, quelquefois du noyer ou du verne ; on évitait de prendre du frêne, qui donnait des sabots trop pesants à la marche.

L'essayage et la vente des sabots avaient lieu dans l'atelier. Durant les saisons froides, un poêle de fonte y ronflait et brûlait les copeaux ou les sabots qui s'étaient fendus au séchage.

En Sologne, les sabots se disaient des «bourbettes», mot qui dérivait de «bourbier». Plutôt que de les orner du parement habituel, les Solognots clouaient des guêtres dessus, les «talonnières». Ainsi chaussé, le paysan ne risquait plus de laisser ses sabots dans les guérets trop détrempés.

Plusieurs sabotiers tentèrent d'industrialiser leur atelier. A Savigny-sur-Braye, le père Coutable mécanisa son entreprise et embaucha cinq commis. Il put approvisionner en sabots toute la région. C'était hélas sans compter avec l'apparition des bottes en caoutchouc, qui fit bientôt péricliter son entreprise.

Témoignages

UN SABOT À SON PIED

«Mon père a travaillé toute sa vie, jusqu'à ses soixante-seize ans. Les charretiers rentraient du bois de travail à peu près deux fois par an ; c'étaient des bûcherons, des tâcherons quelconques, qui l'avaient abattu en forêt. On rentrait le bois en grume, qu'on entreposait au long de la route, sur ce qu'on appelait le "chantier aux bouleaux". Les grand troncs restaient allongés là. A certaines époques de l'année, cela faisait un tas de bois assez considérable.

«Les soirs d'été, le sabotier apportait un sac ou s'asseyait sur un tronc, à la fraîcheur, après le dîner. Les voisins, d'autres artisans comme le maréchal-ferrant ou le bourrelier, venaient l'y rejoindre. Ils étaient quelquefois cinq ou six autour de lui, à raconter leurs histoires — des histoires de guerre hélas, ou des histoires du village. Sur le temps qu'il faisait, sur les récoltes, sur cette garce de sécheresse ou sur cette bon Dieu d'humidité. L'hiver, on se réunissait dans la maison, autour de la lampe à pétrole posée au beau milieu de la table. La flambée craquait dans la cheminée alors que le mauvais temps et l'obscurité régnaient au-dehors. C'était l'occasion de raconter d'autres histoires. L'occasion aussi de grignoter une poignée de châtaignes grillées, ou de déguster une galette, une tarte, le tout arrosé d'une chopinée de vin blanc.

«Un sabotier ne faisait pas un sabot du début jusqu'à la fin mais il travaillait en série, si l'on peut dire. Il commençait d'abord par débiter le tronc du bouleau en billes, à la longueur voulue — celle du sabot à quelque chose près. Chaque bille était ensuite fendue en quartiers. On triait ces quartiers : on gardait les bons, les autres étaient entassés sous le bûcher comme bois de feu. Il fallait après procéder à la "taille". A longueur de journée, le sabotier taillait ses quartiers avec une hache spéciale, sur un gros billot. Le sabot prenait déjà une forme grossièrement ébauchée.

Lorsque les quartiers étaient taillés, le sabotier empoignait son paroir pour le dégrossissage. Là encore, il s'agissait de la série qui se continuait. Puis venait la "creuse", à raison, pour un bon ouvrier, d'une quarantaine de sabots par jour. C'était un travail harassant.

«Les sabots étaient ensuite montés au grenier. Ils y séchaient pendant trois ou quatre mois, selon la saison. Une série en remplaçait une autre de façon que le sabotier ne se trouve jamais démuni. A l'automne, quand les paysans venaient chercher des sabots neufs en prévision de la mauvaise saison, le sabotier redescendait ses sabots pour la finition, qui se faisait également au paroir, puis le polissage au racloir. Le coussin de cuir n'était mis qu'en dernier, quand le client venait chercher sa paire de sabots, après en avoir essayé plusieurs. C'est le cas de le dire : il n'était pas toujours facile de trouver un sabot à son pied. Un sabot n'est pas comme un brodequin : il ne *se fait* pas !

«Le sabotier avait une mesure spéciale : le pouce. Il disait : — Toi, il te faut un sabot de neuf pouces et demi. — Toi, un sabot de dix pouces moins le quart...

«Les coussins étaient ajustés dès que le client avait choisi sa paire. On récupérait souvent ceux de l'ancienne, par économie : il ne faut jamais oublier que le sabot restait avant tout la chaussure du pauvre des campagnes, malgré les chansonnettes qui vantaient bêtement *le joli sabot* ! Les bourgeois, eux, préféraient se chausser de cuir... Les coussins étaient donc posés plus ou moins haut, suivant la hauteur du cou-de-pied. Certains clients exigeants demandaient à ce que les coussins soient cousus au bois avec du fil poissé. Un coussin fixé de cette manière ne se déformait jamais. C'était une besogne délicate, très peu payée, qui revenait souvent à la femme du sabotier. On cousait surtout les coussins sur les sabots du dimanche, sur ceux qu'on mettait avec ses plus beaux habits. Ces mêmes sabots étaient parfois décorés à la gouge, ou peints.

«Si le sabotier avait la mauvaise idée d'augmenter de 5 ou 10 sous le prix de la paire, il s'élevait aussitôt une explosion de réprobation dans tout le village. Pour en éviter l'usure trop rapide, les paysans ferraient leurs sabots ; ils les garnissaient de clous, de cuir ou, dans les dernières années, de bandes découpées dans des vieux pneus. Un sabot non ferré s'usait assez vite sur les chemins caillouteux, et on en cassait souvent le talon.

«Les sabots ne s'entretenaient pas. Tout juste prenait-on le soin de les décrotter quand ils devenaient trop boueux, donc plus lourds à traîner. Certains croyaient les protéger en les faisant noircir. C'était une précaution inefficace car le noir à sabot n'était qu'une simple teinture, et non pas une peinture. Le sabotier le préparait lui-même avec du bois de Campêche et de la cire d'abeille. La cire faisait briller le bois sous la brosse.» (Enregistrement de Henri Dedun, le fils d'un des derniers sabotiers de Sologne.)

LE «TROU DE LAPIN», ET LA «BAUGE DE LIÈVRE»

«Pendant la Guerre de 39, j'avais 18 ans et le ''trou de lapin'' était encore en Orléanais notre seule chaussure de travail. Presque tous les sabotiers en avaient disparu et notre sabotier familial se trouvait à Vienne-en-Val. Il fallait donc, chacun son tour et de temps à autre, aller à ce village acheter nos sabots, en vélo évidemment. Ce vélo était muni de pneus constitués de deux tuyaux d'arrosage emmanchés l'un dans l'autre.

«L'artisan, dont j'ai oublié le nom finissait presque toujours le ''trou de lapin'' à notre pied, à l'achat. A cette période, dans notre profession (pépiniériste), nous bêchions des semaines entières. Le sabot du pied gauche s'usait beaucoup plus vite que l'autre du fait du contact avec la bêche. Aussi le sabotier nous faisait-il sur commande un sabot spécial ''à bêcher'', c'est-à-dire tout plat dessous sans l'évidement de l'entre-pied au talon, afin qu'il dure plus longtemps.

«En plus et pour l'économiser, on adaptait des morceaux de vieux pneus, ou meiux encore des morceaux de cercle d'un tonneau. Ce qui était le meilleur de tout.

«J'avoue que portant sans arrêt des sabots depuis mon jeune âge, j'avais les pieds, à cette époque-là, totalement déformés par les bosses (les ''calus'' autour et dessus. Mais on ne s'en apercevait même pas.» (Lettre de M. André Girault, d'Orléans.)

PRÉCISIONS

Les planes n'étaient pas des outils de sabotier mais de charron et aussi de tonnelier (pour lequel elles avaient plusieurs formes adaptées à son genre de travail et portaient d'ailleurs d'autres noms).

Les bourbettes n'étaient pas l'appellation des sabots en général, mais seulement des talonnières, c'est-à-dire des sabots surmontés de cuir très soigneusement encastré sur le bois du sabot et cloué à deux rangs de fines semences. Cela constituait en effet une chaussure idéale, à la fois saine et chaude, pour le laboureur ayant à marcher dans les guérets détrempés. Les autres sabots tout en bois étaient parfois appelés «sabots couverts» ou «bolivars». Il y avait aussi pour les femmes des «sabots à brides» beaucoup plus découvers, et des «claques» dans lesquelles elles pouvaient rester chaussées en pantoufles. (Informations transmises par M. Henri Dedun, de Dhuizon.)

LA FIN DU PÈRE SABOT

«A la fin de son existence, le père Sabot (de Marchenoir) connaissait de graves soucis.

«Le petit magasin de vente tenu par sa femme était garni d'étagères, sur lesquelles trônaient les chefs-d'œuvre du père Sabot, mais il y avait aussi d'autres étagères, sur lesquelles se trouvaient d'autres sabots, ceux-ci non plus entièrement de bois ; la semelle seule était en bois, avec un dessus de cuir verni et décoré. Ces derniers sabots étaient fabriqués mécaniquement dans des usines. Ils étaient plus élégants, plus légers, mieux chaussants que les grossiers sabots de bois du père Sabot, aussi plaisaient-ils mieux à la clientèle. Le père Sabot voyait avec désespoir sa production artisanale décroître d'année en année, au profit de ses concurrents industriels.

«Le père Sabot a été l'une des premières victimes de l'aube industrielle qui pointait dans les premières années du XXe siècle.

«Aujourd'hui tout a disparu. Une nouvelle rue a pris la place de l'antique atelier, le père Sabot lui-même n'est plus qu'un souvenir d'enfance.

«Quant aux sabots de bois, ils sont devenus des pièces de musée, et l'on voit encore des pastiches ornant les murs de certaines demeures, servant de vases décoratifs pour y recevoir des fleurs.» (Récit de M. Jacques Hubleur, de Marchenoir.)

De la terre et de la pierre

Nous aurions évidemment pu consacrer un chapitre entier à chacun des métiers aujourd'hui disparus, observer les gestes de l'ouvrier, respirer les senteurs des ateliers : la corne brûlée de la forge, la poix chaude de la cordonnerie, le cuir graissé de la bourrellerie. Les épiceries elles-mêmes baignaient dans des remugles compliqués de café, de hareng saur et de pétrole à lampe.

Mais tout cela n'est que généralités communes à toutes les provinces de France et de Navarre. En revanche, les travaux et les coutumes des gens de la terre offrent d'indéniables originalités. Ce sera donc là que nous piocherons.

Il faut d'abord comprendre que la vocation du pays restait à cette époque essentiellement agricole. Au commencement de ce siècle, rien que dans le bourg, on ne dénombrait pas moins de dix-neuf exploitations familiales de petite ou moyenne importance, deux marchandes de légumes et deux jardiniers-maraîchers. Trois moulins battaient le vent non loin de là.

Autrefois, un gros hameau rassemblait une quarantaine de fermes (on serait bien en peine d'en trouver aujourd'hui plus d'une dizaine). Petit à petit, les villages ont presque tout perdu de leur identité. Les gens du cru ont eux-mêmes contribué à en modifier l'apparence : ils ont bouché les fours à pain et les cheminées, ils ont caché les vieilles pierres sous un crépi trop neuf, ils ont bazardé leurs meubles de famille contre un mobilier de pacotille qui se voulait ultra-moderne. Cette affaire, rassurez-vous, n'a pas fait que des perdants : les antiquaires et les brocanteurs rappliquaient en camion pour «nettoyer» les greniers, avec la bénédiction du maître de céans qui se frottait les mains, bien content d'être enfin débarrassé de toutes ses vieilleries. Fort heureusement, rien n'a été enlevé de chez mes parents : c'est ainsi que j'y ai retrouvé de véritables trésors — des horloges du Second Empire, des armoires cossues, une maie, un bluteau et une table qui daterait de Louis XVI. Rien d'étonnant à cela : on héritait les meubles de génération en génération, depuis toujours. Dira-t-on à certaines maisons tout ce qu'on leur a volé ? Jusqu'aux moyeux de voitures qu'on emporta pour en faire de ridicules lampadaires !

Puis les maisons abandonnées sont tombées en ruine dans l'indifférence des campagnes qui se vident de leur jeunesse. Au jour d'aujourd'hui, les Parisiens ont racheté les masures à prix d'or et les ont retapées tant bien que mal. Renaissance des villages ? Hélas ! non : les citadins n'ont jamais su retrouver la simplicité rustique des bâtisses séculaires ; rares sont les façades que la restauration n'a pas défigurées. A ce marché-là, les villages ont vendu leur âme. Ils deviendront vite des bourgades sans caractère, des bourgades moribondes qui ne s'agitent fébrilement que pendant les fins de semaine et les congés payés. Les volets restent clos pendant le reste du temps, comme pour marquer leur propre deuil. Les derniers habitants demeurent claquemurés chez eux. La télévision a tué les veillées. Les villages ne vivent plus ; ils dorment d'une lente agonie.

Mais revenons à l'ancien temps, puisqu'il s'agit de notre propos. Les granges et les étables (les têts) étaient bâties par les artisans du pays. Le paysan en fournissait les pierres. Il les ramassait dans ses champs, ou creusait l'hiver une meulière de fortune quand il trouvait trop onéreux de les acheter aux carriers. La fosse servait ensuite de dépotoir ; chez nous, une décharge s'appelle encore une carrière. Le sable était voituré depuis la drague de Beaugency. La terre blanche qui servait de mortier était également fouillée dans les champs par le paysan. Les tuiles venaient du four voisin de Cremoux mais les plus riches du bourg commandaient les ardoises à Angers, ce qui leur donnait une toiture plus légère. Le charpentier procurait le bois de charpente, qu'il sciait en long et taillait à la hache. Les charpentes étaient entièrement mortaisées et chevillées. Le bois de châtaignier avait la réputation d'être naturellement imputrescible et traité contre les insectes. Pour ajouter encore à la robustesse, on prévoyait un double faîtage. A un mètre du plancher dans les greniers, une applique d'ardoises empêchait les rats de grimper dans les chevrons.

Un mur se construisait en deux tranches accolées, que les maçons «liaient» avec des pierres de traverse ; ce sont elles qu'on voit dépasser des pignons. Entre les deux tranches du mur, on fourrait parfois de la paille ou de la terre, et plus d'un vieux grippe-sou y camoufla son magot (on se demande bien comment il procédait pour le récupérer sans démolir le mur !). L'épaisseur d'un mur variait entre un mètre et cinquante centimètres, selon la qualité des matériaux employés.

Les pierres de lien coûtaient cher, du fait de leur taille, et leur nombre permettait à coup sûr d'évaluer la richesse de celui qui faisait construire. La tradition obligeait d'ailleurs ce dernier à offrir un verre de son meilleur vin après la pose de chaque pierre de lien. Les maçons le savaient ; plus ils en mettaient, plus ils buvaient et plus le mur risquait de perdre en aplomb ce qu'il gagnait en solidité. Ils remplaçaient quelquefois ces fameuses entretoises par deux pierres ordinaires mises bout à bout. D'en bas, le paysan ne soupçonnait pas ce subterfuge d'ivrogne et y allait du traditionnel canon. Enfin, on perçait souvent la partie extérieure d'une pierre de lien qui se trouvait à hauteur d'homme, pour en faire une attache à cheval.

On rigole encore de la mésaventure qui punit un maçon peu consciencieux. Celui-ci pensait davantage à lécher la chopine qu'à consolider le mur à élever. Aussi n'avait-il placé que des fausses pierres de lien dans l'ouvrage qu'il était en train de bâtir. Éclata un orage de cent mille diables. L'averse délava copieusement le pignon inachevé, le mortier se détrempa et... le mur non lié se fendit par l'épaisseur, de haut en bas !

Vers 1900, la construction d'une grange coûtait entre trois et quatre mille francs, selon les dimensions désirées.

La première pierre d'une maison était enjolivée de faveurs et le plus jeune enfant de la famille la frappait d'un coup de marteau après sa pose.

Lorsque la maison était terminée, les maçons ficelaient un bouquet à son sommet, ou la dernière bouteille offerte par le propriétaire, ou un drapeau. On scellait parfois une pièce de monnaie sur le pas de porte, ou dessous, afin de garantir les occupants du manque d'argent. Les écuries étaient généralement attenantes aux aîtres habités, de façon que les gens profitent au mieux de la chaleur des bestiaux, ce qui économisait les fagots.

Il faut noter qu'on ne construisait jamais pendant les moissons car les maçons étaient alors demandés pour couvrir les meules.

Dans les paroisses voisines...

En Sologne et en Puisaye, l'ossature des maisons consistait en un assemblage de tournisses obstrué par des briques ou par un torchis de falun. L'unique pierre d'une locature était celle de l'évier, la «bassie». Les bâtiments se couvraient de bottes de joncs («carelles» en patois solognot).

Routes droites et chemins tordus

Les gens de passage

Si tous les chemins mènent à Rome comme le veut l'adage, tous n'allaient pas pour autant au village : il y avait tout un écheveau serré de sentiers et de chemins de terre qui ne conduisaient qu'aux champs et aux prés. Les hameaux étaient veinés de plusieurs passages communs qui traversaient les cours, causés par l'imbrication des maisons. Les rapports de bon voisinage s'en ressentaient quelquefois.

Sur les chemins de la plaine, hormis les voitures et les charrues des paysans, on croisait de curieux équipages, comme nous le verrons un peu plus loin. L'entretien des chemins était confié au cantonnier. Il transportait ses outils dans une brouette, qu'il garait au bord du talus tant que durait son ouvrage de réfection. Il signalait sa présence en plantant un petit panneau métallique, peint en rouge vif, sur lequel il indiquait à la craie le nom du canton et l'immatriculation de la chaussée. Selon la saison, il balayait les mottes laissées par les charrues, étalait les gravillons dans les «nids de poule» ou curait les fossés en prévision des pluies. L'herbe des accotements était laissée aux paysannes, qui la faucillonnaient pour leurs lapins ou y attachaient leurs chèvres.

On disait malicieusement que le cantonnier, qui rempierrait pendant l'hiver, mettait «les pièces à côté des trous». Les pierres étaient fournies par les paysans, comme pendant les corvées du Moyen Age. Les trous rebouchés, le cantonnier tassait les reprises en roulant dessus un cylindre à avoine ; le cheval était encore prêté par un paysan complaisant. Le cantonnier-chef faisait son inspection à bicyclette.

Outre les charretiers et les marchands ambulants, on rencontrait les colporteurs. Ils faisaient du porte à porte, leur énorme boîte en bois verni à la bretelle. Ils proposaient des sachets d'allumettes de contrebande, des boutons, du fil, des dentelles (monopole qu'ils partageaient avec les bohémiennes), des images pieuses, des bondieuseries et des «noisettes». Il m'a fallu beaucoup insister auprès de mes informateurs avant qu'ils consentent à m'expliquer ce qu'étaient ces fameuses «noisettes» dont on ne parlait qu'à mots couverts : il s'agissait tout bonnement de préservatifs.

Les colporteurs étaient accueillis avec défiance : on les soupçonnait d'escroquer le client sur la marchandise. On doutait de leur honnêteté parce que leur camelote se vendait souvent sous le manteau, provenant plus ou moins d'un commerce interlope. Ne prétendait-on pas que le cruel Beau-François, le sinistre chef des bandits d'Orgères, s'était converti sur le tard à cette occupation ?

Les colporteurs cheminaient à pied. Ils passaient deux fois l'an dans le village. Ils ne toquaient qu'à l'huis des maisons habituelles, là où ils savaient que la porte s'entrebâillait facilement. Toutefois, même dans ces maisons-là, on ne les invitait jamais à prendre un verre et on restait sourd à leurs boniments. On les retenait le moins longtemps possible parce qu'ils restaient des étrangers, bien que passant et repassant depuis plusieurs années dans la contrée. Ce n'était point comme ailleurs, où les paysans leur faisaient les honneurs de la veillée pour qu'ils racontent des histoires...

Sur les traces des colporteurs suivaient les bohémiens, qu'on nommait joliment les baladins. Ceux-là étaient mieux acceptés, ce qui peut surprendre de la part des paysans si sourcilleux. Ils se disaient rémouleurs, rétameurs, chaudronniers, rempailleurs ou vanniers. Les femmes et les marmailles frappaient aux portes pour vendre des dentelles, ou dire la bonne aventure, tandis que les hommes ramassaient de l'ouvrage. Les paysans restaient malgré tout sur leurs gardes lorsqu'ils apercevaient les roulottes qui s'en venaient brinquebaler par ici. On savait que ces oiseaux de passage ne se gênaient guère pour chaparder les poules des basses-cours ou l'osier des vignes, et on ne faisait rien pour les attirer. Quand une baladine se montrait par trop collante aux cotillons de la maîtresse de maison, celle-ci menaçait de détacher son chien à vaches ; l'indésirable s'éloignait aussitôt en grommelant ses sortilèges. On en riait bien fort car on ne voulait point y croire mais au fond de soi, on se sentait brusquement mal à l'aise.

Les romanichels venaient encore dans les fermes pour y acheter du lait, de l'avoine, de la paille, du foin, ou pour faire boire leurs canassons. Ils payaient sans discutailler.

Ils campaient toujours aux mêmes endroits : devant le cimetière ou en orée de hameau. C'étaient souvent les mêmes roulottes, on finissait par les reconnaître. Le charron du bourg les réparait, ou leur en fabriquait de nouvelles. Là encore, ils payaient sans marchander, à croire que leur misère n'était que feinte. Ils ne se contentaient pas de vendre, ils laissaient également quelque argent au village : c'est certainement pour cela qu'on les appréciait mieux que les colporteurs qui, eux, ne se fendaient pas d'une thune.

Il passait encore quelques rares Compagnons du Devoir. Et surtout, il passait les ramoneurs, les petits Savoyards.

Le chauffage et la cuisine se faisaient alors uniquement au bois ou au charbon. La prudence dictait qu'on ramone sa cheminée une fois l'an, à l'entrée de l'hiver. Un feu de cheminée pouvait en effet provoquer l'incendie d'une maison, voire celui des maisons contiguës. Dès septembre donc, la guimbarde du père Batifol s'installait pendant une semaine au beau milieu de la place, sous les tilleuls roussis. Quand elle repliait ses chambrières, les cheminées des alentours pouvaient cracher leur fumée sans craindre les coups de feu.

Les petits Savoyards étaient des enfants d'une dizaine d'années à peine que le père Batifol, Savoyard lui aussi, engageait à la fin de l'été, à la descente des troupeaux. Grâce à leur minceur et à leur souplesse, ils se faufilaient sans peine dans les cheminées et les fours à pain. Ils s'attifaient d'épais lainages, se carapaçonnaient les genoux et les coudes avec du cuir pour ne pas s'écorcher en grimpant dans les conduits, enfin se coiffaient d'un bonnet enfoncé jusqu'aux oreilles. On se doute que le tout, gadouillots et vêtements, était coquettement imprégné de suie grasse. Leur équipement — cordages, racloirs et brosses-hérissons — tenait dans une musette de cuir passée en bandoulière.

Les gamins du village vouaient une réelle admiration pour ces acrobates de leur âge, peut-être aussi un peu de pitié. Ils leur offraient les gâteries de leur goûter. C'était une véritable fête que de recevoir ces petits pères Noël charbonneux, qui avaient quitté la neige de leurs montagnes pour la crasse de nos maisons. Mais ce qui plaisait encore davantage aux gosses du village, c'était de caresser la marmotte endormie qui servait de mascotte aux petits Savoyards.

Derniers chemineaux enfin : les vagabonds et les trimardeurs.

On ne les craignait point, ceux-là, et on ne les admirait guère non plus. Ils n'avaient rien à offrir, ils n'avaient rien à prendre. C'étaient pour la plupart des saisonniers qui déambulaient sans but en attendant la reprise des battages. Ils se nourrissaient chichement, de renards ou de hérissons. Ils pissaient sur les hérissons roulés en boule pour les saisir sans se piquer les doigts, façon qui, à les entendre dire, ajoutait une saveur supplémentaire au rôti. Quand ils arrivaient dans une ferme, ils mendiaient un morceau de pain rassis ou un verre de piquette, un restant de cochon ou un bout de fromage. L'astuce consistait à se présenter avec un méchant quignon de pain sec à la main, et à réclamer un p'tit canon pour le faire mieux couler. A moins d'avoir un cœur aussi sec que le quignon, la fermière offrait à boire.

Les trimardeurs couchaient à droite et à gauche, au hasard de leur errance, au creux d'un buisson ou dans la paille d'une grange. Avant de les héberger dans un de ses paillers, le paysan leur confisquait papiers et allumettes. Ces pauvres hères les tendaient souvent avant même qu'on leur demande.

Au matin, il arrivait qu'un charretier en déniche un dans le fossé, mort.

Témoignages

COMME AUX TEMPS DES SEIGNEURS

«Le jard était trié manuellement sur la grêve à la claie ; les cailloux de ce dépôt étaient destinés à l'entretien des chemins ruraux de la commune. Ils étaient transportés par les cultivateurs qui demandaient à payer leurs contributions en nature (on appelait cela les *prestations* ou la *corvée*).» (Souvenirs d'un Chapellois resté anonyme.)

LA COMPLAINTE DE RAMONA

«J'avais à peu près l'âge du "petit Ramona", comme on appelait le petit Savoyard qui ramonait les cheminées. Le jour où il est venu chez mes parents avec son patron, j'étais seul avec mon grand-père. Pendant que le gosse se préparait pour grimper dans la cheminée, mon grand-père lui dit : "P'tit gas, si tu chantes là-haut, je te donne deux sous." Le petit monte doucement dans la cheminée et se met à gratter la suie. Pendant ce temps, mon grand-père offre un "canon de gris" au patron, qui ne crache pas dessus, et lui donne les 0,50 F, prix du ramonage. Je sors dans la cour et je vois une petite tête et deux bras au faîte de la cheminée. Le petit ramoneur se mit à chanter ; je n'y ai rien compris car il devait chanter en patois savoyard. Quand il fut redescendu, comme convenu, mon grand-père lui donna ses deux sous. Comme ils quittaient la maison, je les suivis et m'aperçus qu'à peine sortis de la cour, le patron prenait les deux sous au gamin et les mettait dans son porte-monnaie.

«Je crois que c'est à la Guerre 14-18 que prit fin ce semi esclavage !» (Lettre de M. Pierre Couratier, de Saint-Ay.)

La patache, le messager et le facteur

Bien avant que ne serpente le tortillard au milieu des blés, bien avant que ne pétaradent les «voitures sans chevaux», c'était l'arrivée de la patache qui soulevait l'émoi dans le village.

La patache était un genre de diligence de modeste gabarit, montée sur deux grandes roues derrière et deux minuscules devant. Un cheval la tirait en semaine ; on en attelait un second le samedi, jour d'affluence.

Elle transportait cinq passagers : quatre prenaient place à l'intérieur, le cinquième grimpait à côté du cocher, sous la capote de cuir. On montait par l'arrière. La cabine était vitrée ; pendant les froidures, on la rendait plus confortable en la garnissant de paille. Sur son toit se trouvait la galerie aux bagages, qu'on recouvrait d'une grosse bâche de toile goudronnée pour mieux la préserver des intempéries.

A l'arrière de la guimbarde était fixée la grande malle à courrier, dont le couvercle était fendu pour qu'on puisse y glisser les plis mais fermé à clé. Les retardataires devaient courir derrière la malle-poste pour jeter leur correspondance en boîte. Car le rôle principal de la patache était d'acheminer les rares lettres que les campagnards pouvaient expédier ou recevoir.

La patache partait chaque matin d'Oucques. Elle passait à Marchenoir sur les huit heures, puis à Josnes et se dirigeait ensuite vers la gare de Beaugency. Au retour, elle desservait Josnes sur le coup du goûter. Deux chevaux de relais jalonnaient son itinéraire : un au départ d'Oucques et l'autre à l'arrivée de Beaugency ; le troisième tirait la voiture. La patache se faisait un devoir de passer à heures régulières, été comme hiver, et rien n'aurait pu l'arrêter, ni le vent, ni la neige, ni le déluge.

On l'entendait arriver de loin, la patache, à grande sonnerie de trompe et dans le tintinnabulement des grelots de colliers. Elle se rangeait sur le trottoir, devant la porte de l'austère bureau de poste. Perché en haut de son siège, le cocher — pardon : le conducteur — était coiffé d'un chapeau de cuir bouilli et emmitouflé dans une pèlerine de drap brut. Il saluait ses connaissances en agitant le manche de son long fouet et ne descendait de son juchoir que pour extirper les sacs postaux de la malle, pour charger ou décharger les bagages de ses passagers.

L'autre équipage attendu était celui de messager Louchard, qui partait de Vendôme pour gagner Orléans après avoir traversé Oucques, Marchenoir, Josnes et Beaugency.

Ses trois voitures bâchées s'alignaient sur la place dans la soirée du jeudi. Dans chacune d'elles, un chien de garde. Le messager conduisait évidemment la voiture de tête, un fusil à portée de la main, posé suffisamment en vue pour décourager toute tentative d'embuscade. On le reconnaissait à sa casquette à visière cirée et à son tablier de cuir.

En soirée donc, les jeunes du village l'aidaient à embarquer les veaux dans ses voitures. Puis la caravane emportait ces veaux beuglants vers le marché d'Orléans, qui se tenait dans la journée du lendemain vendredi. Les voitures ne revenaient jamais à vide le samedi : au retour, le messager charriait les fournitures commandées aux grossistes de la ville par les commerçants du bourg. Sitôt son convoi aligné sur la place, le messager empilait les colis sur un diable et s'en allait les distribuer dans les boutiques.

Un samedi soir de déveine, sur la place du village, le messager eut la désagréable surprise de constater qu'il ne convoyait plus que deux voitures. Pas de doute : il avait perdu la troisième en cours de route ! Il rebroussa aussitôt chemin. La voiture manquante s'était enlisée dans un fossé, à deux kilomètres de là.

Le messager continua ses voyages jusqu'en 1910.

Le courrier était acheminé par la patache privée, nous le savons déjà. Lorsque celle-ci fut supprimée, le postier dut journellement se rendre en gare de Beaugency, à huit kilomètres de là, au train de trois heures du matin, avec sa carriole, pour prendre livraison des sacs postaux. Le factage se faisait tous les jours en effet, même le dimanche. L'unique repos du facteur était le jour du 14 juillet.

Le préposé des postes, comme on dit actuellement, desservait alors trois communes, bourgs, hameaux et fermes isolées : Josnes, Lorges et Briou. Il gagnait soixante-trois sous par jour. L'affranchissement était de cinq centimes pour une carte postale, et de dix pour une lettre cachetée.

Le facteur faisait sa tournée à pied, canne en main et sacoche sur le dos. Il coupait à travers champs pour raccourcir son trajet ; il dédaignait les hameaux où il n'avait pas de courrier à porter, jusqu'à ce que les Postes y accrochent leurs boîtes aux lettres avec levée quotidienne réglementaire.

Le facteur déjeunait en chemin, toujours dans la même maison. Conscient de sa mission qui devait permettre aux gens de communiquer entre eux, il montrait également quelques obligeances envers les paysans, ne refusait jamais de rendre un service, se chargeait des commissions — rapporter un paquet de tabac du bourg, ou un hareng saur — et portait des nouvelles de santé d'une maison à l'autre. Cela économisait un timbre ou un déplacement. Il terminait sa journée harassante sur une deuxième distribution dans le bourg.

Le facteur de chez nous répondait au nom de Halion, mais on ne l'interpellait que par son sobriquet : père Bilotte. C'était un grand mutilé : il avait perdu un bras dans un accident de scierie. Cette invalidité ne l'empêchait pourtant pas de bourrer sa pipe et de l'allumer en plein vent, bien à l'abri sous son ample capuchon.

Témoignages

HISTOIRE DE CAUSER

«A cette époque où les gens voyageaient rarement, voir arriver ou partir un voyageur semblait une aventure extraordinaire. C'était un spectacle de voir monter ou descendre de la patache ses occupants, de voir leur habillement, leurs bagages, de les interroger, pendant que des amis ou des familiers les recevaient pour les accompagner jusqu'à leur demeure.

«Les déplacements des gens du village donnaient lieu à de nombreuses conversations ; on savait par exemple que le notaire était parti à Paris, ou bien que la fille aînée du boulanger, mariée à Orléans, revenait dans sa famille, ou encore que la femme de l'épicier se rendait à Blois pour la troisième fois depuis le début du mois. Tous ces évènements donnaient lieu, dans les chaumières, à de nombreux commentaires.» (Récit de M. Jacques Hubleur, de Marchenoir.)

À L'ENSEIGNE DE L'AUBERGE

«A cette époque, pas de distributeur d'essence, simplement des mangeoires sur pieds de bois à la porte des cafés. Dans ces mangeoires les chevaux prenaient leur ration d'avoine et de foin.

«Au café, pas de restaurant, parfois des auberges, au café donc, le conducteur se réconfortait souvent d'un bon casse-croûte arrosé d'un non moins bon verre de vin rouge.

«Parfois, et c'était une aubaine, on ramassait sur la route un beau fer à cheval tombé d'un sabot ; on s'empressait alors de le porter au maréchal, qui donnait une pièce de dix centimes. Cela permettait l'acquisition rapide d'une tablette de chocolat à la crème vite consommée.» (Souvenirs d'un Chapellois resté anonyme.)

Facteur rural
1900
Les Courriers
Ralph

Le progrès en marche

Le piètre état des routes n'encourageait guère aux promenades. On se déplaçait à pied lorsqu'il fallait se rendre à la louée de la Saint-Jean, à Oucques, ou à l'assemblée de la Quasimodo, à Cravant. Pour couvrir des parcours plus importants, on attelait le cheval à la calèche : c'est ainsi qu'on allait chercher une demoiselle dans la frairie du village d'à côté.

Le premier vélocipède fut acheté vers 1900 au père Chouteau, le mécanicien du bourg, par Joseph Boutet, qui n'avait pas de lubies ordinaires. Les pneus, une sorte de boudins durs, étaient pleins ; on les appelait pourtant des «creux». Ils ne crevaient évidemment jamais mais les roues se voilaient fréquemment, ce qui n'avait du reste pas grande importance. Si vous aviez la malchance d'engager une roue dans une ornière ou une frondière, c'était la dégringolade assurée. Le bas du pantalon était serré avec une pince à linge. A noter l'épaisse selle à ressort, très confortable. Les freins n'étaient pas à câble mais à tiges.

Le vélocipède marqua les balbutiements du Progrès. Une voiture automobile déboucha sur le bout de la place en 1895, dans une pétarade assourdissante qui emballa les attelages. Le bourg disparut dans la poussière. Les gamins couraient derrière le bolide en criant : «Une voiture sans chevaux !» Elle déclencha une véritable révolution, cette voiture automobile-là. On ne sut jamais à quel fou elle appartenait ; elle ne fit que passer à grand concert de pouet-pouet afin que le monde s'écarte devant elle : poules, hommes et chevaux.

La première automobile de la commune, une De Dion-Bouton, fut achetée par le docteur. Le mécanicien Chouteau, Albert de son petit nom, construisit lui-même la sienne à partir d'un moteur monocylindre Aster ; l'armature de la carrosserie était en bois et les roues à rayons se garnissaient de caoutchouc.

Cet ingénieux véhicule est aujourd'hui exposé au musée de Montrichard.

Il faut croire que l'esprit de l'invention animait la famille entière puisque le neveu de ce mécanicien, Émile Venot, se lança dans la construction d'un... aéroplane. Le projet fut malheureusement interrompu par la Guerre de 14, d'où le garçon ne revint pas.

On sursautait encore lorsque passait la «Serpolet» pilotée par le notaire André Riby. C'était une sacrée teuf-teuf à la vitesse irrégulière, parce que mue à la vapeur (chauffage par alcool) !

Il était — déjà ! — précisé sur les permis de conduire que lesdits permis seraient retirés dès la première infraction à la bonne conduite commise.

Le train du chemin de fer s'époumonnait depuis le 26 mars 1846 sur la ligne Paris-Orléans-Tours. La station de Beaugency ne se nommait pas encore la gare, mais plus logiquement «l'embarcadère». Bien peu des gens de chez nous avaient eu l'occasion de grimper dans un wagon.

Dans les années 1900, on ne prenait le train que pour se rendre au régiment. Et encore pas toujours car je vous ai dit en d'autres pages ce qu'il convenait de penser de ce mode de transport : on lui attribuait toutes espèces de dangers, depuis les infections respiratoires jusqu'au déplacement du cerveau dans la boîte crânienne*. Un conscrit préféra se rendre à pied à la caserne d'Antibes plutôt que de monter dans le train, quitte à partir une semaine avant !

Les gens s'enhardirent cependant en juillet 1912, quand le cirque Barnum planta son immense chapiteau à Orléans. On attela le cheval à la carriole et on le laissa à l'écurie Cornillaud de Beaugency. On grimpa ensuite dans une voiture de 3e classe, une petite appréhension au cœur. Un aller-retour Beaugency-Orléans coûtait alors quarante-quatre sous.

Une telle expédition était un événement mémorable, qu'on préparait longtemps à l'avance. On se levait de bonne heure au matin de l'aventure. Ces folles équipées ferroviaires n'allaient pas sans cocasseries. Ainsi un jour de Noël, une maisonnée partit avec

* Se reporter au *Catalogue des méfaits et des étrangetés,* par Gérard Boutet : «Anecdotes sur la ligne de chemin de fer Paris-Orléans.» (Orléans 1978).

l'âne sous une pluie battante. Tout se passa bien à l'aller mais au retour, l'âne ne voulait plus avancer parce que la flotte lui tombait dans les oreilles. Il fallut pousser l'âne et la carriole depuis la gare jusqu'au bercail, soit sur plus de dix kilomètres !

Une autre fois, deux amis se rendirent par le train à la foire de Blois. Là encore, l'aller fut merveilleux. Si merveilleux que, débarqués sur le champ de foire, nos compères trinquèrent plus que de raison à leur escapade. Le soir venu, ils ratèrent leur train de retour. Le trafic n'était pas intense à l'époque et les traînards durent revenir à pied dans la nuit, avec leur billet aller-retour en poche. Mais leurs souliers des dimanches n'étaient point conçus pour accomplir un tel exploit. Arrivés en claudiquant sous le pont de Mer, les deux amis durent se déchausser, les pieds en sang, et continuer la route en chaussettes, les souliers sur l'épaule. Il n'était certes pas question de débourser inconsidérément ses sous à l'hôtel et leur trotte nocturne s'étira sur une quarantaine de kilomètres !

Les gares principales étaient reliées aux chefs-lieux de canton par le «tortillard», dont l'unique voie longeait la route. Ce tortillard bien nommé comprenait une locomotive poussive, deux voitures de voyageurs et un fourgon de marchandises. Les paysans l'utilisaient pour aller au marché de la ville, avec leurs sacs de grain et leurs volailles entassés pêle-mêle sur un mauvais filet à bagages, au-dessus des têtes. A la moindre secousse, et c'était fréquent, tout menaçait de s'écrouler sur les passagers qui se serraient sur les banquettes à liteaux. Le confort de ces voitures, on le devine, était des plus sommaires et le vacarme tel qu'on ne s'entendait pas converser. La vitesse oscillait autour des trente kilomètres/heure, selon le vent et le relief du paysage. Les gares se résumaient à une simple cabane où patientaient les usagers (parfois longtemps car les horaires manquaient d'exactitude). Le tortillard annonçait une traversée d'agglomération en sonnant de la clochette à tout berzingue, depuis la première maison abordée jusqu'à la dernière dépassée. Il donnait du sifflet lorsqu'il coupait une route.

En même temps qu'il envahissait les chemins ruraux, le Progrès s'attaquait au ciel des campagnes, et ce ne sont pas les anecdotes les moins surprenantes de ce chapitre. Car la plaine de Beauce offrait en effet aux pionniers de l'air le terrain idéal pour tenter leurs sauts de puce. On entendit alors le vent retentir d'étranges explosions et l'on vit les drôles de machines volantes bourdonner dans la galerne. Les aéroplanes voltigèrent et tourbillonnèrent sur les éteules avant de capoter piteusement dans un fracas de bois brisé et de toile déchirée. Ce qui ne manqua pas de faire ruer les attelages dans les brancards.

Le glorieux Louis Blériot, qui possédait un château dans la région, à Lamotte-Beuvron en Sologne, survola la plaine de Beauce avant d'effecteur la traversée de la Manche. Le 18 septembre 1912, ce fut le lieutenant Bardage qui posa son biplan Maurice Farman sur les champs d'Oucques-la-Joyeuse, devant la population ébahie.

Les laboureurs suivaient ces évolutions d'un œil intrigué tout en priant que les cieux ne leur tombent pas sur la tête, comme cela avait failli arriver à nos ancêtres les Gaulois. Mais ils s'en amusèrent vite car ils n'étaient plus de ces rustres de jadis qui se ruaient sur les montgolfières écrasées, fourche en poigne, en croyant de bonne foi avoir affaire à une invention du Diable. On s'accommode de tout dans les campagnes, même de l'extravagance des savants de la ville...

Témoignages

LA VIE AU CHÂTEAU

«Mon village, Lailly-en-Val, n'était pas comme les autres avec ses sept châteaux, qui détenaient plus de la moitié du territoire de la commune. On n'en était pas plus malheureux, bien au contraire, les habitants vivant en tout ou en partie des châteaux. Ils étaient la providence du village où il n'y avait aucun chômeur. Bien avant que l'instruction publique et gratuite soit dispensée aux enfants, les de Lorges avaient fondé à Lailly une école maternelle, des écoles pour garçons et filles (4 classes) entièrement gratuites, fournitures comprises et accessibles à tous les enfants de la commune.

«L'église était éclairée par l'électricité dès 1895 et c'est en 1896 que mon père acheta chez Divray, à Beaugency, la première bicyclette à pneumatiques : une Gladiator pneus Dunlop, payée 300 F. Deux autres bicyclettes étaient déjà dans le pays, mais à creux. En 1900, elles étaient une demi-douzaine. Il y avait encore dans le village trois "voitures sans chevaux" et le train ne causait plus guère d'appréhension. Pour ce qui me concerne, en 1896, j'avais été à Paris et j'y retournai en 1900 pour la célèbre exposition.» (Lettre du colonel Gervaise, de Lailly.)

LA BELLE AMÉRICAINE

«Les Américains, pendant la Guerre de 14-18, exploitaient la forêt de Marchenoir. Souvent, le dimanche, plusieurs venaient à Josnes avec une Ford de ce temps, haute sur roues. Ils parquaient cette voiture dans la cour à Paul Bigotteau, près de la maison de M. Boniteau, le pasteur protestant, et ils passaient l'après-midi à flirter avec certaines filles du coin.

«Les fils Boniteau s'intéressaient davantage à la voiture qu'aux filles. Ils montèrent un jour dedans et, surpris d'avoir lancé le moteur en marche arrière, l'abandonnèrent à la dérive. L'auto finit de traverser la cour, s'engagea dans une vigne et rentra chez Ugénie Piquette, pour ne s'arrêter que dans l'embrasure d'une fenêtre !» (Souvenir de M. Georges Rousseau, de Gien.)

QUE LA LUMIÈRE SOIT !

«Vers 1920, une nuit, notre informateur s'arrêta dans une ferme d'Ohé, sur la commune de Viabon (Eure-et-Loir), pour y demander le gîte dans un pailler. Il tenait une lampe électrique à la main. «Malheureux ! s'écria le vieux fermier. Souffle ça : tu vas mettre le feu !» Le bonhomme n'avait encore jamais vu ce genre d'éclairage.» (Souvenir de M. René Sicot, d'Orléans.)

Les étapes d'une vie

Noms, prénoms et surnoms

Avec leurs couettes de plumes où l'on enfonçait jusqu'à disparaître, les alcôves d'autrefois savaient être fécondes et il n'était hélas pas exceptionnel de rencontrer des nichées d'une douzaine de mioches, sinon davantage. Sans compter que les meulons de foin, aux beaux temps, exhalaient d'enivrants parfums qui font perdre la tête aux gredines, comme l'a écrit Émile Zola dans *La Terre*.

A croquer dans un fruit, il reste toujours quelques pépins et plus d'une jeune fille, du jour au lendemain, devint une gourgandine. Les parents se hâtaient de la caser avant que ses formes ne rondissent trop ; on la mariait «à l'œuf de bois», comme médisaient les commères, avec un petiot sous le devantier. Le dénouement était parfois plus dramatique, quand le charretier avec qui elle avait fauté ne voulait rien entendre. Les ragots allaient bon train, puis les mauvaises langues finissaient par se fatiguer, ou trouvaient un autre sujet plus croustillant, et tout se calmait. Si une «fille-mère» dénichait plus tard un bon gars, elle se mariait sans tambour ni trompette et tout rentrait dans l'ordre. Elle redevenait une femme respectable, et elle pouvait à son tour médire après les délurées qui se laissaient culbuter dans le foin. Sinon, c'était bien souvent la misère...

Les méthodes abortives (il faut les avouer aujourd'hui bien qu'on répugnait d'en parler hier) restaient bougrement aléatoires. S'ajoutaient à cela une méconnaissance quasi totale et une hygiène défectueuse dans le domaine, d'où la forte natalité de l'époque. En ville comme en campagne se posaient les mêmes problèmes, les mêmes inquiétudes.

En pénurie de «noisettes» du colporteur, l'homme pratiquait le retrait — ou essayait de le pratiquer —, avec tous les risques d'échec que cette prétendue retenue comportait. La femme s'affolait vite au moindre retard menstruel. Elle avait alors recours aux insertions publicitaires, en bas de pages des journaux : les pilules Cabon (résultat immédiat et infaillible, sans aucun danger), la méthode du professeur Knipf (adressée avec les accessoires nécessaires) ou le médicament miracle du docteur Jefson (auquel aucun cas ne résiste). Un de ces traitements coûtait entre cinq et quinze francs, discrétion assurée.

Ce prix relativement élevé donnait à réfléchir. En fin de compte, les paysannes se rabattaient sur les bons vieux remèdes de bonne-femme, comme les bains de pieds à la moutarde. Ce n'était qu'à la dernière extrémité qu'elles demandaient secours à la «faiseuse d'anges» dont le village faisait mine d'ignorer les coupables activités par peur d'en avoir un jour besoin. Aux dangereuses aiguilles à tricoter, l'avorteuse préférait sonder à la queue de persil, ce qui évitait les perforations. Le résultat, à défaut d'être d'heureuse conclusion, provoquait de fréquentes et graves infections. La plupart des femmes se résignaient alors et les grossesses, au lieu d'être une joie, se transformaient en torture.

Bien entendu, une femme en mal d'enfant devait observer les élémentaires précautions d'usage pour ne point mettre au monde un vilain rejeton dont elle aurait à rougir. La nourriture d'abord : plus de vin et très peu de vinaigre. La future mère évitait les travaux pénibles, bien que certaines insouciantes osassent moissonner jusqu'à la veille de leur parturition. On en vit même une qui accoucha à l'ombre d'un gerbier !

Il était encore recommandé aux femmes enceintes de satisfaire leurs fameuses «envies», sans toutefois en abuser, sous peine de marquer leur descendance. Malgré tout, des enfants naquirent avec des taches de vin, des prunes, des fraises ou des quartiers d'orange incrustés dans la peau. Enfin, on conseillait aux femmes de ne pas regarder les choses laides pour ne pas enlaidir leur progéniture.

La curiosité poussait évidemment à deviner le sexe de l'enfant à naître.

Rien n'était plus facile. Un véritable jeu d'enfant, on peut le dire. D'après la forme que prenait le ventre de la future mère, on savait s'il viendrait un garçon (grossesse en largeur) ou une fille (grossesse en pointu, en avant). Une femme dont la mine se brouillait accoucherait d'un garçon ; si son minois conservait sa fraîcheur, ce serait une fille. Un enfant «bâti» en croissant de lune donnerait un garçon ; en décroissant, une fille. Pour plus d'infaillibilité, ces prophéties s'inversaient d'une paroisse à l'autre : on était sûr ainsi de ne se tromper qu'une fois sur deux !

Selon le cas, on prévoyait encore le sexe de l'enfant à naître d'après le comportement du marmot précédent : si son aîné avait dit «Papa» en premier, le puiné serait un garçon ; s'il avait dit «Maman», ça serait une fille. Autre prédiction : quand la lune ne changeait pas dans les trois jours suivant la naissance d'un enfant, le sexe de son cadet ne changerait pas non plus.

Les accouchements se déroulaient à domicile. Une sage-femme venait au bourg. On disait en la voyant se dépêcher sur le chemin : «Tiens, v'là la "Mère Guette-au-trou" qui court chez Une-telle.» Le mari, qu'on jugeait plus amène à faciliter un vêlage qu'un enfantement, aidait à faire bouillir les bassinées d'eau et à préparer les linges. C'est encore lui qui enterrait l'arrière-faix dans un coin de jardin et qui jetait le cordon ombilical dans la basse-cour. Si un coq picorait ce cordon, l'enfant était assuré de bien chanter plus tard.

Une accouchée demeurait alitée pendant huit à dix jours après sa délivrance. Les relevailles ne se faisaient qu'avec d'infinies prévenances. Dans cette attente, les voisines s'occupaient du fricot, du ménage et du mari. C'était le père qui déclarait l'enfant, ou le grand-père quand le géniteur restait inconnu. Le brave homme avait quelquefois besoin d'un bon coup de vin pour ravaler son émotion. Il s'arrêtait donc au bistrot et reprenait ses forces avant d'affronter les formalités légales. Là, il trinquait à la santé du nouveau-né. Si bien qu'en sortant, il ne marchait plus très droit. Arrivé devant la mairie, un paysan ne fut plus fichu de se rappeler du prénom qu'on avait choisi pour son héritier. «Bah ! ça ne fait rien, lui dit le secrétaire. Tu n'as qu'à l'appeler comme le mien !» Ce qui fut fait. On ignore comment réagit la mère.

Parfois, un père passablement éméché déclarait n'importe quel prénom, celui qui lui passait par la tête. C'est ainsi que mon grand-oncle fut pompeusement prénommé : Athos, Porthos, Aramis.

Pendant longtemps, on eut coutume de donner aux aînés le petit nom de leur père. Dans les familles protestantes, la mode voulait qu'on en puise dans l'Ancien Testament, partie qui ne figurait plus dans la Bible des catholiques. Ainsi baptisa-t-on, au temple, des Moïse, Josué, Samuel, Isaac, David, Siméon, Télémaque, Jérus, Ismaël pour les garçons ; des Rachel, Rebecca, Sarah, Ruth, Léa, Néhémie pour les filles.

Sonnait le jour du baptême. On choisissait le parrain et la marraine parmi les membres les plus aisés de la proche famille, ou dans le voisinage. C'étaient eux qui achetaient et jetaient les dragées aux gosses du village, à la sortie de la cérémonie religieuse. Les jeunes gens se postaient aux abords de l'église et tiraient au fusil dès que le nouveau baptisé paraissait au grand jour. Ils quêtaient parfois dans l'assistance après la fusillade.

Chacun s'accordait pour considérer l'allaitement maternel comme le meilleur qui fût, et les bambins restaient bien souvent au sein tant que la mère pouvait les nourrir. L'allaitement maternel offrait un autre avantage : celui d'empêcher les grossesses rapprochées. On pensait en effet qu'une mère qui allaitait ne courait aucun risque d'être «prise» tant qu'elle donnait le sein. En cas d'insuffisance, le bébé tétait aux mamelles d'une généreuse voisine ou était sevré au lait de vache. Mieux : au lait de chèvre. Le pis caprin avait la réputation de former les plus beaux enfants. Un seul inconvénient néanmoins : le nourrisson risquait d'attraper, du même coup, le caractère capricieux de la biquette !

Les mères qui travaillaient aux champs se voyaient obligées de laisser leur poupon au berceau, souvent sans surveillance. Elles leur coinçaient alors dans le bec une tétine emmanchée à un tuyau quelconque, ingénieux dispositif qui remplaçait tout à la fois le hochet et le biberon. On prétendait qu'un enfant en bas âge qui grimaçait à plaisir, resterait grimacier toute sa vie.

Nous évoquions plus haut le choix des noms de baptême. En vérité, ce choix n'importait guère puisqu'on ne les employait pas, ou presque pas. On usait en tout cas du second prénom, jamais du premier. Nul ne savait dans ma famille que le premier prénom de notre arrière-grand-mère, qu'on appelait Odile, était en réalité Marie-Aimée !

Et surtout, on collait très vite sur les gamins un surnom mieux approprié à leur personnalité.

Le père Pétrot tenait son sobriquet de sa maman, qui lui rabâchait dans sa prime jeunesse : «T'es toujours fourré dans mes jupes, t'es qu'un empétrot!» Celle du Marquis disait : «Tu resteras tout chétif si tu manges pas ta soupe, comme le Marquis de Carabas !» D'autres petiots étaient surnommés, pour les mêmes raisons, Tichien ou Mignon. L'Avocat était un gamin qu'on plaisantait parce qu'il parlait mal.

Un sobriquet renseignait aussi sur l'origine des parents de celui qui le portait, tels le Solognot ou Poitou.

Hérode désignait un incorrigible menteur et Bineux un piètre cultivateur (il ne labourait pas, il binait!). Le Tapoteux devait le sien au tic qui agitait ses mains et La Moukère rappelait la participation de Camille Camus à la conquête de l'Algérie. Tirouge (contraction de Petit-rouge) avait les joues colorées — son patronyme était d'ailleurs Rozet ! Si le Marcou avait une signification évidente, d'autres en revanche restaient incompréhensibles aux non-initiés ; c'était le cas pour Bada et Bourassin, entre autres.

L'usage du «petit nom» devint tellement répandu que le percepteur n'omettait jamais de le noter sur ses feuillets. Dans le village même, il était courant de ne connaître quelqu'un que par son surnom et d'en ignorer la véritable identité.

Dans les paroisses voisines...

En Sologne, une femme stérile qui désirait un marmot devait, la nuit, se rendre à la croisée des chemins et y implorer la lune. Elle pouvait aussi, pour plus d'efficacité, implorer ce bon vieux saint Greluchon.

En vieux parlage solognot, un garçon était un «drôle» ; une fille, une «poque» ou une «bouème» ; les enfants, des «allouas». En Petite Beauce, les enfants étaient les «gnas» ou les «trains».

Témoignages

DEVINETTE

«Jadis, les Beaucerons pratiquaient beaucoup dans les greniers, dans les paillers, les tas de foin et même les fossés... Ce ne sont pas les ''nids de quarante ergots'' qui manquaient. Dans les fermes, on ne savait jamais si c'était le patron ou le maître charretier qui avait ''engroussi'' la bonne.» (Lettre de M. Louis Tranchant, de Fleury-les-Aubrais.)

À TOUS LES COUPS ON GAGNE !

«Un vieux médecin savait deviner le sexe d'un enfant à naître sans jamais se tromper. Il confiait à la mère : «Ça sera une fille» ; et il inscrivait «garçon» sur son calepin. S'il naissait vraiment une fille, tout était parfait. S'il venait un garçon, le vieux médecin exhibait son calepin en se récriant : «Mais non, je vous assure, j'avais bien prévu un garçon ! Regardez du reste : je l'avais même noté lors de votre visite !» (Anecdote rapportée par Bernard Prouteau, de Jazeneuil.)

TORCHÉS !

«Pour éloigner les maraudeurs, les cultivateurs n'avaient pas de groupements d'autodéfense. Ils se servaient de leurs fusils chargés de nœuds de paille ou de gros sel. Ceux qui reçurent ces décharges dans le postérieur portaient le surnom de ''Paille-au-cul'' à Saint-Pryvé et de ''Cul-salé'' à Olivet. Vorace était ainsi nommé parce qu'il avait dans un repas de noces ingurgité la ration de plusieurs convives. Quant à La Soudure, c'était un Orléanais de la rue du Boyau qui, ne pouvant aller tailler sa vigne inondée, se confectionna des bottes en zinc ou en fer-blanc assemblées avec de la soudure.» (Lettre d'un correspondant qui désire garder l'anonymat.)

En sortant de l'école...

La commune possédait quatre écoles : deux accueillaient les garçons et les deux autres les filles. Avant que la IIIe République ne les décrète publiques, laïques et obligatoires, les écoles étaient «libres», c'est-à-dire de confession catholique ou protestante.

Les classes des garçons étaient tenues par les maîtres d'école, celles des filles par les maîtresses. L'opinion n'aurait jamais accepté qu'un homme enseigne à des fillettes, pas plus qu'une demoiselle apprenne l'alphabet à des garçonnets. La lourde responsabilité de conduire les «grands» jusqu'au certificat d'études incombait au directeur et à la directrice ; leurs adjoints torchaient et dégrossissaient les «petits», les purgeaient enfin de leurs expressions patoisantes. En classe, on devait s'exprimer en français, pas en jargon local. Le patois n'était toutefois pas assez particulier pour que son emploi déchaîne de sévères punitions. Le parlage des pays de Loire ne comprenait qu'une vague déformation du vocabulaire autorisé, agrémentée de quelques termes empruntés aux parlures d'antan. Ne prétendait-on pas avec orgueil que notre contrée était celle «où qu'on causait ben» ?

Le directeur principal, celui qui menait les loupiots au certificat, faisait figure de notabilité dans les environs. Il était l'érudition personnalisée, l'homme savant du village, la tête pensante de la commune après le curé, bref le seul citoyen qui bénéficiait d'enviables vacances. Quand les paysans s'échignaient en moissons, lui se reposait. Le savoir livresque lui conférait en outre le respect général.

Tout comme son voisin le curé — dont il ne partageait ni les idées politiques ni les certitudes religieuses, cela va sans dire ! — l'instituteur se doublait d'un agent électoral pendant chaque consultation du suffrage universel. En sa qualité de secrétaire de mairie, il conseillait les paysans sur les démarches administratives à effectuer et leur rédigeait les lettres importantes. Il assurait encore la direction de la succursale de la Caisse d'épargne de Blois, où le dépôt maximal sur livret ne devait pas excéder 1 500 F. Le cas échéant, il procédait à l'arpentage des parcelles litigieuses. Son salaire annuel s'élevait à 1 800 F, plus une gratification de 300 F pour le secrétariat de mairie.

Les enfants fréquentaient l'école à partir de leurs cinq ans. La rentrée sonnait au 1er octobre. Garçons et filles se présentaient en tablier noir ; ils portaient une musette de toile en guise de cartable. Au grand jamais un galopin acceptait d'enfiler une blouse de couleur, qui l'aurait fait «ressembler à une fumelle».

Dans la classe, les lourdes tables de chêne se rangeaient devant le bureau de maître, face au tableau noir. Des cartes de géographie, muettes ou légendées, s'accrochaient aux murs. Au milieu de la salle ronronnait l'imposant poêle de fonte, avec sa ration journalière de bûches fendues. Durant les hivers d'autrefois, chaque gosse devait apporter sa bûche. Deux écoliers étaient désignés à tour de rôle pour préparer et allumer le poêle, ce qui les obligeait à se lever plus tôt que leurs camarades. Les élèves gardés en retenue nettoyaient la salle.

Avant de pénétrer en classe, le maître d'école passait en revue les rangs alignés sous la clochette. Les pouilleux étaient aussitôt renvoyés chez eux. Une invasion de poux (ou certaines épidémies) nécessitait immanquablement la fermeture de l'école. Les mères démêlaient les tignasses au peigne fin, les saupoudraient à la «marie-rose» ou les tondaient purement et simplement. Les «totos» pullulaient au point qu'un crâne rasé n'avait rien de discriminatoire parmi les enfants.

Un écolier impeccable se voyait accorder un «point d'exactitude» qui s'ajoutait à ses autres «bons points». Il amassait jalousement son trésor dans une petite boîte d'allumettes et l'échangeait contre des images, suprême récompense des élèves exemplaires, des chouchous qui «retenaient bien».

Le but de l'enseignement primaire était avant tout de vulgariser la lecture et l'écriture, deux sciences qui avaient tant fait défaut aux générations précédentes. La calligraphie était une vertu. On apprenait à compter avec des bûchettes : chaque écolier devait tailler les siennes dans des brindilles et les assembler en petits fagots : en dizaines et en centaines. Les tables de multiplication étaient apprises par cœur et débitées sur l'air que l'on sait.

Le programme se composait aussi d'instruction civique et de morale, matières qui ne manqueraient pas de bonifier le peuple de France. Puis étaient dispensées les leçons de choses, la glorieuse Histoire de France (qui débutait avec nos bons ancêtres les Gaulois, truculents et patriotes), enfin la géographie de la métropole et de ses colonies, alors nombreuses. Ceux de la «grande classe» devaient être capables de réciter sans la moindre hésitation toutes les dates historiques, tous les départements français avec leurs chef-lieu, sous-préfectures, villes principales et le nom de leur ancienne province.

Les livres de lecture exaltaient «l'amour fraternel et l'amour de la patrie» dans chaque chapitre, sans négliger les sacrifices que réclamaient ces louables sentiments. Les bouquins étaient jaunis et écornés à force d'être feuilletés. *Le Tour de France par deux enfants* enchantait le cours moyen en détaillant les métiers et les ressources du pays, ville après ville, région après région, suivant les pérégrinations de deux frères, André et Julien, partis à la recherche de leur valeureux père. On lisait en exergue du troisième chapitre : «O mon frère, marchons toujours la main dans la main, unis par le même amour pour nos parents, notre patrie et notre devoir.» Ainsi se résumait l'esprit du livre.

Un autre volume recueillait l'attention : *Les Enfants du sergent Marcel,* qui relatait l'héroïque retraite de Bourbaki en 70. Là encore, le thème préparait déjà à la revanche.

En 1905, pendant l'heure du chant, on fredonnait des refrains patriotiques et revanchards (*Flottez drapeaux ! Hymne à la France*), des couplets d'espérance (*La Fédérale, Hymne aux temps futurs*), et des rondes folkloriques (*Le Semeur, Alouette*). Le répertoire était soigneusement consigné dans un cahier de chant, avec les partitions musicales.

La discipline qui régnait à l'école était toute militaire : alignement, inspection, brimades. Le maître ne se gênait pas pour gifler un récalcitrant, ou pour lui taper sur les doigts avec sa longue règle. Mais certains élèves costauds se mutinaient parfois, ce qui mettait le maître en fâcheuse posture !

A midi, faute de cantine, les écoliers retiraient leur casse-croûte des musettes et le grignotaient sous le préau en été, à la chaleur du poêle en hiver. Ils se gardaient bien d'en disperser les miettes, sous peine de sanctions. Les parents les plus aisés donnaient dix centimes à leur enfant, qui courait jusque chez le charcutier pour améliorer son ordinaire.

Pendant les récréations, on organisait toutes sortes de jeux de groupes ou d'équipes. On jouait au furet, à cache-cache, à pigeon-vole, à saute-mouton, à la pelote-au-trou (balles en guenille qu'on poussait dans un trou). On sortait aussi les quilles, les billes en terre colorée (qui valaient deux sous la douzaine), les biscayens (énormes cailloux ronds), les bœufs ou cannettes (lourdes billes en fonte) et les moines (toupies trapues qu'on lançait à la ficelle).

Les garçons jouaient encore à la «billette», ou au «bouchon» : quelques piécettes tenaient en équilibre sur un morceau de manche à balai mis debout. A l'aide de palets découpés dans des culs d'obus ramassés sur les champs de 70, les joueurs essayaient, à une vingtaine de mètres, de faire écrouler la billette. Les sous qui tombaient près des palets étaient gagnés, ceux qui touchaient à la billette restaient en jeu. Il est évident qu'on ne misait pas des fortunes, seulement quelques sous en bronze sans grande valeur.

Durant les jeudis ou pendant l'école buissonnière, les haies offraient le cruel amusement du dénichage des oisillons. On y taillait des mirlitons et des «flacouères» (sarbacanes à élastique) dans les sureaux, ou des fourches de lance-pierres dans les bosquets.

Les filles jouaient à la marelle, aux osselets ou à la «catin» (poupée de chiffon). Ces pauvres pantins étaient bourrés de son et vous regardaient de leurs yeux ronds en boutons de culotte. Pendant la Guerre 14-18, les filles furent employées à déchirer de la charpie destinée aux blessés du front.

Dans plusieurs communes à partir de la mi-juin, les «grands» s'exerçaient au tir à la carabine sous le commandement du maître. Chaque tireur recevait trois cartouches. Les garçons s'initiaient aussi au maniement d'un fusil de bois, grandeur réelle, ce qui leur donnait droit de défiler avec les sapeurs-pompiers, pendant la retraite aux flambeaux du 14 Juillet. Cela servait surtout de préparation militaire en vue de la prochaine «der des der».

Selon les années, les garçons participaient à la destruction des hannetons. Le garde champêtre leur distribuait de vieux sacs à grain. Toutes les classes partaient en chasse et fouaillaient sans ménagement les feuillages avec leurs longues badines. On gaulait les hannetons comme des noix en automne. La coquette prime d'un sou était offerte par le garde champêtre à quiconque en rapportait un plein sac. Le grand bénéficiaire de l'opération restait l'épicier car les sous filaient dans sa caisse, contre l'achat de sucres d'orge.

Malgré les interdictions répétées du maître d'école, les écoliers emportaient quelques insectes dans leurs poches pour ne les lâcher qu'en salle de classe, à la grande joie de tous. Les malheureux hannetons, retenus par une ficelle attachée à une patte, étaient condamnés à voleter lourdement et à bourdonner au-dessus des garnements réjouis. Ils s'envolaient parfois avec des boulettes de papier mâché accrochées à la traîne. «L'année des hannetons, reconnaît Jacques Hubleur, était aussi l'année des punitions.»

La classe fermait ses portes à 4 heures de l'après-midi, dans un brouhaha de gosses libérés. Les gamins qui ne possédaient pas de musette, glissaient livres et cahiers dans leur ceinture. Sitôt rentré à la maison, l'écolier s'empressait de se dépouiller de son tablier pour ne pas le salir.

Dans les derniers jours de classe, les écoliers décapaient les encriers de porcelaine blanche, grattaient les pupitres avec un morceau de verre et les ciraient à la bougie. Ils remettaient ensuite de l'ordre dans les locaux scolaires.

La distribution des prix se déroulait le 14 Juillet, sur la place en fête, en présence des parents plus ou moins fiers des résultats de leurs rejetons.

La scolarité d'un enfant finissait avec sa treizième année mais beaucoup partaient avant : il n'était pas nécessaire en effet d'obtenir son certificat d'études pour se louer comme vacher dans les fermes de Beauce !

Témoignages

DES CHIFFRES ET DES LETTRES

«A Coulmiers en l'année 1833, l'instituteur Louis-Honoré Sallier, qui était aussi agriculteur, avait un traitement de 200 F ; comme il faisait la classe dans sa maison, la municipalité lui allouait une somme de 72 F pour indemnité de logement. En plus de son traitement fixe, l'instituteur percevait une rétribution mensuelle que payait chaque élève : pour les élèves livrés à la lecture, l'écriture et les calculs, 1,50 F ; pour ceux qui n'étaient enseignés qu'à la lecture, 1 F ; pour les familles pauvres, la gratuité scolaire fut décidée.

«Pendant les grands froids, chaque élève devait fournir sa bûche journalière, sauf les élèves indigents.

«L'école était fréquentée du 1er novembre au 1er mai. Pendant les six autres mois, les enfants travaillaient, étant occupés à la garde des bestiaux et aux travaux des champs. L'horaire était ainsi fixé pour la scolarité : le matin à 9 heures jusqu'à 1 heure, et l'après-midi de 3 à 6 heures, les heures étant bien entendu basées sur le soleil.

«En plus du calcul, de l'écriture et de la lecture, l'instituteur apprenait les prières aux petits, le catéchisme et l'Évangile aux plus grands, l'éducation religieuse allant de concert avec l'éducation morale et l'instruction. Cela d'ailleurs ne posait pas de problèmes puisque l'instituteur faisait le chantre à l'église. La classe était de trois divisions.

«La première division apprenait ses prières, elle était exercée à la lecture sur les tableaux, suivant la nouvelle épellation. En plus, cette division devait savoir tracer sur l'ardoise des lettres et des chiffres.

«La deuxième division étudiait le catéchisme et l'Évangile. Elle lisait couramment, écrivait assez correctement, était exercée à la numération et aux premières opérations de l'arithmétique.

«La troisième division était exercée à la lecture des manuscrits et du latin. Elle faisait des problèmes sur les quatre opérations de l'arithmétique, étudiait la grammaire et le système métrique. Chaque mois, le maire et le curé visitaient l'école.» (Lettre de M. Gérard Lemaitre, de Coulmiers.)

HONNEUR AUX PREMIERS !

«La distribution des prix avait lieu dans la cour de l'école. Sur une tribune dressée et enjolivée de rideaux rouges se tenaient le maire et la municipalité entourés des fonctionnaires de la commune. Un député était présent, c'est vous dire l'importance de cette fête de l'école.

«Tous les élèves étaient récompensés et recevaient un volume selon leurs aptitudes et résultats personnels — pour les candidats au certificat d'études, c'était le classique dictionnaire et le parchemin certifiant cet examen de fin d'année pour beaucoup d'entre nous.

«Les traditionnelles couronnes en papier (feuilles de laurier) étaient placées sur les têtes par les personnalités présentes à la tribune. L'Harmonie participait gaiement à cette fête familiale qui était le gros succès de l'année. Tous les prix d'honneur étaient salués par l'exécution d'une figure de quadrille.

«La cérémonie des prix terminée, tout le monde se retrouvait sur la place du bourg pour la fête patronale du 15 août afin d'écouter le concert offert par l'Harmonie.» (Souvenirs d'un Chapellois resté anonyme).

VOLER N'EST PAS JOUER !

«Les méthodes éducatives au début du siècle avaient une grande efficacité. Très jeune, j'allais glaner, et pas pour m'amuser comme certains. Mon père faisait la guerre ; ma mère élevait des lapins et des poules, et cultivait de grands jardins. Elle n'a reçu l'allocation de l'État que pendant les deux dernières années de guerre, malgré que le maire, M. Rabier, soit notre cousin.

«Donc, j'allais glaner avec des petits camarades. Un jour, nous dénichons trois glanes dans un "tériou" (tas de gerbes). Elles appartenaient à la mère Pannier, la mère du maréchal, près de la place. Nous la voyions dans le lointain. Nous les avons partagées, quoi de plus facile, nous étions trois ; il nous restait ainsi du temps pour jouer, bien que je n'y avais plus beaucoup le cœur.

«Nous sommes rentrés pour déjeuner. La mère Pannier était déjà rentrée : je l'ai deviné à la raclée que j'ai reçue ! Ma mère décréta que je ne mangerais pas avant d'avoir rendu la glane. Je ne mangeai ni à midi, ni au goûter. J'attendis que le dîner soit commencé, et je sortis en courant avec l'objet de mon délit pour enfin le restituer, mais en le jetant par-dessus le mur. Le bien d'autrui ne m'a plus jamais tenté depuis...» (Lettre de M. Georges Rousseau, de Gien.)

Les conscrits, en avant marche !

Quelques années après la sortie de l'école, le chemin logique d'une vie d'honnête garçon passait obligatoirement par le régiment. Ce n'était qu'après cette épreuve qu'on devenait un homme digne de ce nom, apte à courailler après les «fumelles».

Un garçon était mobilisable à vingt et un ans. La conscription par tirage au sort dura jusqu'en 1903. A cette époque, on ne pouvait déjà plus «racheter» les mauvais numéros, c'est-à-dire payer quelqu'un pour qu'il serve à votre place.

Selon l'importance du contingent cantonal, l'Armée exigeait dix, douze conscrits, ou plus. Ceux-là, les mauvais numéros, partaient pour cinq ans dans l'Infanterie coloniale, mais ils en revenaient souvent au bout de quatre. Les autres, qui avaient tiré un bon numéro, ne partaient que pour un an. Deux frères n'étaient jamais casernés en même temps. Les fils aînés des femmes veuves étaient exemptés de tirage : leur rôle militaire se limitait à des périodes. Le service auxiliaire récupérait enfin les faiblards que les unités combattantes ne daignaient pas retenir.

La solde était de un sou par jour et d'un paquet de tabac tous les dix jours.

Il était inévitable que l'injustice flagrante du tirage au sort soulève des drames et des jalousies. Un bon numéro avait beau jeu de suborner la promise d'un mauvais tireur durant son absence. Au village, on ne connut cependant aucune désertion ni mutilation volontaire en période de paix. Les seules fredaines commises au régiment le furent par l'ineffable Léon Boureau, dit Ramponneau, à qui nous consacrerons bientôt un chapitre entier.

La guerre s'ajoutant à cet inique système d'enrôlement, mon aïeul Camille servit pendant sept ans sous les drapeaux, comme tant de ses conscrits, soit près d'un dizième de sa vie.

Les conscrits d'avant, ceux de 1830, tel le père Allard ou mon arrière-grand-oncle Camus, avaient été expédiés en Algérie. Le premier de ces conquérants en rapporta de savoureuses histoires et des chansonnettes sur la casquette du Général Bugeaud tandis que le second devint à jamais le père La Moukère, ainsi que je vous le contais tout à l'heure. Lorsqu'il me faisait sauter sur ses genoux, mon grand-père fredonnait encore les gaillards couplets que lui avait jadis appris son oncle, couplets où il était question de trempage fessier et de soupe chaude.

Il fallait néanmoins accorder un avantage appréciable au régiment : c'était à cette occasion qu'on effectuait son premier vrai voyage par le train, c'était grâce à lui qu'on «montait» à Paris, ou plus exactement au fort de Vincennes. Et oui ! le régiment permettait de voir du pays et enrichissait les souvenirs.

Au village, les conscrits de l'année profitaient de maints égards. Les gens les conviaient à de nombreux banquets, un dimanche à la table de l'un, un dimanche à la table de l'autre. Les filles de leur âge leur rinçaient copieusement le gosier. Quand une maison tuait son cochon, la maîtresse gardait toujours une part de boudin qui leur revenait de coutume. Pas besoin de s'engager dans la Légion, de la sorte, pour scander le traditionnel «Tiens voilà du boudin !»

Au premier de l'an, les conscrits frappaient aux portes et souhaitaient leurs meilleurs vœux. Une fermière généreuse leur donnait cinq sous pendant que le fermier remplissait leur gourde de sa dernière eau-de-vie. Les paysans qui buvaient à cette gourde devaient largement payer leur rasade. Les premiers à lécher la gnôle étaient bien entendu les conscrits eux-mêmes, de sorte que la matinée ne s'achevait pas sans qu'on en retrouve deux ou trois en déroute dans le fossé, ivres morts. On en releva même un que la congestion avait déjà tout violacé !

A Pâques, les conscrits se remettaient en campagne pour aller ramasser les œufs dans les fermes des environs. La classe suivante portait le panier.

Venait enfin la convocation pour le conseil de révision, qui se tenait au chef-lieu de canton à date fixe, en avril. On s'y rendait à pied, avec clairon, tambour et drapeau déployé en début de cortège. Les conscrits braillards jouaient déjà aux pioupious sur les mâles accents d'une clique improvisée.

Les garçons qui ne mesuraient pas 1,54 m sous la toise étaient réformés. Pour échapper à la mobilisation, d'indignes conscrits s'étaient usés en un pénible entraînement : un lourd sac rempli de pierres sur le dos, ils avaient grimpé et descendu leurs marches de cave plusieurs fois de suite, chaque soir, jusqu'à ce qu'ils se tassent la colonne vertébrale et n'atteignent plus la hauteur réglementaire. Les autres sortaient du conseil avec la soudarde fierté de revêtir sous peu le prestigieux uniforme d'un dragon ou d'un fantassin colonial. Ils épinglaient l'image carré du tirage sur le bourdalou de leur chapeau et les malchanceux essayaient d'oublier leur mauvais numéro. Les camelots les guettaient au passage de la place et les décoraient de colifichets : des cocardes «bon pour les filles», des fanions et des bérets tricolores.

La fine équipe du village s'en revenait vaille que vaille, toquait à la porte des filles à marier et crachaient les épaisses gaudrioles de circonstance. On se bâfrait en chemin, dans le café de Villemuzard qu'on investissait comme une citadelle prussienne. A nous les Dardanelles ; la relève arrive !... Et on buvait surtout plus qu'à son accoutumée.

Les retardataires — pour ne pas dire les futurs tire-au-flanc — ne rentraient que bien tardivement dans la nuit, sinon le lendemain, après avoir vomi leur ventrée sur les belles cocardes fanées. D'autres s'affalaient dans un buisson, trop saouls pour continuer leur expédition ; ils cuvaient là dans l'attente de lendemains qui déchantent...

Dans les paroisses voisines...

Gaston Couté, le chansonnier de Meung, avait vivement critiqué la bêtise des conscrits dans un de ses poèmes. Des recrues se vengèrent en descellant son buste et en le retournant, de façon qu'il ne les voie plus parader !

Témoignages

NE BOUGEONS PLUS !

Les conscrits de Huisseau-sur-Mauves avaient pour habitude de se rendre, après le conseil de révision, au *Café de la Bonne Dame* à Meung, qui se trouvait en face de l'actuelle gendarmerie, et de s'y faire photograhier. Les photos de toutes les classes étaient exposées dans la salle du café. Si aucun d'entre eux ne savaient jouer du tambour, c'était un vieux qui les accompagnait, parfois même le garde champêtre. (Information de M. Alain Pellé, ancien maire de Huisseau.)

POUR LA RIGOLADE

«A Baule, chacun avait ses idées. Catholiques et protestants devaient se côtoyer, car au hameau de Villeneuve il y avait un temple et une église.

«Chose curieuse, cette église était bâtie dans le cimetière, face à la place du Carrouet où se tenait tous les ans l'assemblée de Villeneuve. Sur cette place, il y avait un puits tout en pierre en forme de "pain de sucre". Il existe encore aujourd'hui. Il y avait aussi une mare qui recevait l'eau des caniveaux.

«Par une nuit bien noire, une carriole dont le conducteur s'était attardé, s'y est embourbée. Des conscrits en goguette y ont jeté la charrue de nos parents. Quelques jours plus tard, ils se sont fait payer "un canon de gris-meunier" pour la retirer. Chacun prenait la chose à la rigolade et tout le monde s'amusait bien.» (Lettre d'une ancienne habitante de Villeneuve.)

Gai, gai, marions-nous!

Dès sa libération du régiment, un gars de vingt-cinq ans dans la force de l'âge n'aspirait, en rentrant au patelin, qu'à se mettre aussitôt en ménage. Auparavant, il prenait quelque assurance en jetant sa gourme dans les cabarets interlopes de la ville, ou en s'acoquinant «au petit bonheur la chance» avec une souillon plus délurée que les autres. Les Beaucerons évoquaient ces hâtives liaisons par le dicton : «On s'aime à La Folie mais on se quitte à La Pierre Percée», La Folie et La Pierre Percée étant deux lieux-dits voisins sur la route d'Orléans à Châteaudun. S'il désirait vraiment se marier dans l'année en cours, un garçon devait s'arranger pour boire la dernière lichée d'une bouteille de vin. Une fille pareillement motivée devait trotter à travers champs en brandissant un tison, le premier dimanche de Carême, et profiter de cette insolite randonnée pour cueillir un bouquet de nielles. Ces deux rites s'avéraient, paraît-il, infaillibles.

Une fille dont le jupon dépassait, courait après une belle-mère.

Un gars ne cherchait pas midi à quatorze heures quand il s'agissait pour lui de jeter son dévolu. Il ne franchissait que très rarement les frontières de la paroisse. Sa promise, il la connaissait souvent depuis sa tendre enfance ; c'était une de ses payses. Il faut avouer qu'on ne se méfie jamais assez des étrangères, surtout de celles qui viennent de la ville et qui vous ensorcellent avec leurs falbalas.

Dès l'école, les voisins savaient déjà qu'ils marieraient leurs enfants ensemble et les petits, tôt faits à ce projet, s'y conformaient sans rechigner. A cela s'ajoutaient bien entendu les raisons de mariage, pour ne pas dire les mariages de raison : tant d'arpents se collaient à tant d'autres arpents. C'était le moyen le plus simple d'agrandir un patrimoine. En campagne comme ailleurs, il était difficile de dissocier les intérêts de la bourse et ceux du cœur. On ne divorçait pratiquement jamais, cela va de soi. Les maumariés se faisaient une raison, voilà tout.

On se fréquentait donc aux assemblées ; on s'autorisait quelques étreintes furtives dans les paillers, certains soirs de frairie, et, tout essai concluant, on décidait enfin de célébrer les accordailles. Le jour de la demande en mariage était appelé le «Beau Dimanche».

Les fiançailles n'étaient pas nécessaires : tout dépendait des idées et de l'aisance des familles concernées.

Les catholiques ne se mariaient pas pendant le mois de Marie (mai), par respect pour la Sainte Vierge, ni un jeudi car la mariée ne serait pas restée fidèle, ni un vendredi parce que cela aurait porté la mésentente dans le ménage, ni hors de la paroisse de l'épousée.

Les filles-mères et les godelurelles qui avaient tâté de la polissonnerie avant l'heure, faisaient leur deuil de la traditionnelle robe blanche et de la couronne de fleurs d'oranger. Telle était la rançon d'une virginité jetée prématurément aux orties. De toute façon, que les friponnes respectent ou non ces convenances ne les dispensait pas des mêmes médisances. Aucune reprise ne saurait réparer certains accrocs. La couronne de fleurs d'oranger des filles vertueuses était plus tard exposée sous un globe, sur la commode de la chambre conjugale ; on la placerait dans le cercueil de la mariée, à la mort de celle-ci.

Pendant la bénédiction nuptiale, on tendait autrefois un drap sur le couple agenouillé : c'était l'abrifou. En fin de cérémonie, la mariée distribuait du pain bénit à ses amies et leur souhaitait de bientôt se marier à leur tour.

Les couples qui s'unissaient au temple protestant recevaient une énorme Bible de deux kilos et demi, preuve qu'il ne faut pas prendre les Écritures à la légère. Les premières pages de cette Bible servaient de registre familial ; on y inscrivait les naissances, les mariages et les décès, comme au temps où les huguenots étaient interdits de figurer sur les registres officiels. Sur la Bible remise à mes grands-parents paternels, le pasteur avait écrit : *«Heureux ceux qui écoutent la Parole de Dieu et qui la gardent — Évangile selon saint Luc, chapitre XI, 28.»* Ce verset exhortait les ouailles à demeurer serrées autour de la houlette du berger, et à ne point abandonner le troupeau déjà trop disséminé.

Le violoneux, qui était le mécanicien du bourg, attendait les mariés à la porte de la mairie, de l'église ou du temple, et les entraînait au son de son crincrin par les rues du village. Les conscrits du marié saluaient le cortège en déchargeant leurs fusils de chasse, comme pour un baptême. Le violoneux gagnait dix francs le premier jour, et seulement cent sous le deuxième. Si le garçon d'honneur était un dégourdi, il menait une quête et lui ramassait encore une centaine de sous. Le violoneux fut remplacé plus tard par les musiciens des fanfares.

Les repas se déroulaient sous une grange appartenant aux parents de la mariée, rarement à l'auberge, ce qui obligeait à ne se marier qu'au printemps, avant le rentrage des foins. En guise de tables, on disposait de longues planches sur des tréteaux ou sur des gueulebées (on procédait d'identique manière les jours de battage).

Les parents achetaient des draps et en tapissaient les murs de la grange. Ils les décoraient ensuite avec des guirlandes de lierre. Au-dessus des portes étaient accrochés des rameaux verts qui dessinaient les initiales des nouveaux époux. La charpente disparaissait derrière une bâche tendue. Le violoneux grimpait parfois sur un tonneau.

Les noces d'alors s'étalaient sur deux journées complètes et conviaient à trois ou quatre repas. Les participants apportaient leur beurre et leur farine. Depuis l'avant-veille, une pâtissière réputée (c'était souvent la femme d'Isaac Boutet, d'Origny) pétrissait et cuisait dans le fourmil une série de cent à cent cinquante gâteaux. On en distinguait de deux sortes : les ronds, au beurre, qui régalaient la parenté des mariés ; et les galettes ovales, fourrées au fromage mou, destinées au voisinage. Dans l'attente de leur distribution, les galettes étaient conservées à la cave. La pâtissière devait garder un œil au four et l'autre à ses corbeillons car les garnements du coin, alléchés par les suaves senteurs, se faufilaient par les soupirails et se gavaient à bon compte, quitte à s'en faire péter la panse.

Ses gâteaux défournés, la bonne femme préparait les repas pantagruéliques. Les mets se composaient principalement de poulets.

Chaque invité offrait un cadeau aux mariés. Ceux des parrains et des marraines, les «cochelins», étaient les plus conséquents. On se gardait d'offrir des couteaux afin de ne pas couper le tendre lien qui unissait désormais les époux.

On venait à la noce en voiture à cheval, ce qui réclamait l'embauche d'un garçon d'écurie en plus des serveuses et des «tirembouères» (tireux de boissons). Les carrioles et les harnais étaient fleuris. Après la messe, il n'y avait que les vieillards qui remontaient en voiture. Les autres gambadaient à la suite des mariés et du violoneux.

Inutile de préciser que tout ce beau monde se mettait ce jour-là sur son trente et un. Les hommes se rechangeaient avec une redingote et un chapeau haut de forme ; les femmes s'entoilettaient de robes neuves et de jupons blancs. Seul le Thanis Boutet, ce farfelu, réussissait à concilier ses éternels sabots avec son chapeau des dimanches ! Il n'était pas le moins remarqué...

Au sortir de la cérémonie religieuse, quand la ripaille n'avait pas encore gâché la mise des noceux, la troupe au complet, avec violoneux, serveuses et cuisinières, s'alignait sur les marches de la place, les proches parents devant, autour des mariés, les cousins et les amis derrière. On posait pour l'inévitable photographie. Après cette dernière formalité, la godaille pouvait commencer.

Toutefois, on ne s'attablait pas sans avoir tapoté par trois fois du couteau la semelle des mariés, sage précaution qui les préserverait de la jalousie et de la discorde. Il faut croire que cette coutume sauva bien des ménages d'autrefois puisqu'on ne divorçait pratiquement jamais. Les interdits religieux, les intérêts et la peur du qu'en-dira-t-on, il est vrai, pesèrent également dans ces réussites conjugales.

Le violoneux festoyait en compagnie des serveuses et de la cuisinière. Il faisait ensuite danser jusqu'au lendemain soir. Quand il s'arrêtait de racler son crincrin, c'était pour pousser la chansonnette ou lamper un verre de vin. Les convives reprenaient au refrain. Un violoneux qui connaissait son affaire, un joyeux boute-en-train, assurait à lui seul le succès des épousailles.

Au dessert de ce premier repas, le garçon d'honneur se glissait sous la table sans être vu et s'emparait des jarretières de la mariée. La belle s'attendait à l'exploit ; elle prenait soin auparavant de descendre ces parures sous ses genoux. Une des jarretières était découpée en petits morceaux. Chaque noceux ornait sa boutonnière d'une fleur blanche de la couronne et d'un morceau de cette jarretière. Le lendemain matin, après la nuit de noce, les étourdis qui n'avaient pas enlevé ces faveurs étaient «amendés». Car cette négligence équivalait à douter de l'ardeur amoureuse du marié.

La seconde jarretière était vendue aux enchères à l'américaine. Le garçon et la fille d'honneur papillonnaient autour de la table en susurrant :

J'avons les jarr'quiers de la mariée
Garçons, garçons qu'elles sont belles
J'avons les jarr'quiers de la mariée
De l'argent il faut donner
De l'argent j'en avons guère
De l'argent j'avons promis.

On sortait une pièce de son gousset tandis que l'assistance répondait en se trémoussant :

C'est la sœur de la mariée qui dansait avec Thomas
Elle a perdu sa jarretière, sa jarretière qui ne tenait pas
Qui ne tenait, qui ne tenait, qui ne tenait guère
Qui ne tenait, qui ne tenait, qui ne tenait pas.

Les gains des enchères gonflaient le trousseau de la mariée.

Le répertoire des chansons de mariage se composait encore des *Fleurs de l'hyménée* dont voici le refrain :

Les fleurs de l'hyménée
Parant tes longs cheveux
Ce soir ma bien-aimée
Ont béni nos aveux.

On fredonnait également *La chanson à la mariée,* une rengaine qui datait d'on ne savait quand, peut-être bien du temps des rois et même d'avant. Les historiens de la région prétendent que les paysannes l'avaient chantée au mariage de Louis XII et d'Anne de Bretagne, en 1499 à Nantes. Les seigneurs du Blaisois l'avaient retenue et rapportée jusqu'à chez nous, où le folklore l'avait depuis accaparée. Nous en avons retrouvé une douzaine de couplets, dont le premier disait :

Nous somm's venus vous voir
Depuis notre village
Pour célébrer ce soir
Le jour de vot'mariage
Pour vous fair' nos souhaits
Et pour vous embrasser.

On chantait encore d'anciennes complaintes comme : *Sur le pont du Nord, Auprès de ma blonde, Si tu veux faire mon bonheur* et *Vive la rose !* La chopine aidant, on entonnait des refrains moins respectueux : *Ça n'va, ça n'va guère,* ou *Comme les autres font,* ou encore :

J'ai bien bu j'ai bien mangé grâce à Dieu mon père
J'ai bien vu le curé qu'embrassait ma mère.

Quand un convive se rasseyait après avoir poussé sa goualante, les autres hurlaient à tue-tête l'un de ces deux refrains :

T'as ben dit bonhomme t'as ben dit
Si t'avais pas ben dit
On n' t'aurait point applaudi
T'as ben dit bonhomme t'as ben dit
Dam'oui !

Après la chanson
Camarade il faut boire
Après la chanson
Camarade buvez don'
Le chanteur est bon enfant
Quand il boit il est content
Donnons-z-y à boire
Jusqu'après demain soir.

En début de repas, les invités affamés ne pensaient qu'à gloutonner mais à la fin de ce même repas, les ceintures se débouclaient en sous-ventrières et le bon vin rougissait les trognes. Les chansons s'enchaînaient aux histoires, les histoires aux chansons, jusqu'à une heure avancée du tantôt. Après une courte virée dans le village, bref répit qui désengourdissait les jambes et permettait aux serveuses de débarrasser la table, chacun et sa chacune se remettaient de plus belle à jouer de la fourchette et du godet. Le repas du soir ne se terminait que le lendemain matin, à l'heure propice où il convenait de tambouriner aux volets des épouseux. Entre temps, on avait gambillé toute la nuit avec les jeunesses des environs arrivées en renfort.

Sur le coup de la mi-nuit, les mariés déployaient leur ruse pour s'échapper de la cohue sans jeter l'alerte. Les plus âgés les y aidaient lorsque les noceux surveillaient trop étroitement. Personne ne savait sous quel toit ils couleraient leur première nuitée d'époux, et leurs complices n'en lâchaient pas le traître mot.

Les vieux s'en allaient eux aussi se coucher. Lors d'un de ces retours, les chevaux des carrioles s'empêtrèrent dans un barrage de herses tendues dents en l'air en travers du chemin. C'était l'ancien galant qui se vengeait d'avoir jadis été éconduit par la mariée !

Pour réduire à néant les malédictions des envieux et des noueurs d'aiguillette, le marié devait uriner dans son alliance avant de se glisser dans la couche nuptiale.

Au petit jour du lendemain, cavaliers et cavalières se mettaient en devoir de dénicher les tourtereaux. Il leur fallait parfois chercher longtemps, et bien loin... ou bien près. Sitôt les mariés localisés, on préparait le fameux pot de chambre. C'était un véritable pot d'aisance dont le fond se décorait d'un œil indiscret. On le remplissait de vin blanc et de pain grillé, on en barbouillait les bords de chocolat fondu, en un mot on donnait l'illusion de s'être déjà servi du récipient. Les mariés à demi ensommeillés devaient alors ingurgiter ce breuvage peu ragoûtant, la «sucrine», sous les acclamations des réveilleux.

Au matin du deuxième jour d'un dernier marié d'une famille, les garçons ramassaient à l'entour tout ce qui traînait et qui était susceptible de brûler : fagots, javelles, balais... On entassait tout cela près d'un puits, par prudence, et on le flambait en feu de joie. On jetait aux flammes les blancs escarpins de la mariée, parfois aussi le chapeau de son père et la culotte de sa mère. Cela signifiait évidemment que la belle venait de perdre sa chasteté durant la nuit passée et que, ne dépendant plus de l'autorité paternelle, elle devait désormais oublier les cotillons de maman.

Le soir du deuxième jour tombait que les agapes n'étaient pas encore achevées !

Dans les paroisses voisines...

En Puisaye, les mariés se perchaient chacun sur un arbre et improvisaient un duo d'amour appelé la «chalande».

Un mariage ne s'achevait pas toujours dans l'euphorie, comme nous le conte l'anecdote suivante : cela remonte à la fin de l'Ancien régime. Le sieur Jacques Delacour, le riche fermier de Mamonville-la-Jolie, entre Artenay et Tivernon, s'était sacrifié sa vie durant pour que son fils unique, Ludovic, puisse suivre des études à Paris. Ce fils accéda rapidement à une situation reluisante, ce qui lui permit de courtiser bientôt une demoiselle de la haute, la fille d'un banquier très en vue. Mais le jour des noces, l'ingrat eut honte de présenter son vieux paysan de père à sa future belle-famille, le trouvant subitement trop rustre pour le beau monsieur qu'il était devenu. Il laissa le bonhomme à l'écart, ne lui adressa point la parole et le fit dîner avec les domestiques. Le vieux ne souffla mot. Le soir, il revint dans sa Beauce avec le cœur en ruine. Son gars l'avait renié.

Quelques jours après, le vilain fiston se rendit à la ferme paternelle pour la faire visiter, tout fier, à ses beaux-parents. Quelle ne fut pas sa déconvenue lorsqu'il lut cette devise gravée sur le linteau de l'entrée :

Mamonville-la-Jolie
Tu l'as perdue par ta folie.

Le vieux paysan, avec l'accord de sa femme Marie-Anne qui ne le contredisait jamais, avait déshérité son fils ! La ferme revint en effet à l'hospice d'Orléans.

Témoignages

LE BONHEUR DES UNS...

«Un petit grand-père était venu seul à un repas de noces, sa vieille femme souffrante ayant dû rester à la maison. Au fur et à mesure que le repas avançait, et surtout en arrivant au dessert, il n'oubliait pas de remplir les poches de son veston avec des pâtisseries sèches. Les jeunes gens s'en aperçurent. Ils profitèrent que le grand-père avait quitté sa veste pour lui bourrer les poches de... moutarde ! Sa pauvre vieille fut privée de gâteaux.» (Souvenir recueilli auprès de Mme Gérôme-Boucher.)

UNE AFFAIRE DE FAMILLE

«Découpé, il y a trente ans, dans l'hebdomadaire *La Presse* cet entrefilet de journalistes parisiens venus se renseigner sur une affaire plaidée par un avocat de grand renom. J'ai conservé ce savoureux papier jauni, car voici ce qui leur avait été répondu, dans un petit café, par un client confortablement installé près du poêle, en fumant sa pipe :

«— Vous seriez bien les premiers à qui les gens du coin confieraient leurs petites affaires ! Ici, quelles que soient les circonstances, c'est par tradition motus et bouche cousue. Il y a vingt ans que je voyage dans le secteur pour placer ma camelote, j'ai appris à les connaître. On blague les Auvergnats pour leur esprit d'économie, mais ce sont des paniers percés à côté des Beaucerons ! Et puis, voyez-vous, précisément pour que leur fric ne s'envole pas, ils se marient entre eux. Si bien qu'ici tout est affaire de famille. Ils sont tous plus ou moins cousins. Si vous ajoutez à cela qu'il n'y a pas de fille qui reste pure après ses dix-sept ans et que tous ces gaillards se cocufient allégrement à longueur d'année, vous vous expliquerez pourquoi tout le monde la boucle quand ils vous aperçoivent !» (Lettre envoyée par un correspondant qui désire garder l'anonymat.)

LES LIAISONS DANGEREUSES

«Jusqu'à la vente aux enchères des éléments de notre culture, par suite de la perte de mon père, à la guerre, en 1917, j'ai vécu dans un petit village de Beauce. Dans notre fermette, nous avions un taureau de race, énorme, pesant près d'une tonne. Tout comme notre bidet *Câlin* qui avait 6 ans, notre *Cadet* du même âge a été ramassé par la réquisition. Ce bel animal était doux et paisible. Alors que j'avais 3 à 4 ans, souvent j'allais sucer mon pouce en paix, appuyé contre l'épaule de *Gentille,* vieille vache dont le laitage m'avait nourri dès ma naissance. Elle était attachée au fond de l'étable, en deuxième place, près du bœuf. C'est entre elle et lui que je passais, reçu par un souffle chaud ou un léchage râpeux, sans redouter les cornes. Dans la cour, avec curiosité, j'assistais aux ébats de notre "banneau" avec l'une de nos vaches ou celles du voisinage qui lui étaient amenées. Son rôle de géniteur était payé 100 sous ; c'était plus intéressant, pour ceux qui n'avaient qu'un petit "carcotage", que d'entretenir un animal pour ce service. A part les vaches qui étaient "ribaudes", une seule séance suffisait et notre banneau *Cadet* était à peu près un an sans remonter sur sa compagne d'un moment. Je fais ce récit afin de faire comprendre mes pensées d'enfant en entendant les conversations des grandes personnes. J'entendais dire que X, le patron d'une grosse ferme des environs, était surnommé le "grou banniau", qu'il venait d'engroussir la jeune bonne qui n'avait pas 16 ans. Cela arrangeait les parents de la "gueurnuche", qui n'étaient pas très aisés, car le bonhomme, un midi, par un chemin de traverse, pour ne pas être vu, avait amené une vache "en pour". Et puis, la donzelle n'était pas une fille perdue : un enfant de maître, c'est racé ! Elle n'était pas comme celles qui ne connaissaient pas le père, ces pauvresses dont on disait qu'elles s'étaient assises sur des nids de guêpes ou de fourmis et qui ne pouvaient pas savoir laquelle les avait piquées... J'écoutais aussi l'histoire de ce fermier occupé à entasser du foin en compagnie d'une femme de journée et de sa bonne femme. Le temps que cette dernière aille vers le laitier, qui ramassait, avec sa voiture à cheval, les lourds bidons de lait en fer étamé de 20 litres, rangés en bordure de route, de les jauger, les contrôler, inscrire sur le carnet et déposer les récipients vides, c'était suffisant pour que le bonhomme culbute et ''fiche une troussée à la fumelle'', une coquine plus ardente que belle. Qu'importe les curieux dont la vue portait loin ! Ces braguettes à la boutonnière facile, ces culottes fendues, étaient pratiques pour les amours à la sauvette. Et ce bon patron qui envoyait l'un de ses charretiers en livraison ou dans un champ situé au diable vauvert pour aller, en toute tranquillité, caresser la blonde et plantureuse épouse de son domestique. Également, à la dernière guerre, ce fermier qui conduisait jusqu'à la gare, avec sa carriole, une aguichante Parisienne, venant régulièrement chercher du ravitaillement. Cela m'a été conté par un jaloux de l'aubaine. Que d'histoires de ce genre, j'ai en souvenance, qui sont des preuves de bonne santé et de vigueur !

«Jadis, les mariages, pas toujours bien assortis, étaient un moyen d'opérer des remembrements de terrains. Les unions trop consanguines arrivaient à faire des rejetons tarés, ''mal avoindus'', un peu ''berlauds''. Les décès, souvent, divisaient à nouveau et rendaient inutiles ces sacrifices. Au siècle dernier, on disait qu'Orléans était la ville où l'on rencontrait le plus de bossus*. En Beauce, la vie était rude, pas d'eau courante, les puits étaient profonds. Dans les maisons, un lourd seau était accroché à hauteur car trop bas, le chien aurait lapé dedans... Je pourrais vous en écrire plus longuement, ma mémoire remonte à l'éclipse de soleil en 1911, année de la foudre sur la grange à Faucheux, de Chameule. J'ai vu les aéroplanes ''cages à poules'', les premiers teuf-teuf, les dragons avec leurs casques à crinière, leurs lances, leurs sabres, en grandes manœuvres au travers de la Beauce et, quelques années plus tard, la déclaration de guerre.» (Lettre d'un correspondant qui désire garder l'anonymat.)

Le crépuscule et la nuit

Bien que la mort ne soit guère un sujet réjouissant, plusieurs originaux préfèrèrent dételer sur une dernière pirouette, sur un

* Ces infirmités, disait-on aussi, venaient de ce que les Orléanaises ne savaient pas langer correctement leurs nouveau-nés.

ultime pied de nez à cette vie qui ne leur avait épargné aucun tracas. Ceux-là firent à mauvaise mort bon cœur.

Au village, un bon vivant assembla son propre cercueil et organisa une sorte de répétition générale de ses funérailles. On vint en nombre à cette mascarade, en bonne franquette. De mémoire d'ancien, on ne suivit jamais un enterrement aussi gai. Celui qu'on accompagnait au cimetière présidait à la comédie, bien installé à califourchon sur son cercueil. Dame ! ce n'était pas souvent qu'on escortait un corbillard sans avoir besoin d'afficher la mine contrite qui est de rigueur en pareilles circonstances. Le bon vivant eut certainement raison de profiter de son enterrement anticipé car quelques jours plus tard, un malaise l'emportait pour de bon. Cette fois, on l'inhuma vraiment. Reste à savoir si la véritable représentation fut aussi réussie que ne l'avait été sa répétition.

Un autre prévoyant prépara lui aussi son cercueil à l'avance. Pendant plus d'une dizaine d'années, la bière occupa un coin de son grenier. Le bonhomme y faisait sécher ses oignons. Sans doute pour être sûr qu'on verserait beaucoup de larmes à la date fatidique...

Le plus couramment hélas, un décès ne se prêtait guère à ce genre de macabre parodie, et le fait que chaque enterrement se termine au bistrot n'y changeait rien. L'homme a beau se savoir mortel, il ne se résigne pas à quitter ce bas monde. De plus, la mort n'était pas forcément le terme d'une longue et paisible existence, comme elle ne l'est toujours pas aujourd'hui. A l'heure dernière, on se demandait pourquoi on avait vécu toutes ses peines et tous ses malheurs, pourquoi on s'était éreinté sur cette terre qui finissait toujours par vous avaler. Pas pour être plus heureux, pas pour être plus riche.

On se rappelait confusément qu'autrefois, de pauvres gars dans la force de l'âge avaient dû être étouffés entre deux paillasses parce qu'un chien enragé les avait mordus deux ou trois jours auparavant. On se souvenait aussi des malheureux écrasés par leur tombereau, et de ceux que la maladie avait condamnés trop tôt. Lorsque les batailles firent rage autour du village, pendant ce terrible décembre 1870, les dépouilles des moblots restèrent à pourrir sur les champs et il n'y eut personne à se féliciter de cet amendement inattendu. C'est la sueur des hommes qui enrichit la terre, pas leur sang. Une épidémie de peste noire sévit bientôt sur les charniers. Les Prussiens, à ce qu'on disait, non contents de massacrer nos héroïques soldats, apportaient la grippe espagnole dans leurs gibernes. Un grand nombre de maisonnées en fut dépressé.

Vers 1900, ce furent les fièvres typhoïdes qui endeuillèrent le hameau d'Izy. Chaque année à la même saison, le typhus causait ses impitoyables ravages. Cette calamité provenait de l'eau des puits, que l'incendie criminel d'une bergerie avait irrémédiablement polluée. Tous les moutons avaient péri dans la fournaise. La fumée s'élevait si épaisse, si âcre, si noire, qu'on en suffoquait jusque sur le chemin de Beaugency, à une demi-lieue de là ! Tout cela pour vous dire que la mort, ici comme ailleurs, ne prenait pas toujours des allures de grande dame.

Lorsqu'une maison pleurait un défunt, elle fermait ses volets, voilait ses glaces, immobilisait le balancier de son horloge et nouait un crêpe au faîte des ruches. Les draps de l'agonie étaient aussitôt lavés à part, sans attendre le jour de la lessive générale. Une chandelle se consumait jour et nuit au chevet du mort, comme pour mieux l'habituer aux ténèbres. Les familles catholiques disposaient dans la chambre mortuaire une assiette remplie d'eau bénite dans laquelle trempait une branche de buis. Les morts n'étaient veillés que chez les catholiques, et ce jusqu'à l'arrivée des croque-morts. La plupart de ces coutumes sont encore observées de nos jours.

Le garde champêtre allait de maison en maison présenter le faire-part du décès. Il indiquait en même temps la date de l'enterrement et, le cas échéant, les dernières volontés du trépassé. Pour les vieux, un enterrement était surtout l'occasion de se recenser !

La femme du charron était également «prieuse d'enterrement» ; c'était elle qui invitait le pays aux funérailles protestantes. Cette triste mission n'altérait en rien sa gaieté naturelle et il s'en fallait peu, avec elle, pour que les pires deuils ne prennent des allures de joyeusetés. A croire qu'un moribond ne disparaissait que pour faire une sacrée blague à ceux qui restaient vivants...

La mort n'épargne personne ; elle fauche les gens sans distinction, qu'ils soient riches ou qu'ils soient pauvres, qu'ils soient patrons ou qu'ils soient domestiques. Cette belle égalité ne se retrouvait pourtant pas dans les cérémonies de l'église. Les défunts n'avaient pas tous droit aux mêmes égards funèbres ; ça dépendait de la somme que leurs héritiers pouvaient allouer dans une messe.

Le curé proposait un choix de trois classes d'obsèques. La première, la plus coûteuse, poussait le cercueil jusque dans le cœur de l'église. On dressait un catafalque orgueilleux et on ne lésinait pas sur les cierges. Les cloches sonnaient le glas toutes les deux heures. Il s'agissait de l'enterrement qui menait tout droit en Paradis.

La seconde classe laissait le cercueil recouvert d'un simple drap mortuaire, au milieu de la travée, à mi-chemin entre le parvis et le chœur. C'est par là qu'on accédait au Purgatoire.

La troisième classe enfin, celle des miséreux, n'autorisait pas un long séjour dans l'église. Le cercueil nu restait à l'entrée, sous les cloches. On expédiait l'office en deux coups de goupillon, et tant pis pour le défunt s'il se retrouvait en Enfer.

Le père Narcisse-Ernest était un modeste vigneron de Trugny qui avait vainement trimé toute sa vie. Sa femme Juliette n'était qu'une gamine quand la peste prusienne avait emporté sa mère ; elle avait été élevée par les bonnes sœurs de Marchenoir sans la moindre tendresse. C'est dire que dans cette maison-là, on ne se faisait déjà plus guère d'illusions sur la charité chrétienne. Lorsque le père Ernest rendit son âme au Bon Dieu, bien qu'il ne fût guère pratiquant, ses proches tinrent à se plier aux dévotions d'usage. Mais d'argent, on n'en ramassa même pas suffisamment pour payer un remplaçant au chantre habituel, qui était son neveu. Le père Ernest dut se contenter d'un enterrement de basse catégorie mais plus jamais on ne revit ses familiers mettre les pieds à l'église. Cette triste anecdote montre bien à quel point la bigoterie était avant tout une affaire de gros sous. Plut à Dieu que tout cela ait changé !

Les familles protestantes n'eurent jamais à subir de telles vexations puisque le pasteur ne tenait pas compte des richesses de celui qu'il accompagnait vers sa dernière demeure. Et nous verrons plus loin que dans le cimetière même, les morts ne mêlaient par leurs tombes...

Témoignages

LE DÉCÈS

«Quand un décès allait survenir dans une maison, la famille faisait venir le prêtre pour l'extrême-onction, mais on attendait le dernier moment pour ne pas affoler le malade. Sitôt le décès, les travaux étaient arrêtés, sauf ceux indispensables à la nourriture des bêtes et des gens. Les volets de toutes les fenêtres de la maison étaient fermés et l'on allait chercher «l'ensevelisseuse» pour la toilette du mort. On mettait au défunt ses effets du dimanche, pour l'homme souvent son costume de marié ; les draps du lit étaient changés. A la tête du mort, sur une tablette, étaient posés une assiette d'eau bénite et un rameau de buis bénit conservé pour ces occasions.

«Le décès était annoncé à la mairie et en même temps on fixait avec le curé le jour et l'heure des obsèques. Le glas était sonné : neuf coups isolés pour un homme, sept pour une femme et cinq pour un enfant. Trente-trois coups pour un pape et douze pour un évêque. On devinait donc presqu'à coup sûr qui était mort.

«Les "prieux" allaient annoncer la nouvelle à la ronde : c'était un membre de la famille pour les proches et un "spécialiste" pour le village. On lui offrait alors un verre !...

«Les voisins et amis venaient asperger le défunt d'eau bénite après un instant de recueillement. On parlait de son décès et de sa vie avec les personnes qui le veillaient. On ne laissait jamais le corps seul avant son enterrement.

«Le jour des obsèques, les porteurs (ou porteuses suivant le sexe du défunt) tenaient les quatre coins du drap mortuaire : ils étaient choisis soit par rang d'âge, soit parce qu'ils étaient amis du disparu.

«Le corps était amené à l'église dans une voiture de la ferme, le cheval bien étrillé, sabots et équipements noircis, voiture bien propre avec de la paille sous le cercueil recouvert d'un drap.

«Dans le bourg, le curé, précédé des enfants de chœur, allait au devant du corps. Les femmes de la famille directe portaient de grands voiles à leurs chapeaux qui leur cachaient totalement le visage. Les hommes qui avaient un costume clair portaient un brassard noir d'environ 8 cm au bras gauche. Au cimetière, on aspergeait encore le cercueil ; la famille recevait ensuite les condoléances à la porte du cimetière.

«Après la cérémonie, un repas simple était offert à la famille éloignée qui était venue soit à pied, soit en carriole. Souvent, la fin du repas, le vin aidant, n'avait rien de triste. Tout le monde parti, la vie reprenait.» (Lettre d'un lecteur anonyme d'Epieds-en-Beauce.)

LES RUCHES EN DEUIL

«Toute ma famille est de souche beauceronne et je me souviens très bien qu'à la mort de mon grand-père en 1929 (j'étais âgée de 7 ans), ma grand-mère est allée mettre un gros nœud de crêpe noir aux trois ruches qui étaient placées dans le fond de son jardin. Les "mouches", comme on les appelait, butinaient les champs de "fauraud", ces étendues de trèfle incarnat, magnifiques au mois de juin, et dont on a cessé maintenant la culture.

«Les abeilles participaient ainsi au deuil familial et pendant le temps où ce crêpe restait attaché aux ruches, elles n'allaient pas butiner. La présence du mort dans la maison en était la cause, disait ma grand-mère, ou était-ce la couleur noire du crêpe qui les gênait dans leurs évolutions ? Je n'en sais pas davantage...» (Lettre de Mme S. Lablanche, de La Chappelle-Saint-Mesmin.)

Le sang des hommes

La Guerre de 70 et l'occupation prussienne avaient profondément marqué les souvenirs. Nous avons vu qu'au fracas des batailles s'ajoutaient les épidémies de grippe espagnole et de peste. Durant tout l'hiver, les environs résonnèrent des combats qui opposèrent l'Armée de la Loire aux «masses profondes» des hordes ennemies. L'artillerie française tonnait dans le parc du château de Cerqueux.

Le général Chanzy avait installé son état-major dans l'une des maisons bourgeoises du bourg, d'où il pouvait sans danger suivre la tournure des assauts. C'est dans cette demeure, le 9 décembre, que séjourna Gambetta. A l'autre bout du village, l'école des filles avait été hâtivement aménagée en hôpital. Durant cette guerre, il n'y eut pas seulement un sang impur qui abreuva nos sillons...

La population récoltait évidemment sa part de désastres. Entre deux canonnades, les paysans attelaient leurs tombereaux et ramassaient les cadaves déchiquetés. Les moulins à vent se tournaient vers l'ennemi, les ailes en croix, pour signaler toute approche prussienne aux troupe françaises. Les Prussiens fusillèrent en représailles plusieurs meuniers avant d'incendier ces observatoires improvisés*.

Mon arrière-grand-mère de Trugny, qui à l'époque n'était pas plus haute que trois pommes, se souvenait encore à la fin de sa vie presque centenaire de cette effroyable tuerie. Sa mère fut l'une des victimes de la peste qui se dégagea des charniers. On lui disait que les Prussiens dévoraient tout crus les petits enfants. Chaque coup de canon faisait trembler la maison. Des franc-tireurs se cachaient dans les granges et certains, à bout de force, s'y laissaient mourir. On retrouve toujours des traces de ce carnage dans les alentours. J'ai moi-même déniché une baïonnette de chassepot dans un grenier de Trugny. Avait-elle été ramassée sur un mort ou cachée là par un déserteur ? Peu importe. C'était folie que de conserver cette arme-là mais il est vrai que toutes les folies sont excusables quand la raison n'a plus cours.

Des documents commémoratifs et des tombes prussiennes jalonnent encore ça et là les champs de la région. Les tombes étaient entretenues et fleuries par les familles allemandes jusqu'à ces dernières années, alors que nos monuments sont depuis longtemps oubliés. Néanmoins, la haine du Prussien demeura tenace dans le cœur des anciens et chaque conflit suivant ne fit que la

* Relire «*Brigands et sorciers d'autrefois*», par Gérard Boutet : *Quand un meunier rencontre un autre meunier.* (Jean-Cyrille Godefroy édit., Paris 1985).

renforcer. Dans la rancune populaire, les uhlans de Bismark se confondent souvent aux nazis d'Hitler.

On raconte encore aujourd'hui la terrible menace qui plana sur le hameau d'Ourcelles. A la fin d'octobre 1870, un escadron de cavaliers bavarois vint inspecter l'endroit. Cachés sous une remise, deux francs-tireurs se tenaient embusqués. Lorsque l'escadron passa à portée de plomb, l'un des nôtres visa et tira. L'officier s'affaissa sur l'encolure de sa monture, tué net. En représailles, le hameau faillit être pilonné par l'artillerie allemande.

Un épisode identique se produisit à Dhuizon, de l'autre côté du fleuve*.

Après le retrait des troupes françaises vers Le Mans, ce fut le grand-duc de Mecklembourg qui, le 11 décembre 1870, prit ses quartiers au bourg. Mais comme il ne voulait pas se compromettre en s'installant dans l'ancien repaire du général Chanzy, il occupa la maison d'en face, qui était d'ailleurs tout aussi confortable. On prétend que certaines paysannes urinaient dans la marmite avant de la présenter aux officiers prussiens qu'elles devaient héberger. Le patriotisme, on le voit, sait s'accommoder à toutes les sauces !

La paix retrouvée se solda par la perte de l'Alsace et de la Lorraine, ce qui engendra immédiatement un impérieux besoin de revanche. Moins d'un demi-siècle plus tard reprenaient les massacres entre la France et l'Allemagne. Ce fut la Grande Guerre, celle des tranchées boueuses, des poilus et des poux ; celle des rations de gnôle avant le nettoyage des boyaux à la baïonnette ; celle des fusillés pour l'exemple... Si le village ne subit pas les affres des batailles, il n'en fut pas moins saigné pour autant.

La guerre frappa à toutes les portes, et chaque famille lui offrit ses garçons en âge de porter les armes. Certains revinrent estropiés, gazés ou fous. L'un deux s'arracha volontairement le poignet en dégoupillant une grenade, pour ne plus retourner à la boucherie du front. A l'arrière, on ne comprenait pas qu'un garçon bâti comme il l'était puisse ainsi perdre un bras, bêtement, alors qu'on en manquait tant au pays. «Si l'on m'avait mis une pièce de cent sous entre les fesses, disait pourtant un combattant

* Relire *La Fusillade de Dhuizon* dans «*Brigands et sorciers d'autrefois*», de Gérard Boutet (Jean-Cyrille Godefroy édit., Paris 1985).

de Verdun, elle ne serait jamais tombée tant je l'aurais serrée fort !»

Lors des mutineries de 1917, le caporal Henri Venot fut condamné à être passé par les armes. Il ne dut son salut qu'à la requête que son père Rémi, effondré, adressa à Raymond Poincaré, alors président de la République.

D'autres ne s'échappèrent jamais de cet enfer. Ils restèrent enterrés dans un trou d'obus ou accrochés aux barbelés. Les mères guettèrent longtemps leur retour puisqu'on n'avait même pas retrouvé leur dépouille. Mon arrière-grand-mère Juliette attendit son fils Cyrille jusque sur son lit d'agonie, après quarante ans d'espoir insensé. Là était le prix d'une croix de guerre décernée à tire posthume. Ah ! si les héros sacrifiés pouvaient parler...

Dans le village vidé de ses hommes valides, la vie quotidienne se poursuivait vaille que vaille. Les femmes et les vieillards remplacèrent les absents du mieux qu'ils purent. Les terres ne furent pas toujours ensemencées à temps, les moissons ne furent pas toujours rentrées au bon moment. Les réquisitions n'avaient laissé que les mauvais chevaux ; on sut s'en contenter (les bœufs de trait n'apparaîtront que pendant l'occupation de 40). La friche et le chiendent envahirent de larges boisselées de bonne terre et plusieurs exploitations sombrèrent dans l'abandon.

Les femmes furent gravement éprouvées dans leur vie de fiancée, d'épouse ou de mère. Les unes perdirent tout à la fois un père, un mari et leurs fils ; d'autres ne purent vivoter que par la solidarité de leurs voisins. Lorsqu'un ancien journalier de ma connaissance fut mobilisé, il laissait à sa jeune femme une ferme non payée, un marmot d'un an à élever et, pour tout pécule, une pièce de cinq francs en argent. «Tu ne donneras la pièce qu'en dernier, lui recommanda-t-il, quand tu ne pourras plus rien faire d'autre.» Quand il revint à la fin de la guerre, la ferme était remboursée et le marmot élevé. Quant à la pièce de cinq francs en argent, elle était toujours dans le tiroir du buffet.

Des détachements américains cantonnèrent par la suite dans la forêt de Marchenoir, où ils établirent un campement. Les civils s'en allaient la nuit récupérer les arbres qu'ils abattaient. Les soldats américains avaient fière allure sur leurs magnifiques chevaux, si robustes à côté de nos haridelles, avec leurs larges chapeaux de scout et leur équipement d'éclaireurs du Far West. Ils semblaient tout droit sortir d'un livre d'aventures. Ce qui intrigua le plus les enfants fut de les voir mastiquer leur éternel «sem-sem gomme». C'est après leur passage que les épiciers du village se mirent à vendre dans leurs bocaux les premières boulettes de pâte-à-mâcher, marché fabuleux qui s'amplifiera surtout après la Seconde Guerre mondiale. Jusque là, les gosses ne mâchonnaient que des racines de «bois doux».

Témoignages

LE COUP DU LAPIN

«Il me revient un souvenir des récits de mes grands-parents concernant la Guerre de 1870. Ils habitaient un charmant hameau vignoble nommé La Haie, entre Seur et Les Montils. A l'approche des batailles, mes grands-parents, jeunes mariés, accompagnés de leurs parents et de plusieurs voisins, s'enfuirent pour aller se cacher dans les bois de Chaumont-sur-Loire.

Au bout de quelques temps, ils estimèrent que tout devait être rentré dans l'ordre et ils se remirent en route pour regagner leur domicile. Hélas ! ils arrivèrent dans le bourg de Chaumont juste pour voir arriver les ''Prussiens'' qui débouchaient sur le pont ! Il ne leur restait qu'à continuer leur chemin de retour vers La Haie...

«Là, bien des aventures illustrèrent la durée de l'occupation ennemie. L'une d'elles mérite d'être retenue ; je l'ai entendue conter maintes fois par mon grand-père : un jour, il vint dans le village un de leurs voisins tenant sur son épaule un lapin frais tué, encore tout dégoulinant de sang. C'est que le voisin venait (je ne sais au cours de quel événement) d'abattre un Prussien isolé. Le sang de la victime avait jailli sur sa veste et, pour donner le change et éviter d'être inquiété, le paysan — qui s'appelait Louisot Morin — n'avait trouvé rien de mieux que d'attraper un lapin dans un clapier et de le substituer, aux yeux des témoins, au véritable objet de sa vengeance.

«Les Prussiens dans le village prenaient possession des lits et envoyaient les gens coucher dans les granges, dans les étables. Et ils faisaient main basse sur toutes les victuailles qu'ils pouvaient découvrir. Aussi, lorsque nos braves gens pouvaient s'offrir à l'insu des ennemis quelque bon repas, ils ne manquaient pas de le terminer par cette exclamation triomphante : ''En v'là encore un que les Prussiens n'auront pas !'' Cette expression a été répétée jusqu'à nos jours après s'être actualisée à la Seconde Guerre. Car le souvenir des misères de la Guerre de 70 ne s'éteignit qu'avec la vie de ceux qui en avaient pâti. Nous avons passé toute notre enfance à regretter l'Alsace et la Lorraine, et à chanter les chansons patriotiques qui s'y rapportaient. La patrie, c'était la religion de la Communale.» (Lettre de Mlle Suzanne Millié, de Beaugency.)

PAS DE REPOS POUR LE GUERRIER

«La petite ferme des parents de ma grand-mère maternelle était occupée, en 70, par la troupe ennemie. Ma grand-mère était une solide luronne du vingt et un ans. Un soudard tenta d'abuser d'elle alors qu'elle soignait ses animaux. Elle revint à la cuisine avec son corsage déchiré. Un officier bavarois se chauffait devant l'âtre. Il parlait français et il demanda ce qui s'était passé. Renseigné, il sortit furieux et fit aligner ses hommes. L'un deux avait le visage labouré de griffures. L'officier ordonna au coupable de se mettre torse nu pour mieux sentir les coups de plat de sabre qui lui furent appliqués avec vigueur, séance tenante.» (Récit de M. Louis Tranchant, de Fleury-les-Aubrais.)

COCHON DE GUILLAUME !

«Pendant l'occupation prussienne en 1870, les réquisitions étaient quotidiennes et brutales. A la fin du mois d'octobre de cette année-là, Coulmiers était occupé par le 1er Régiment du Hussards de Silésie n° 4 et par le 10e Régiment de Uhlans de Posen qui rivalisaient d'exactions. Un jour, au cours d'une perquisition de porcs, ils se rendirent chez M. Désiré Chartier et fouillèrent les bâtiments. N'y trouvant rien, ils pénétrèrent dans la chambre et s'enfuirent aussitôt à la vue d'un «monstre franchouss», qui n'était autre que l'unique cochon «Guillaume» (baptisé ainsi en souvenir de l'occupant). Il venait d'être tué et pour éviter la prise, le meilleur endroit était de le coucher dans le lit du maître, dans une chambre toute close et noire...» (Lettre de M. Gérard Lemaitre, de Coulmiers).

GUERRE ET PAIX

«Le grand-père de mon mari, Victorien Funier, né en octobre 1855, lui a raconté qu'en 1871, en certains endroits, les Prussiens avaient eu l'idée de ramasser les hommes de quinze à soixante ans, probablement pour éviter toute résistance civile. Donc, Victorien et un charretier plus âgé furent ramassés à Binas par un Prussien à pied qui, installé dans une carriole réquisitionnée, les embarqua à pied pour Châteaudun. Le soir, le trio s'arrêta pour la nuit dans la grange d'une ferme dont mon mari a malheureusement oublié le nom. Là, le Prussien s'endormit sans méfiance ; les deux gars prirent leurs jambes à leur cou et, malgré la fatigue, rentrèrent à Binas où personne ne vint les chercher.

«La grand-mère Grenier, Marie Dreux, née en 1857, à Villermain, m'a raconté qu'au moment des combats, il faisait si froid et les Français étaient si mal équipés qu'elle avait vu des soldats mettre les morts tout nus dans la neige pour profiter de leurs vêtements... "Il ne manquait pas un bouton de guêtre."

«A Séris, c'est mon grand-père (non mobilisable à 30 ans parce que marié) qui fut réquisitionné pour enterrer les morts sur le territoire de la commune. Je n'ai pas connu cet homme pacifique et doux qui mourut jeune, mais ma mère décédée à 93 ans, il y a quelques années, m'a souvent dit qu'il était resté marqué par cette affreuse besogne. Ma mère avait appris de lui l'emplacement des inhumations : quand fut érigé à Séris le monument aux Morts de 1870 (en 1911 ou 1912 je crois) elle fournit des renseignements pour permettre de retrouver les restes qui furent inhumés sous le monument.

«Par ailleurs, la peste (que ma grand-mère appelait la variole) a tué ses trois frères au village de Villexanton. Sa mère a fermé les yeux du benjamin pendant que sonnait le glas de l'enterrement de l'aîné. Ma mère a entendu la pauvre vieille à 85 ans, la tête complètement perdue, réclamer "ses p'tits gars".

«Dans un ordre d'idée plus gaie, la guerre avait laissé des souvenirs à Séris. J'ai connu dans mon enfance un Bourbaki, et un d'Aurelles dont j'ignore les véritables noms, personne ne les utilisant plus. Ils avaient adopté le nom de leur général !

«Premier Empire : ma mère se souvenait avoir joué dans la rue à lancer des coups de pieds dans un bonnet à poil de la Garde Impériale, ayant appartenu au "Père Chailloux". Je n'ai jamais connu personne de ce nom, peut-être n'avait-il eu que des filles... Par contre, mon trisaïeul, Jean-Michel Charron, marié et père de plusieurs enfants, a fait partie de la "Grande Armée". Il est revenu à pied de Russie, travaillant quand il le pouvait pour manger et ramasser quelques sous. Il a mis cinq ans et il est rentré par la route de Mer, sa canne traversant un gros pain sur l'épaule. Ma mère tenait ce récit de son grand-père, qui avait vu arriver ce voyageur mais dans lequel il n'avait pas reconnu son père.

«1914-1918. Je me permets de vous donner le souvenir qu'on peut garder de l'Armistice quand on a dix ans. A Mer, probablement ailleurs aussi, la mairie avait fait mettre un drapeau cravaté de crêpe à chaque maison où avait habité un tué. Je revois ce drapeau chez ma grande-tante Charron qui avait fermé ses volets pour ne pas voir la joie générale (son fils avait été tué le 14 juillet 1915). Tout près, sur l'avenue Maunoury, Mme Garreau tenait un petit café. Le drapeau en berne pendait au-dessus de l'entrée de la salle où l'on chantait et où l'on riait. La pauvre femme servait les clients en pleurant et venait sur le seuil s'essuyer les yeux : son fils de vingt ans était mort quelques mois avant. Il a dû y avoir une retraite aux flambeaux, des bals...» (Lettre de Mme Jean Grenier, de Mer.)

EN PASSANT PAR LA LORRAINE...

Mme Camille Grenier-Amiot, de Mer, nous adresse une lettre qui prend une valeur de document. Cette lettre est datée du 28 novembre 1918 ; elle a été envoyée par Eugène Giot à son père.

Le père Giot, écrit notre informatrice, *était une vieille figure méroise. Il avait fait fortune dans un petit restaurant à Paris et habitait une superbe maison bourgeoise rue Nationale. Conseiller municipal pendant de longues années, il fut vice-président de l'ancienne Méroise, société de gymnastique dont mon père fut le moniteur-fondateur. Ils sympathisèrent. Le fils mourut bien*

Bienvenue par chez nous. Le garde champêtre Titi tient le haut du pavé.

e comité d'accueil au complet. De la méfiance au fond du regard dès que passe un étranger…

Un hameau perdu dans la verdure…

… et un bourg. Ici et là, on se presse pour figurer sur le cliché

La fin des vieux chênes druidiques.

Les mares : tout à la fois fosses aux grenouilles et abreuvoir aux bestiaux. Même la génisse semble poser pour la photo !

La ronde des écoliers sur la place communale. Entre le curé et l'instituteur...

L'enclume du forgeron : le cœur du village.

Seul stationnement autorisé : aux portes du cimetière.

A bon maître, bon chien. Le marchand de peaux de lapin.

La patache, notre diligence à nous.

La «voiture sans chevaux» d'Albert Chouteau, violoneux, inventeur, mécanicien et constructeur. Le négatif de ce document est une plaque de verre traitée au gélatino-bromure.

Les risques du voyage. Déjà !

'es étranges oiseaux de toile et de bois...

Ceux qui nous vengeront des Prussiens.
En attendant, on arbore fièrement son numéro en l'épinglant sur son chapeau.

«Avec l'ami Bidasse, on n'se quitte jamais.»

De tendres cœurs à séduire dans quelques années...

Un mariage durait plusieurs jours, et le violoneux ne ménageait pas sa peine.

Observatoire et sémaphore.

Aux armes, citoyens !

A droite : le manège. La cour a été balayée avant que le photographe ne plante son appareil, et les patrons se sont endimanchés pour la circonstance.

De petits vaque-à-tout de douze ans.

Deux lessives par an suffisent à vous mouiller une chemise.

Un lapin, deux poules et quelques œufs.

Tout le village était là. Au centre, une silhouette pittoresque : le chemineau.

Un chapeau parmi les coiffes. Le bonhomme de gauche n'en est pas encore revenu !

Les parapluies devant les halles.

Tout droit du jardin. On ne parlait pas encore de produits biologiques.

«Tope là, marché conclu !»

«L'a un mauvais œil, c'tte mâtine !»

avant le père et ce dernier, sans aucun descendant, donna cette lettre à son ami pour qu'il conserve quelque chose qui évoque la mémoire de ce fils perdu. Je vous envoie donc ce document d'époque que vous pourrez utiliser comme vous le voudrez ; d'ailleurs le dernier paragraphe est formel. Le signataire (très fier de son œuvre) ne demandait pas qu'il reste confidentiel. Je crois que la place de cette lettre est au musée local de Mer.

«Le 28 novembre 1918.

«Mon cher Papa.

«Mes dernières lettres lancées en avant-garde ont dû te tenir au courant de mon déplacement. Malheureusement, je n'ai pu de Strasbourg même, t'envoyer de mes nouvelles. Les fonctionnaires de la poste n'avaient pas encore de timbres français et en plus de cela tout le monde était en fête. Voici donc les détails, très résumés, de mon voyage.

«Une délégation de l'A.S. devait assister au défilé et prendre part (à pied) à la revue passée par le Maréchal Pétain. Je n'étais pas de la délégation mais une gentillesse de mon Officier en récompense de mon travail depuis que je suis à la 105 m'a valu l'autorisation de profiter d'une voiture sans avoir presque aucun service à faire.

«Les hommes de la délégation devaient se rendre à cette revue en camionnette. Notre unité fournissant une voiture, j'avais pour mission de l'accompagner avec un léger ravitaillement en essence. Un de mes camarades sous-officier aussi conduisait la voiture des officiers.

«Nous sommes donc partis le dimanche 24, avec l'itinéraire suivant : Vittel, Contrexéville, Épinal, Saint-Dié, Schirmeck, Herschbach, Saales (frontière ancienne), Lützelhouse, Oulmath, Münstizick (ville de garnison allemande, casernes, etc.), Dorlischen, pour venir cantonner à 8 kilomères de Strasbourg au petit village alsacien de Enzheim.

«Le voyage fut magnifique, je ne puis entrer dans les détails car il me faudrait un volume. Cependant une chose inoubliable est la traversée des Vosges entre Épinal et Saint-Dié, routes taillées dans la montagne au bord de ravins et de précipices, routes continuellement en lacets au tournant desquels une vue nouvelle m'émerveillait, routes longeant des cours d'eau transformés par moments en cascades pittoresques, enfin ascension de deux cols et la chaîne des Vosges traversée avec ses monstrueux blocs de granit rouge et ses grands sapins vert sombre. Ce pays est magnifique et ce voyage dans les Vosges sera pour moi inoubliable.

«Il nous a fallu ensuite traverser les anciennes lignes de combat : nous avons revu les villages démolis et rasés par l'artillerie allemande, les routes semées de trous d'obus, les tranchées et les fils de fer barbelés, enfin tout le lieu de bataille. Cela ressemblait à un souvenir ancien, à un pèlerinage avant l'entrée en terre promise.

«Ensuite l'entrée dans le village de Saales qui a été le village-frontière pendant près de cinquante ans ! Toutes les inscriptions écrites en allemand, les enseignes des commerçants, les indications sur les routes et sur les voies ferrées, les bornes, etc, puis alors les ravages de l'artillerie française ! Le matériel abandonné par les troupes allemandes, matériel de toute sorte et de toute nature en quantité considérable, les tranchées boches, les lieux de repli, les réserves de munitions abandonnées ainsi que l'outillage non transportable et enfin les premiers pays occupés par les Alsaciens !

«Ces pays avaient eu à cœur de nous faire fête. Toutes les maisons étaient pavoisées, des arcs de triomphe faits avec des sapins et des banderoles tricolores aux inscriptions les plus variées : ''Vive la France'', ''Vive nos libérateurs'', ''Vive la Grande Armée'', etc.

«Chaque village avait voulu faire mieux que son voisin, les clochers des églises surmontés de drapeaux tricolores et c'était un dimanche après-midi : la population formait la haie dans les rues ; les vieillards, les femmes et les enfants agitaient des drapeaux et poussaient des acclamations sur notre passage, beaucoup nous suppliaient de les emmener avec nous pour prendre part à la fête. Les Alsaciennes étant coquettes en leur costume national avaient vite fait d'obtenir satisfaction auprès des troupiers français et les voitures se chargeaient de toilettes aux couleurs éclatantes surmontées du grand nœud noir alsacien dans lequel était piquée la cocarde tricolore.

«De l'ancienne frontière jusqu'à Enzheim où nous devions cantonner, le spectacle fut le même : drapeaux, ovations, sympathie de la population aux soldats français qui passaient.

«Le petit village qui devait nous abriter pour la nuit, ne sut quoi faire pour nous rendre service ou nous faire plaisir.

«Dans les cafés, la bière coulait à pleine chope et au son d'un accordéon, les valses entraînaient les danseurs. Des Alsaciens démobilisés de l'armée allemande le matin-même demandaient aux soldats de danser avec eux. Voici un résumé avant l'entrée à Strasbourg.

«Je dois, tout en résumant, pour être complet te parler de Strasbourg.

«Strasbourg est une ville magnifique difficile à comparer à une ville française : des magasins superbes, des grandes rues larges, des monuments remarquables et un centre de commerce très important. Te dire l'accueil fait aux troupes est au-dessus des mots que je pourrais trouver.

«La ville était pavoisée et décorée avec énormément de goût. Les drapeaux tricolores cachés dans les matelas ou sous les planchers (depuis plus de quarante années) ornaient les principales fenêtres des bâtiments. Ces drapeaux avaient la place d'honneur ; les autres fenêtres étaient pavoisées aux couleurs françaises avec des draps de lit cousus et teints pour la circonstance ; des guirlandes de lumières électriques, des banderoles de soie aux couleurs nationales complétaient une décoration où le bon goût dominait. Jamais je n'ai vu autant de distinction en décoration, décoration étudiée de longue date pour mettre en valeur les sentiments de chaque individu.

«Ce que chaque bâtiment a fait, ce que chaque maison a exposé sur sa façade prouve que depuis longtemps l'idée d'un "reposoir" pour chaque immeuble avait été envisagée.

«Maintenant, pour abréger, je dois te parler du défilé. J'étais dans la foule au premier rang sur la place Kléber. Les troupes partaient de la porte Schirmeck et traversaient les artères principales de la belle capitale de l'Alsace.

«Le Maréchal Pétain dans une auto accompagné du général de Castelnau ; derrière cette première voiture le général Gouraud puis les troupes prenant part au défilé. Pendant près de deux heures, les acclamations de la foule ne cessèrent un seul instant. A chaque fenêtre des bâtiments, des douzaines de mouchoirs s'agitaient et les "Vivats" redoublaient d'intensité à chaque fraction nouvelle de troupe qui se présentait. Les musiques militaires appuyées des tambours et des clairons martelaient *Sambre et Meuse, La marche Lorraine* avec un entrain qui faisait contracter tous les nerfs. Derrière chaque musique, à vingt mètres, un général à cheval, avec son état-major, acclamé comme un libérateur ; puis à distance, séparé de tout, suivait le drapeau du régiment. Loque noire de fumée, percée de trous et effrangée dans tous les sens. Loque n'ayant plus aucun aspect au point de vue "matériel" et qui par ce fait même représentait tout un symbole. Alors à ce moment, les acclamations comme par enchantement cessaient, les bras continuaient d'agiter les mouchoirs, les gorges se serraient et l'on voyait sur chaque visage de grosses larmes couler sans que rien puisse les arrêter.

«J'ai vu des foules en délire dans de nombreuses fêtes à Paris, j'ai vu des foules recueillies dans les nombreux pèlerinages où je suis allé mais jamais je n'avais vu une foule en délire mêler ses larmes à ses acclamations : cela, je ne l'ai vu qu'à Strasbourg le 25 novembre 1918.

«J'ai pu après ce défilé assister au *Te Deum* chanté à la cathédrale. J'ai dû opérer avec ruse pour pouvoir me défiler et peut-être obtenir la meilleure place et ce que j'ai vu a largement compensé les remords qui pourraient germer dans une âme très novice mais qui n'est pas mienne. Tout le clergé accompagnant l'archevêque de Strasbourg au son des grandes orgues, est allé recevoir le Maréchal Pétain et les généraux ainsi que les officiers d'état-major sur le seuil de la cathédrale. Au milieu d'une foule pleine de dévotion, l'archevêque ayant à sa droite le Maréchal de France a parcouru l'allée principale pour se rendre au milieu du Chœur. A ce moment la maîtrise entonna le *Te Deum* pendant que le Bourdon et toutes les cloches sonnaient à toute volée dans ce clocher "unique" au sommet duquel flottait le drapeau tricolore.

«L'archevêque reconduisit avec la même cérémonie le Maréchal jusqu'aux portes de la cathédrale où la foule massée lui fit une ovation sans pareille.

«Je te parlerai de vive voix de ma visite à Strasbourg que j'ai voulu connaître, malgré le peu de temps dont je disposais. Je tiens à terminer en te contant certains détails observés le soir de cette grande fête.

«Après avoir dîné avec la choucroute et la bière traditionnelles, je suis allé avec un de mes bons camarades dans plusieurs établissements pour juger de l'entrain. Entre autres sur une des places principales de la ville (place Kléber). Nous sommes entrés dans une brasserie réputée pour maison de premier ordre à Strasbourg.

«Un orchestre de tziganes se trouvait installé au milieu de la salle et les morceaux du répertoire se succédaient avec entrain lorsqu'au milieu d'un silence peu connu dans une salle de café, un des musiciens debout avec une belle voix de basse entonna *La Marseillaise.* Ce fut électrique. Chaque consommateur se leva et à gorge déployée chanta *La Marseillaise.* Je ne sais qui a pu dire que les Alsaciens n'étaient pas français, mais ce que je sais : c'est que beaucoup de Français ne connaissent pas le chant national aussi bien qu'eux et peu savent le chanter avec autant de conviction. Ensuite l'orchestre nous gratifia de chants patriotiques *Cocorico, La Terre d'Alsace,* etc. Tout était redevenu normal lorsqu'un général en tenue entra dans le café, une pluie d'or n'aurait pas produit plus d'effet. L'orchestre jouait un morceau mais les consommateurs tous ensemble d'un même élan se levèrent et entonnèrent *La Marseillaise* à pleins poumons. L'orchestre aussitôt accompagna et le général immobile au milieu de cette ovation ne put faire qu'une chose : porter la main à son képi et saluer militairement.

«Le chant national terminé, il ne fut pas quitte, il dut monter sur une chaise et au milieu d'une salle de café où les consommateurs étaient toujours debout, haranguer la foule.

«Le sujet était facile et sa présence au front lui fournissait des épisodes émouvants, ayant terminé en demandant de crier "Vive la France" ce fut du délire et de nouveau *La Marseillaise* fit vibrer tous les échos.

«Je dois terminer ce court aperçu. Je suis rentré à bon port en moins de dix heures, conservant de cette journée un souvenir ineffaçable. J'ai vu l'Alsace, j'ai vu le drapeau français flotter au sommet du clocher de la cathédrale de Strasbourg, j'ai vu la joie des habitants délivrés et j'ai pris part à leur bonheur. Il y a des figurations et des comédies que l'on peut jouer mais il y a des élans naturels qui ne peuvent être inventés. Je pense pouvoir compléter ces détails à ma première permission, qui, je crois, commencera vers la fin de l'année.

«Je t'embrasse bien tendrement.

Ton fils, GIOT.

«Bon souvenir à la famille et aux amis. Bien entendu, je ne fais pas de réclame ; je t'ai conté comment j'ai vu et jugé les choses. Si ces détails peuvent intéresser certaines personnes, libre à toi de leur en faire part.»

Au rendez-vous de la louée

Petit vacher deviendra grand...

Dès ses douze ans révolus, parfois même avant, le loupiot des petites gens cessait de râper ses fonds de culotte sur les bancs de l'école communale. L'obtention du certificat d'études ne signifiait rien pour lui, surtout pas la condition de la réussite. Son principal souci restait de se faire engager comme simple vacher dans une grosse ferme de Beauce, et d'y commencer son dur apprentissage de la vie. Pas besoin de savoir lire pour devenir un honnête besogneux. Pendant que ses camarades mieux lotis se berçaient à l'idée de décrocher un beau diplôme scolaire, lui, le loupiot des petites gens, se rendait à la louée.

La région proposait quatre louées de printemps, toutes dans le courant de juin. C'étaient là que les saisonniers trouvaient leur gagne-pain.

Les deux plus importants de ces marchés au travail se tenaient simultanément sur les places de Marchenoir et d'Oucques-la-Joyeuse à la Saint-Jean. Les deux autres se déroulaient à Beaugency et à Lorges pendant la Saint-Banarbé ; elles réunissaient plutôt les moissonneurs qui, une fois la saison passée, quitteraient la ferme et suivraient la batteuse.

La louée pour les travaux d'hiver avait lieu à Marchenoir, le 29 septembre, jour de la Saint-Michel.

Un fermier choisissait ses domestiques par connaissance. Il

savait par ouï-dire que tel gars était fainéant ou qu'il avait mauvais caractère, ou qu'il mangeait trop pour le boulot qu'il abattait ; il savait que tel autre était costaud et qu'il ne rechignait jamais à l'ouvrage...

Les charretiers se reconnaissaient par le fouet qu'ils s'enroulaient autour du cou, les bergers par la touffe de laine qu'ils portaient au revers de leur paletot, les fariniers par le sac vide qu'ils se jetaient sur l'épaule. Les petits vachers et les bonniches n'avaient pas besoin de se faire remarquer : leur jeune âge suffisait à les désigner.

Autres signes distinctifs : les charretiers venaient à la louée en casquette et à pied, tandis que les patrons y arrivaient en chapeau et en carriole.

Le petit vacher avait le cœur gros comme une citrouille et les yeux embués de larmes quand il lui fallait quitter la maison familiale. Sa mère ne l'avait pourtant jamais couvé, n'avait jamais cédé à ses caprices non plus, mais peu importe : un gamin d'une dizaine d'années réclame encore quelques tendresses. Et c'était précisément pour elle, pour sa mère, pour ne plus être à sa charge, dans ses jupons à l'empêtrer, pour ne plus être une bouche à nourrir, que le pauvre mioche partait dans les fermes. Le père disait en le voyant s'éloigner qu'il n'est jamais assez tôt pour gagner sa pitance.

A la ferme, le gamin devenait le «alo» : sa première tâche consistait à puiser l'eau des écuries. C'était souvent lui, le petit alo, qui trimait le plus fort de tous les domestiques. Il donnait la mangeaille aux bestiaux, curait les étables, remplissait les auges de la porcherie, fendait et entassait le bois de chauffage, aidait enfin la patronne à tenir la maison propre. Seul le travail des champs lui était épargné. Il n'avait jamais de répit, et jamais un compliment. C'était le vaque-à-tout, le bernassier, celui que chacun employait selon son gré et selon son humeur. Personne ne s'inquiétait de savoir si le seau du puits était trop lourd pour ses bras. Au contraire, les charretiers se plaisaient souvent à lui faire des niches, comme l'envoyer chercher à l'autre bout du village la corde à virer le vent ; ils le considéraient également comme leur souffre-douleur, et personne ne le prenait sous sa protection. Quoiqu'on le tracasse, le gamin devait toujours montrer bonne figure ; il attendait jusqu'au soir pour enfin chialer tout son saoul, le nez enfoui dans sa paillasse et les sanglots couverts par les ronflements des charretiers.

Dans certaines fermes, histoire de le rabaisser davantage, on ne l'appelait ni «vacher» ni même «alo», mais plus méchamment «porcher» ou «cochonneux».

Traité de la sorte, le gamin n'avait qu'une hâte : atteindre ses quinze-seize ans et troquer son pénible quotidien de «bricolin» contre celui, plus enviable, de charretier. Ainsi pourrait-il à son tour prendre une revanche en maltraitant le vermisseau qui le remplacerait aux menues besognes...

Les bonniches de douze-quinze ans n'étaient guère soumises à un sort plus doux. Elles filaient aux ordres de la fermière et s'acquittaient des tâches ménagères les plus sales. Quand le patron se montrait aimable envers elles, ce n'était qu'avec l'arrière-pensée de les déniaiser sous quelque buanderie, en cachette de la patronne. Les gamines n'osaient pas le repousser, par crainte de perdre leur place. Et plus d'une bonne fauta avant l'âge raisonnable, pour peu qu'elle fût déjà émoustillante du popotin. Son unique espoir était alors de se dégoter plus tard un brave et solide charretier, de façon à se louer ensemble. Ainsi accouplée, une bonne n'avait plus à redouter les avances de quiconque.

En fonction des exigences de ses terres, une grosse ferme employait de trois à quatre charretiers, à qui elle attribuait des grades quasi militaires. Au sommet de la hiérarchie commandait le maître charretier, qu'on nommait parfois le «capitaine». Il bénéficiait de l'entière confiance du patron ; il veillait à la bonne marche de la ferme quand le patron s'absentait. On lui obéissait au doigt et à l'œil. C'était encore lui, le maître charretier, qui se rendait au marché pour y négocier la vente du grain, à la louée pour y engager les saisonniers. En charrue, il menait de rude poigne une attelée de quatre chevaux.

Au maître charretier obéissait le second, puis le troisième, puis enfin le quatrième charretier.

L'hébergement de la domesticité ne posait guère de problème aux patrons de Beauce. Les charretiers et le vacher dormaient sur des méchants lits de fer, qu'on avait alignés dans un cagibi — quand ce n'était pas dans l'écurie ! — et garnis d'une paillasse.

Les bonniches couchaient au grenier, ce qui leur permettait au moins de grignoter les pommes qu'on y «rasserrait» pour l'hiver. Le berger, enfin, logeait dans le fournil pendant les froidures mais regagnait vite sa voiture dès que les troupeaux quittaient la bergerie pour les éteules.

En tous les cas, le patron était loin de tenir les promesses qu'il avait faites à la louée. Le salaire d'un charretier, nourri et couché, ne dépassait jamais les six cent cinquante francs par an.

Témoignages

PLAISANTERIE

«Mon arrière-grand-père paternel, se rendant à la louée en sarrau, fut accosté par un jeune fermier élégamment vêtu qui le prit pour un ouvrier et lui proposa du travail. Mon arrière-grand-père, homme fort simple et plein d'humour, se prêta à la confusion du jeune fermier et lui répondit :

— Je veux bien, mais il faudra me labourer mon ouche (c'est-à-dire le jardin attenant à la maison d'un charretier).

— Combien fait-elle, votre ouche ? demanda le jeune fermier.

— Elle fait mille mines*.

— Mais c'est aussi grand que chez le fermier de Mamonville !

— Eh ben oui, puisque c'est moi, le fermier de Mamonville ! répondit mon arrière-grand-père.

«Une autre histoire raconte qu'il était gravé sur le porche de la ferme cette phrase : "Mamonville-la-Jolie mon fils tu l'as perdue par ta folie." (Voir le chapitre : "Gai, gai, marions-nous !").

«L'origine de cette anecdote n'est pas connue de ma famille ; elle remonte certainement à l'époque des propriétaires précédents.» (Lettre de M.J.D. Gombault, de Saint-Jean-le-Blanc.)

DÉGUSTATION

«Un de mes oncles fréquentait les foires et les louées à la fin du siècle dernier et au début de celui-ci. Il portait la blouse, descen-

*Soit la bagatelle de 300 hectares environ !

dait dans des auberges et couchait dans des dortoirs, genre de chambrées de caserne. Une nuit, un coucheur, voyant un gars à genoux penché au pied de son lit, fit cette réflexion : "Il n'a pas assez soupé, il doit être en train de manger sa paillasse !" L'homme, un colosse normand, son signe de croix terminé, se releva, s'approcha de l'insolent et lui administra sur la figure une giroflée à cinq feuilles.» (Lettre de M. Louis Tranchant, de Fleury-les-Aubrais).

Dans le creux de l'assiette

Les repas qu'on servait dans les fermes étaient d'une désolante monotonie. On mangeait quatre fois par jour l'été, et seulement trois fois par jour l'hiver ; le goûter était en effet supprimé pendant les mauvaises saisons. A cette restriction près, les menus ne variaient guère dans leur médiocrité. La nourriture de base était le «Charles X», autrement dit : le cochon.

Cette appellation peu flatteuse venait de la sinistre réputation que ce triste sire avait imprimée dans la mémoire des anciens. L'Histoire lui reprochait en effet cent et plus mauvaisetés : la loi du sacrilège, l'indemnisation des émigrés, le bâillonnement de la presse... Dans nos campagnes, c'était la récupération des biens nationaux qui l'avait rendu impopulaire, biens nationaux que les paysans d'alors avaient achetés sous la Révolution. Etant écolier, j'ai souvent entendu mon grand-père raconter qu'un de ses ancêtres en avait acquis un lot dans la forêt de Marchenoir, mais que ces chenapans de la Restauration s'étaient empressés de le lui dérober, sans dédommagement, pour le rendre aux seigneurs. La tradition orale, je le répète, est la véritable mémoire des humbles ; c'est elle qui entretient les profondes rancunes populacières, bien après que l'Histoire officielle ait pardonné l'impardonnable... Voilà pourquoi le cochon de Beauce s'appelait depuis du «Charles X».

Donc, du Charles X à tous les repas, ou presque. Le lard froid ressemblait à un morceau de savon. Au déjeuner du matin : cochon froid et rillettes grasses. Une patronne généreuse complétait avec une écueillée de soupe chaude et une platée de légumes bouillis.

Au dîner du midi : potée au cochon. La préparation de cette potée ne demandait point un grand talent culinaire : on accrochait la marmite pendant une couple d'heures à la crémaillère et on l'emplissait de pommes de terre, d'un navet, d'un chou, d'une poignée de carottes et d'un petit, très petit morceau de salé, juste assez gros pour qu'il fonde en donnant un semblant de goût.

Au souper du soir : soupe chaude, ou «miot» par temps chaud, et rata. Le «miot» est une trempée au pain dans la boisson fraîche et sucrée ; le rata se composait de patates cuites dans la graisse d'un bout de lard. Ce bout de lard était parfois retiré pour durer pendant plusieurs ratas !

Les haricots rouges, les «rognons de cô» (coq), étaient de rigueur les vendredis maigres.

Tout ce que la cuisinière posait sur la table était sévèrement compté ; on piochait néanmoins à volonté, pendant chaque repas, dans la miche et le fromage : c'étaient les produits courants de la ferme et ils ne coûtaient pratiquement rien. Mais on ne croquait jamais un fruit et l'on ignorait les desserts. Les patrons se réservaient les pommes du grenier, et les «rousselettes» du Mardi gras n'engraissaient pas les domestiques.

Durant les quatre mois d'été, de la Saint-Jean à la Saint-Michel (de la mi-avril à la mi-septembre), la patronne rationnait le vin à raison d'un litre par bonhomme et par jour. En hiver, la ration diminuait de moitié. Et encore, ce vin n'était bien souvent que de la «boisson», que de la «bouéte», car la patronne l'avait sacrément coupé de flotte. Pendant les travaux pénibles, il était octroyé une seconde chopinée au goûter, encore plus frelatée que la première. Les charretiers emportaient leur piquette dans un pot de grès qu'ils appelaient leur «geineux» : il fallait vraiment geindre à fendre l'âme pour que la patronne daigne totalement remplir le dit pot. En Beauce, les fermiers ne se contentaient pas d'économiser sur les petits bouts de chandelle...

Un repas où l'on peinait de la soif était un «repas d'âne».

On consommait aussi quelques harengs blancs, les «gendarmes», mais on devait chichement se les partager entre plusieurs charretiers. L'allure des charrues s'accélérait ou se ralentissait suivant le nombre de harengs donnés aux laboureurs. Le grincement des roues cadençait l'ouvrage. La charrue se traînait lamentablement quand ses roues couinaient : «Un hareng pour trois, c'est guère.» Elle allait un peu plus vite en grinçant : «Un hareng pour deux, c'est mieux.» Et rien ne pouvait plus la freiner lorsque le laboureur croyait entendre : «A chacun son hareng.»

En de rares occasions, la cocotte mijotait un lapin, dont on ne goûtait d'ailleurs jamais le râble : les patrons s'étaient servis avant. Ce qui faisait dire en rigolant que certains fermiers réussissaient à élever des lapins sans derrière !

Un ancien charretier me racontait l'autre jour que sa patronne d'alors, une radine comme il n'est pas croyable, ne trouvait rien de plus économique, pour nourrir son monde, que de fricasser les bêtes qui venaient à crever. A chaque fois qu'elle servait de la viande, on pouvait être sûr qu'un drame s'était abattu sur le poulailler ou sur les clapiers. Une poule étouffa un lundi, on la mangea le mardi. Le mercredi, c'est une lapine qui fit mal, on la mangea le jeudi. Le vendredi, le coq fut pris d'un coup de sang, on le mangea le samedi... Mon vieux charretier ne revint pas à la ferme le lundi, ni les jours suivants, quand il apprit que la grand-mère de la patronne était morte dans la journée du dimanche !

Sur la table des fermes de Beauce, on ne disposait souvent que d'un seul verre pour tous ; chacun attendait son tour pour se désaltérer. On voyait même, dans certaines maisonnées, des tables sans assiettes : les domestiques piochaient à la fourchette dans le plat. Quand un charretier possédait une fourchette attitrée, c'était celle qu'il avait ramenée du régiment. Tout gamin, je n'ai jamais vu mon grand-père Camille manger avec une autre fourchette que celle, en fer, qu'il conservait de la guerre.

Les bonnes mangeaient à la même tablée que les charretiers, sauf pendant les repas de battage. Le patron et la patronne, eux, ne se mêlaient pas aux domestiques ; ils se restauraient avant ou après, à leur convenance, mais n'avalaient pas la même ragougnasse. Certains patrons assistaient néanmoins aux repas de leurs saisonniers, depuis le bout de la table, pour mieux veiller à ce que ces chenapans ne fassent pas un banquet de leur maigre boustifaille.

On n'entamait jamais une miche sans tracer une croix dessous, de la pointe du couteau ; cette habitude remplaçait peut-être la prière du pain quotidien. Poser un pain à l'envers signifiait que le diable se cachait à la maison. Chaque miette était soigneusement ramassée dans la paume de la main car à la campagne on savait ce que la récolte de blé coûtait d'efforts.

Enfin, les repas des fermes respectaient scrupuleusement le rite du couteau du maître charretier. Aucun domestique ne commençait à manger avant que le «capitaine» ne déplie son couteau ; aucun domestique ne continuait à manger quand il le repliait. Il convenait de se lever de table dès que le couteau du chef claquait, qu'on ait ou non torché son assiette. Et tant pis pour le retardataire qui ne s'asseyait qu'à cet instant parce que la besogne l'avait jusqu'alors retenu au dehors. Ce retardataire, c'était bien entendu le petit vacher qui devait soigner les chevaux avant de s'attabler... Rares étaient les maîtres charretiers qui attendaient que leur équipe n'ait plus faim pour refermer le couteau. Pardi ! plus ils se pressaient et plus ils plaisaient aux patrons !

En été, pendant les fenaisons et les moissons, on déjeunait dans les champs. Une servante de la ferme apportait le pot de la «fromagée» vers les huit heures et demie. Si les hargnes menaçaient, elle se munissait du grand parapluie de toile bleue afin que les travailleurs déjeunent au sec... On dînait à midi sonnant, puis on se reposait à l'ombre d'une meule pendant une heure. Après quoi, on se remettait à goûter. On partait enfin dans les champs sur le coup de deux heures. On y restait jusqu'à la nuit tombante, vers les huit heures au soleil.

Témoignages

LES MALHEURS D'UN PETIT VACHER

«J'avais treize ans quand on m'a embauché dans une ferme des environs de Saint-Péravy-la-Colombe, près de Patay. Je n'ai pas déjeuné pendant trois semaines car lorsque je m'asseyais à table, c'était pour entendre le couteau du maître charretier qui se refermait. J'avais faim. Comme le maître charretier était un grand copain de mon père, j'ai osé me plaindre à lui. J'ai reçu un coup de pied au cul pour toute réponse !

«Dans une autre ferme, tous les charretiers s'étaient mis d'accord : ou le patron renvoyait son maître charretier vraiment trop despotique, ou eux, les charretiers, claquaient la porte. Eh bien — chose rare — c'est le maître charretier qui est parti !

«Le patron étant veuf, c'était une servante qui s'occupait du ménage et de la cuisine. Mais la gredine était particulièrement souillon, au point que les asticots dans le rata ne la dégoûtaient guère. Pendant les chaleurs d'été, elle nous servit une tête de cochon avariée qui faillit empoisonner le petit vacher que j'étais !» (Souvenirs de M. Claude Rigaud, de Saint-Denis-en-Val.)

CONFIRMATION

«Votre histoire de petit vacher resté dans une ferme pendant trois semaines sans manger m'a beaucoup émue. Je sais qu'elle est vraie. Je suis née à Terminiers (Eure-et-Loir), de parents ouvriers. Mon frère a lui aussi été vacher, ensuite ouvrier dans les fermes du pays. Ma mère était bonne de ferme. Mon beau-père était chauffeur de batteuse. Ma belle-mère, je crois, était aussi employée.

«Mon mari a connu également la vie de vacher puis celle de chauffeur routier ; il est maintenant conducteur de bulldozers. Tous, je les ai entendu parler du maître charretier, du pot au cochon et du rata sans viande, le soir. Mon mari est né à Sougy.

«Moi, je suis partie jeune du pays pour venir travailler à Orléans. Les travaux de la ferme, je m'en souviens. Ma mère nous emmenait, mon frère et moi, ramasser les pommes de terre et mettre les haricots en «tontines» pour qu'ils sèchent. Cela nous faisait un peu d'argent pour nourrir toute la famille : six enfants. D'une ferme, il ne me reste qu'un bon mal au foie car on m'avait fait manger du bouillon de boudin et les poumons en rata. Lorsqu'on raconte cela à notre garçon de dix-huit ans, il a du mal à nous croire !» (Lettre de Mme Duvallet, d'Orléans.)

LA CUISINE DE GRAND-MÈRE

Notre ami Louis Tranchant nous communique la recette de pommes au lard, qu'il intitule «le rata campagnard». Le même ragoût était également confectionné avec de la chair à saucisses roulée en boulettes, passée dans de la farine et revenue dans du saindoux. On remplaçait parfois cette chair à saucisses par des crépinettes, appelées aussi «griblettes». Ce ragoût mijotait dans une cocotte en fonte noire, sur un petit poêle à charbon de bois.

Durée de préparation : 25 mn. Durée de cuisson : 45 mn.

DENRÉES NÉCESSAIRES
(pour 4 personnes)

1 kg de pommes de terre à chair ferme, 250 g de poitrine de porc fraîche, ou bien dessalée, 100 g d'oignons petits, 3 ou 4 gousses d'ail, 1 cuillerée à soupe d'huile, ou de saindoux, ou de beurre, 1 cuillerée à soupe de farine, sel, poivre, bouquet garni.

Valeur énergétique : 1 450 calories environ.

MARCHE À SUIVRE

1. — Couper la poitrine de porc en gros dés de 1 cm d'épaisseur. Ne pas supprimer la couenne.

Éplucher les oignons. S'ils sont petits, les laisser entiers ; s'ils sont gros, les couper en quatre.

2. — Dans une cocotte en fonte, faire chauffer la matière grasse et y mettre à rissoler les morceaux de poitrine et les oignons en les remuant plusieurs fois pour les faire dorer de tous côtés.

3. — Lorsque le tout est bien coloré, saupoudrer de farine, lier en mélangeant bien, puis mouiller avec 3/4 de litre d'eau. Ajouter les gousses d'ail, le bouquet garni (thym, laurier, persil), du sel et du poivre. Amener à l'ébullition, couvrir et laisser cuire à feu très doux pendant 15 minutes.

4. — Ajouter alors les pommes de terre épluchées et lavées, entières si elles ne sont pas grosses, ou préalablement coupées en morceaux. Rétablir l'ébullition et laisser mijoter doucement pendant une demi-heure.

Si, au cours de la cuisson, l'évaporation est trop forte, et la sauce insuffisante pour couvrir les pommes de terre, remettre un peu d'eau chaude.

Servir dans le plat de cuisson.

Être enfin son maître...

Après avoir traîné ses guêtres dans toutes les cours de fermes des environs, après avoir usé sa jeunesse au service des autres, le charretier désirait parfois devenir son propre maître et ne plus recevoir d'ordres de personne.

Il tâchait d'acheter quelques arpents de bonne terre avec les quatre sous qu'il avait péniblement économisés au cours de ses louages successifs, puis il guettait une bicoque à vendre. Il fallait trimer dur mais la volonté de réussir poussait aux pires sacrifices. Avant 14, un bon travailleur pouvait faire vivre sa famille sur trois à six hectares, parfois sur moins. Évidemment, cette surface cultivée n'autorisait pas grandes folies car les rendements de l'époque étaient faibles.

Les terres, les bâtiments et le matériel aratoire se vendaient à la mairie, aux enchères ; plus rarement à l'amiable. Quand les biens étaient cédés par décision de justice, on avait recours à une autre forme d'adjudication, toujours en usage : la vente à la bougie. Trois bougies brûlaient. La dernière proposition l'emportait quand la troisième bougie s'éteignait (il fallait voir sa fumée s'élever). Avec ce système, les enchères montaient moins vite, chacun des preneurs ne se découvrant qu'au «dernier feu». L'affaire ne se disputait généralement qu'entre deux acquéreurs. Ils ne disaient mot ; le notaire comprenait par un simple petit mouvement du menton. Il fallait se retourner vivement pour connaître l'adjudicataire.

Un paysan complétait son exploitation en affermant d'autres terres. Quelques-uns ne travaillaient que par métayage. Les baux variaient suivant les coins et la qualité du terrain ; ils dépendaient surtout de l'entente entre le propriétaire et son fermier. Les redevances à prix fixe pouvaient se multiplier du simple au quadruple. Ces terres louées provenaient souvent des hasards d'un héritage ; elles appartenaient à des paysans qui habitaient trop loin pour les cultiver, ou à des familles qui avaient quitté le pays. Le fermier était un acquéreur préemptif en cas de vente.

Au début du siècle, le fermage était calculé en fonction de la surface affermée, sur une base de quarante francs les vingt-cinq ares. Une vigne était cédée au double d'une terre à blé. Par la suite fut instaurée une location plus juste : le fermage à grain, ou au rendement, qui correspondait à une indexation.

Lorsque le propriétaire et sa famille venaient à passer devant une de leurs métairies, la femme et les enfants ne se gênaient pas pour réclamer de droit une bolée de lait à la fermière, sans même lui rendre un merci. Le propriétaire se faisait servir un verre de vin. Les campagnes conservèrent longtemps un vieux relent d'aristocratie hérité de l'Ancien Régime par les bourgeois fonciers. Je ne suis pas certain que les choses aient beaucoup évolué en maints endroits...

Mon grand-père Camille atteignait la trentaine quand il décida de posséder les champs qu'il faisait valoir. Il venait de se marier avec Aurore-Marguerite, une jeune fille mal dotée de Nicorbon. Jusqu'ici, il se louait tantôt comme chauffeur de batteuse, tantôt comme brûleur d'alambic, tantôt comme journalier, puisque les quelques parcelles de ses modestes parents ne suffisaient point à nourrir la nichée. Derrière lui venaient encore un frère et deux sœurs. L'aîné donc, et c'était souvent le cas, améliorait la situation familiale en travaillant comme «calvégnier» à l'extérieur.

A l'entrée du hameau se tenait la ferme à Bineux. De son véritable nom Gaillard, ledit Bineux était aussi mauvais en culture qu'ingénieux en trouvailles inutiles. Il avait bricolé un treuil mécanique qui devait tirer l'eau du puits sans demander le moindre effort. Il faut croire que l'invention n'était pas tout à fait au point car au premier essai, ce sacré treuil ne réussit même pas à mouiller son seau. En revanche, il avait fait écrouler la margelle du puits.

Mauvais cultivateur, on ne le dira jamais assez du père Bineux ! Lorsqu'il hersait un guéret, il ne prenait jamais la peine de se retourner pour surveiller l'ouvrage. Que les herses se bouchent de chiendent ou qu'elles culbutent les dents en l'air, le bonhomme ne s'en apercevait qu'en bout de champ, sur la «chinte». Derrière lui, le travail n'était ni fait ni à faire, comme on dit. Un pésan de cet acabit était un «potrassier», un «brasse-bouillon», un «aricandier».

Que médire encore sur ce brave personnage, sinon qu'il ne ratait jamais une messe ? Et pourtant, malgré sa foi inébranlable, le Bon Dieu ne lui avait donné que des enfants anormaux. A sa mort, la ferme fut vendue à l'encan. Mon grand-père la connaissait pour y avoir travaillé quelquefois ; il l'acheta quatre mille francs de l'époque (1913).

Il retroussa ses manches et se mit aussitôt en besogne. Il abattit le noyer qui encombrait la cour ; il déplaça le tas de fumier qui empestait l'habitation et le poussa derrière l'étable ; il fit creuser une fosse à purin ; il démolit les poulaillers vétustes et en construisit de plus solides ; il empierra le pâtis, remplaça les planches pourries de la «loge» (remise)... bref, tira la ferme de la «délipendelle» et la remit en état.

Ne croyez surtout pas que je tire vanité de vous parler si longuement de ma parentèle. Je ne l'évoque que par souci d'exemple, de témoignage. Je vous conterais volontiers l'évolution d'autres familles si j'y étais autorisé. Mais à dire vrai, ce qui se passait chez nous, se passait pareillement chez nos voisins, à peu de détails près...

Une ferme était souvent laissée en héritage à celui ou à celle des enfants qui s'occupait du dernier parent vivant. C'était presque toujours le tardillon ou la tardillonne, le «clos-cul» de la maisonnée. S'il s'agissait d'une fille mariée, la ferme changeait de nom. Cette transmission ne soulevait guère de problèmes quand les aînés s'étaient déjà établis ailleurs.

Parfois hélas, le travail venait à manquer. A son retour du régiment, un gars n'avait pas d'autre solution, s'il ne voulait plus s'échiner au service des autres, que celle de nouer son baluchon et quitter le pays. Ce fut fréquent à partir de 1860, au moment où le phylloxera s'attaqua aux vignes. Les familles vigneronnes, désargentées, ne purent faire face à la maladie qui détruisait leurs treilles ; leurs garçons durent partir. Ils s'engagèrent dans les ateliers de la ville, puis dans les postes ou au chemin de fer. L'exode rural commençait.

Cette désertion massive fut encore accentuée plus tard par le miroitement d'une vie urbaine d'apparence plus facile. Finis les dimanches soirs passés à traire et à curer les vaches ! Il fallait les voir revenir au patelin, les ouvriers d'usine, pendant leurs congés, alors que ceux restés au village, les péquenots, les culs-terreux, continuaient de s'éreinter en moisson... On ne pensait guère au retour à la terre, croyez-moi ! Ce n'était pas encore de mode. La ville offrait alors toutes les chances et on se leurrait soi-même en ne citant que celui qui, à force d'études et de privations, était devenu docteur en droit, ou cet autre nommé sous-directeur à la Banque de France. Mais en vérité, pour ces deux-là, combien restait-il de déracinés voués à la grisaille quotidienne ? Pour une réussite, combien fallait-il d'échecs ?

Les filles partaient moins, au contraire d'aujourd'hui. Elles ne s'aventuraient guère plus loin que Beaugency, où elles se casaient comme bonnes à tout faire dans les maisons bourgeoises. Celles qui «montaient» plus haut, à Paris, ne tournaient pas toujours bien. Au village, on ne savait plus vraiment ce qu'elles manigançaient là-bas. Leurs parents disaient qu'elles se débrouillaient et chacun feignait de les croire. Au mieux attrapaient-elles un bon vieux mari fortuné, qu'on aurait pu prendre pour leur père. Quand elles revenaient, longtemps après, c'était pour faire étalage et clore le bec des médisants. On pensait alors : «Elle a bien eu raison de partir, la fille à Machin : c'est point en restant ici qu'elle aurait pu se payer tous ses attifiaux !»

Pendant ce temps, l'ancien charretier devenu possédant finissait de s'installer dans ses murs. Il n'avait plus qu'à se rendre au rendez-vous de la louée pour y engager de l'aide. Et le cycle recommençait...

Témoignages

LA BOURSE ET LA VIE

«Dans les familles de petits cultivateurs, tous les membres travaillaient pour le profit de la maison, jusqu'à leur départ. Les enfants ne recevaient aucun salaire ; même les petites sommes reçues pour des travaux extérieurs étaient remises intégralement à la mère de famille. Le but commun était l'achat de quelques parcelles de terre. On vivait entièrement sur les récoltes (fruits, légumes, vin) et sur l'élevage (volailles, lapins et surtout porcs).» (Souvenir d'un correspondant anonyme.)

LES PETITS PAYSANS

«Comment vivaient les petits paysans, autrefois ? Ils vivaient médiocrement en comparaison du luxe d'aujourd'hui. Cependant, ils jouissaient d'une chose inestimable : ils avaient une grande liberté. Un exemple : ils pouvaient vendre leur récolte de blé directement au meunier. Pas de déclaration, pas d'imposition. Toutes leurs récoltes se vendaient bien, blé, seigle, vin, pommes de terre, foin, haricots... Donc ils étaient tranquilles et heureux dans leur simplicité. Mais ils travaillaient jusqu'à leur mort et n'étaient pas couverts en cas de maladie.

«Un cheval, deux vaches, voilà leur cheptel ; quelques arpents de terre et de vigne, voilà leur exploitation.

«Les cantonniers n'avaient pas besoin de tondre les bords de route : les femmes y coupaient l'herbe avec un faucillon et apportaient tout sur leur dos. Lors des battages, les petits paysans s'entraidaient et contrairement à ce qui se passait en certains endroits, on était très bien nourri.

«L'hiver, ils se dirigeaient tous vers les bois, chacun abattait son ramier. Certains allaient à pied jusqu'aux Bois-aux-Moines, lieu perdu en pleine Sologne. Beaucoup allaient à La Battue, aux Bordes, aux Vernoux ou ailleurs. Il faut dire que les bourgeois d'autrefois avaient beaucoup d'égards pour les petites gens. Enfin dans nos campagnes, on ne comprenait pas en ce temps-là qu'il puisse y avoir des chômeurs !» (Lettre de M. Roger Brouard, de Lailly-en-val.)

Au jour le jour

À bonne pâte, bon pain

Les disettes passées hantèrent longtemps la souvenance des paysans. La crainte de voir ressurgir le spectre de la famine donna au pain une valeur de symbole quasiment religieuse. L'Eglise n'avait-elle pas son «pain de vie», son pain bénit, son pain à chanter, son pain quotidien et ses hosties ? Le mot «pain» signifiait tout à la fois la vie et la prospérité. On disait indifféremment «gagner son pain» ou «gagner sa vie», alors que le miséreux en était réduit à le mendier. C'est qu'il en coûtait beaucoup, de labeur et de peine, pour remplir la huche de sa maisonnée ! Rien n'était plus grave faute que celle de cracher sur un restant de quignon, qu'on appelait le «grignon». La morale apprise à l'école tournait autour de ce thème. Et puisqu'on prétend que tout finit par des chansons en notre beau pays de France, ces difficiles époques de pénurie se signalaient aux mémoires sur l'air innocent d'une comptine enfantine :

Dansons la capucine
Y'a plus de pain cheu nous
Y'en a cheu la voisine
Mais ce n'est point pour nous.

Voilà qui s'appelait vraiment, autrefois, «danser devant le buffet» !

Qu'on se rassure tout de suite : les famines sont finies dans nos régions, et bien finies. Une bouchée de pain ne vaut plus désormais le moindre fifrelin. Quitte à voler sa nourriture, le Jean Valjean d'aujourd'hui raflerait le rayon d'alimentation d'un hypermarché mais ne perdrait point son temps à briser la vitrine d'une boulangerie. Autres temps, autres mœurs et autres besoins. Car il faut reconnaître que le pain, tout comme la nostalgie, n'est plus ce qu'il était, ni d'importance ni de goût. Parlez-en aux anciens et vous les entendrez s'esclaffer : «Ah, ça oui, bonguieu ! le pain que la mère nous cuisait dans le temps, il valait de la brioche !» C'est pourtant vrai que le pain de leur jeunesse, quand il sortait tout juste du four, répandait dans la maison une merveilleuse odeur à vous mettre salive en bouche. Mais où sont les miches d'antan ?

Tous les huit à dix jours, la maîtresse de maison se mettait donc en boulange. Elle vidait la maie de son huile, de son vinaigre, de ses fromages ; elle la dépoussiérait d'un coup de torchon et s'en servait de pétrin. Les familles mieux équipées possédaient leur «blutiau» (blutoir) pour tamiser la farine.

La veille de cuire, la mère remontait le levain qu'elle gardait au frais, sur les dernières marches de la cave. C'était tout simplement une boulette de pâte aigrie qui restait de la panification précédente (on se gardait bien d'employer cette fichue levure de boulanger !). Quand ce levain devenait trop vieux, ou qu'il ne «faisait plus bien», la mère courait emprunter celui de la voisine ; elle lui rendait l'équivalent le surlendemain. En deux jours, une poignée de pâte crue donnait en effet un excellent ferment. Avant de l'employer, on le délayait dans un verre d'eau tiédie.

Dès les premières lueurs du jour, la maîtresse se plongeait dans sa maie-pétrin, les manches retroussées jusqu'aux coudes. Elle y versait une corbeillée de farine, trois cuillérées de gros sel et le levain détrempé, le tout arrosé d'une chopinée d'eau tiède. Elle ajoutait parfois une pincée de sucre ou une larme de miel. Puis elle pétrissait jusqu'à ce que la pâte obtenue devienne parfaitement homogène. Elle reversait tantôt de l'eau pour la ramollir, tantôt de la farine pour la raffermir. Le pétrissage réclamait un bon quart d'heure d'efforts qui brisait les reins et sciait les bras.

Quand la pâte prenait enfin la consistance souhaitée, la mère la roulait en boules régulières et en remplissait les bannetons, qui sont des corbillons garnis de grosse toile de jute. Elle grattait les parois de la maie à la raclette, autant par souci de netteté que pour n'en rien laisser perdre. Elle recouvrait ensuite les paniers d'un linge propre et les fourrait sans attendre dans le lit encore chaud de la nuit, au creux des édredons, afin que la pâte lève plus vite. C'est dire que ce jour-là ne se gâchait pas en grasse matinée !

Sitôt le repas du midi desservi, la mère se remettait en besogne. Elle allumait le four du «cafourniau» (fournil) avec de la «guernipie» (aiguilles et pommes de pin ramassées en Sologne), des javelles, des bourrées et de la charbonnette. Le four chauffait jusqu'à ce que les briques de sa voûte en deviennent blanches.

Si la maison ne possédait pas de four, la mère allait cuire son pain dans celui d'une voisine complaisante. Elle fournissait bien entendu ses propres fagots et parfois, en dédommagement, cuisait aussi le pain de la voisine, ou lui offrait une part de sa fournée.

Pour construire la voûte d'un four à pain, le maçon arrondissait d'abord un tas de sable sur la sole ; puis il assemblait les briques dessus et ne retirait le sable que lorsque le mortier était pris.

Une fois le four chauffé à blanc, la mère empoignait son rouable et jetait les braises dans un recoin de l'âtre ; elle les récupérerait plus tard pour la lessive. Elle écartait les dernières cendres à la «couette» (écouvillon) et enfournait enfin à l'aide d'une large pelle de bois à long manche.

Elle posait cette pelle en équilibre, le bout du plat sur le bord du four et l'extrémité du manche sur un dossier de chaise. Elle découvrait les bannetons et les démoulait sur la pelle. D'un geste sec et précis, elle décollait les boules de pâte gonflée, qui glissaient sur la dalle brûlante pour se loger à l'endroit désiré. La porte de tôle, taillée en demi-lune, se refermait aussitôt sur l'haleine étouffante du four. La cuisson durait une couple d'heures. La pire des catastrophes était de laisser «grâler» sa fournée.

Le pain défourné, la mère profitait du four encore chaud pour y cuire les galettes, les terrines, les pâtés au potiron, les jattées de poires de cailloux baignant dans le vin, et les «ramponneaux» (pommes enrobées de pâte), alléchantes gourmandises que guignaient les loupiots.

Le pain obtenu, je le maintiens, dégageait une autre odeur que celles des bâtards qu'on peut acheter aujourd'hui dans la plupart des boulangeries. Il rassissait moins vite mais en revanche, il avait une fâcheuse tendance à moisir. Les miches étaient rangées sur des planches, dans la fraîcheur de la cave. Une miche entamée se gardait dans le garde-manger du cagibi ou dans la maie, ou dans la huche.

Son tour venu, chaque ménagère catholique fournissait le pain bénit de la messe. On disait qu'un pain de ménage cuit un Vendredi saint moisissait tout de suite ou se conservait indéfiniment. Enfin, une ménagère n'enfournait jamais sa pâte entre la Noël et la Saint-Sylvestre, par crainte que le malheur ne s'acharne sur sa maison.

On se prêtait du pain d'une maison à l'autre, à charge de rendu. Ces échanges permettaient de ne consommer que de la miche croustillante.

Les grumeaux trouvés dans une mie mal pétrie, les «guermelons», s'appelaient aussi les «meuniers», terme qui semblait rejeter la malfaçon sur le farinier. Pardi ! une bonne farine n'aurait jamais dû se grumeler ainsi ! Mais comme dit l'expression, on ne peut pas être au four et au moulin en même temps...

Le pain à mie blanche n'avait pas de secret : il ne se composait que de farine de blé. Toutefois, cette apparente pureté n'était qu'un attrape-nigaud. Il n'y avait que les villotiers pour confondre couleur et qualité. Une mesure de seigle ajoutée à quatre mesures de blé bisait peut-être le pain mais, en contrepartie, en augmentait de beaucoup la finesse.

Un conseil pourtant : ne jamais abuser de la farine de seigle si l'on voulait éviter de regrettables désordres intestinaux ! Toutefois, la seule farine à laisser de côté était la farine d'orge.

Les mères avaient également l'habitude de disposer sur des claies d'osier, en prévision de l'hiver, des pommes et des poires coupées par moitié, ou des prunes laissées entières. Ces fruits étaient d'abord séchés à four modéré, puis aplatis à la paume, ce qui leur valait le nom de «fruits tapés». Après séchage, ils restaient dans leurs claies, non pelurés, sur les toits pentus des entrées de cave, à se racornir au soleil d'automne. L'hiver venu, la mère les mettait à tremper et les cuisait pour améliorer les goûters de ses «ch'tits gnâs».

Or, les gamins avaient depuis longtemps remarqué qu'un vieux grigou du hameau, à chaque fois qu'il passait devant les claies, barbotait une poignée de fruits tapés, qu'il plongeait prestement dans sa poche. Ils ne le dénoncèrent pas mais ils décidèrent de le dégoûter à jamais de ses larcins.

Le vieillard n'y voyait plus très clair. Un jour, comme de coutume, il étend la patte sur une claie et s'en trottine bien vite jusqu'à chez lui pour y déguster ses rapines. Il est vrai que la pitance chapardée a une autre saveur que celle qu'on doit honnêtement payer. Donc, notre bonhomme se met à croquer goulûment du seul chicot qui lui reste. Crénom ! le fruit résiste et refuse de se déchirer ! Le vieux insiste encore, en vain. Pourtant, le fruit semble moelleux au doigt. Pour en avoir le cœur net, le vieux ajuste ses lorgnons et... et découvre avec effroi qu'il est en train de croquer dans un crapaud mort !

On ne saurait trop conseiller aux voleurs de pommes de vérifier ce qu'ils tiennent en main avant d'y mordre à belles quenottes...

Quand les paysans cessèrent plus tard de cuire leur miche, vers 1910, ils s'approvisionnèrent à la boulangerie. Ils achetaient alors des gros «pains fendus».

Certains clients ne payaient qu'en fin de mois. A chaque fois qu'ils prenaient un pain, ils tendaient une «coche» à la boulangère. Cette coche était une simple planchette de bois que la commerçante entaillait au couteau. Chaque entaille correspondait à un pain emporté. Un double de ces coches restait accroché dans la boulangerie. On remboursait ce crédit lors d'une tournée du boulanger ; cela évitait ainsi de perdre ses sous en chemin. Il faut préciser qu'à cette époque-là, les poches des vestons étaient souvent trouées par les briquets à amadou mal éteints !

La coche s'appelait aussi la «taille» en d'autres endroits.

Témoignages

LA GALETTE DE GRAND-MAMAN

«Née en 1907, j'ai donc connu l'époque dont vous relatez si bien les habitudes. Ma grand-mère paternelle a toujours fait le pain et la galette comme vous le décrivez dans votre chapitre. Nous habitions à un kilomètre de chez elle mais nous allions déjeuner, mes sœurs et moi, tous les dimanches chez nos grands-parents. En arrivant, Grand-mère nous offrait un morceau de galette plus ou moins rassis, mais que nous trouvions bien bon. Pendant la Guerre 14-18, par la force des choses, ma mère se mit aussi à faire le pain. La pâte étant finie le matin de bonne heure, je n'ai jamais vu maman la brasser. Cependant, nous assistions avec émerveillement à la chauffe du four et à la cuisson du pain, ainsi qu'à la galette. En ce temps-là, les matières grasses ne manquaient pas dans les fermes avec le nombre de vaches à lait. De ce lait, on fabriquait le beurre et les fromages, le tout vendu à la ville voisine.

«Quant à la fabrication des pruneaux et des ''oreilles de chat'' (autre nom des ''fruits tapés''), j'en garde un souvenir impérissable. Les arbres fruitiers donnaient à plein rendement dans ce temps-là et nous alimentaient toute l'année. Pas question d'acheter des oranges ni des bananes.» (Lettre de Mme Roger Moreau, dc Saint-Dcnis-sur-Loire.)

La lessive à la «buée»

Après la cuisson du pain, l'autre besogne réservée à la maîtresse de maison était la lessive. Elle se faisait de deux façons, à la chaudière ou au cuvier.

La lessive à la chaudière blanchissait les linges courants : effets de travail, chemises, devantiers, tabliers, mouchoirs, bas de coton... Elle avait lieu tous les mois. La buandière fourrait les nippes dans la «casse» en fonte remplie d'eau. Elle y jetait une poignée de cristaux de soude et elle allumait le petit foyer de la chaudière jusqu'à l'ébullition de l'eau. Les fripes trop sales étaient frottées à la brosse en chiendent, sur une longue et haute selle dont les usages répétés avaient poli la planche. Le premier rinçage se faisait dans un baquet d'eau où la laveuse avait dilué quelques gouttes d'extrait (eau de Javel). Dans le second et dernier rinçage baignait une boule de «bleu» emmaillotée de chiffon. Les guenilles qui ne méritaient plus d'être ravaudées finissaient en «pénuffes», c'est-à-dire en chaussettes russes dans les sabots.

La casse de la chaudière servait également à cuire la pâtée des bestiaux. C'était bien affriandant, sacrédié ! de renifler à pleins naseaux la cassetée des petites patates que la fermière écrasait chaque matin d'hiver sous la buanderie. Il faut dire que la pâtée des bestiaux attisait souvent davantage l'appétence que le rata des charretiers !

L'autre manière de lessiver consistait dans le lavage au cuvier, qu'on nommait «la buée» parce que l'ouvrage noyait la buanderie dans une épaisse vapeur.

Cette lessive-là était si compliquée, et surtout si pénible, qu'on ne l'entreprenait que deux fois l'an, à Pâques et à la Nativité de la Sainte-Vierge, en saisons de journées ensoleillées. On y lavait principalement les draps de grosse toile rugueuse, si épais qu'on n'en voyait jamais l'usure. Les torchons étaient taillés dans ces vieux draps, par économie.

Cette rareté de lavages obligeait les maisonnées à emplir leurs armoires ventrues d'impressionnantes piles de draps, à tel point que le trousseau d'une honnête fille à marier ne se composait pratiquement que de ça.

Au jour voulu du printemps ou de l'automne, les femmes du village se mettaient en lessive commune. La tâche était tellement épuisante qu'elles s'entraidaient forcément. Elles apportaient leurs brouettées de linge et les réunissaient en un seul tas. Pour 30 sous la journée, elles se chargeaient aussi des draps d'autrui. En ce temps-là, le linge sale ne se lavait donc pas en famille. Les villageoises rassemblaient ensuite la cendre du semestre, que l'on conservait soigneusement dans le cagibi, dans de vieux sacs à grain. Chaque client fournissait la cendre nécessaire à son blanchissage.

Pendant que certaines s'activaient autour de la chaudronnée d'eau à bouillir, les autres préparaient le cuvier. C'était un important baquet de bois, d'un diamètre d'une toise environ, qui, les jours de battage, contenait la flotte de la locomobile.

On posait ce cuvier sur un trépied, près de la chaudière, et on enfonçait une cannelle dans sa bonde du bas. Cette cannelle se déversait dans la «coulotte», une gouttière en zinc qui aboutissait dans la casse de la chaudière, où bouillait l'eau.

Cette installation terminée, les lessivières garnissaient le fond du cuvier avec un sac de cendres sur lequel elles entassaient un maximum de linge, qu'elles parsemaient de cristaux de soude, de copeaux de savon noir ou de brins de saponaire. Le véritable lavage commençait alors. A tour de rôle, les femmes empoignaient le pucheux à long manche (le «gugeux») ; elles puisaient l'eau bouillante dans la chaudière et en arrosaient le cuvier. La «lessus» trempait le linge, s'infiltrait dans le sac de cendres, s'échappait par la coulotte et revenait enfin à la chaudière. Ce transvasement permanent — chaudière, cuvier, chaudière — se poursuivait une demi-journée durant. Les draps n'étaient propres que lorsque l'eau se déversait bouillante dans la coulotte. Les laveuses ressortaient fourbues de la «buée», le corsage et les jupes plus trempés que le linge qu'elles ébouillantaient, autant ruisselantes de sueur qu'elles l'étaient de vapeur. Elles veillaient néanmoins à ne point se placer en courant d'air car une «achauferdie» était toujours à redouter.

Le rinçage des draps, là encore, se faisait dans un baquet d'eau claire, ou au lavoir de la rivière (quand rivière il coulait). Dans notre village où ce n'était pas le cas, les bonnes femmes devaient se satisfaire de la mare. La date de la lessive étant fixée par tradition, les charretiers évitaient les jours précédents d'y mener boire leurs chevaux, afin de ne pas troubler la limpidité de l'onde.

Les lavandières tordaient leurs draps dégoulinants pour un rapide essorage, puis les amoncelaient sur leurs brouettes ; un paysan prêtait sa carriole quand la mare était éloignée. Les bonnes femmes se rangeaient autour de l'eau et s'agenouillaient devant le rebord qui leur servait de batte. C'était pour elles le moment le plus agréable de la journée car rien ne leur interdisait, entre deux coups de battoir, de cailleter à loisir, de caqueter et de cancaner, bref de juger le monde. Tous sujets de bavardage épuisés, les commères chantaient pour se donner force au bras et cœur à l'ouvrage.

Les draps étaient par la suite étendus sur l'herbe grasse des prés, où ils restaient à sécher en s'imprégnant d'un subtil parfum de pâquerettes et de colchiques. Voilà pourquoi les lourdes armoires de nos grands-mères fleuraient bon mille senteurs champêtres. Et ce n'était certes pas le bas de laine rebondi d'écus, caché entre les piles de draps, qui contrariait cette délicate fragrance. Car l'argent, c'est bien connu, n'a pas d'odeur...

Dans les paroisses voisines...

En pays solognot, comme dans la plupart des campagnes d'autrefois, on pratiquait aussi la lessive à la cendre. Les noms changeaient pourtant. Le cuvier s'appelait la «terrasse» (parce qu'il était en terre), la coulotte : «l'échenіau», et le pucheux : le «couleux». L'eau de lessive ne s'écoulait pas directement dans la casse de la chaudière, mais dans une seille, appelée le «périn».

Témoignages

LA CHERRÉE

«Mon arrière-grand-père, qui demeurait à Candé-sur-Beuvron, était ''marchand de cherrée''. Cette cherrée était la cendre de bois qu'il collectait dans les maisons où il y en avait un excédent (il devait l'acheter un petit prix). Il entreposait ses sacs sous une grande remise qui se trouvait sur le bord de la route, au centre du village. Ces sacs de cendre étaient acheminés par les bateaux qui descendaient le fleuve jusqu'à la Basse-Loire où l'on extrayait la potasse.

«Il avait amassé un petit avoir qu'il épuisait tout doucement, devenu vieux. A cette époque (cela doit remonter vers 1850), on ne constituait pas de ''rentes''. Ma grand-mère me racontait certains usages : ainsi il n'était pas nécessaire d'être ouvrier agricole en Beauce pour partager un hareng en trois. C'était l'habitude même chez de petites gens aisées.» (Lettre de Mlle Suzanne Millié, de Beaugency.)

La manière de faire son beurre

Les lecteurs qui me font l'amitié de suivre mes histoires s'étonnent souvent en apprenant mon âge — la trentaine. Il est vrai que de telles anecdotes émanent d'ordinaire de personnes plus âgées. Ce sont d'ailleurs elles, les personnes plus âgées, qui me les ont apprises ; et il est peut-être réconfortant que des jeunes s'intéressent à ces coutumes vieillottes, même s'il s'agit d'une mode passagère pour beaucoup d'entre eux. Car quelquefois, ils ne se bornent pas à recueillir ces ultimes témoignages : ils les décortiquent d'un regard neuf, ils les analysent et souvent, ils s'interrogent et s'insurgent contre certaines de ces pratiques désuètes. Les anciens, eux, n'en cherchent pas si long en se racontant : ces usages, ils les ont quotidiennement vécus et subis. Avec l'accoutumance des choses, ils ont fini par les accepter et les perpétuer sans même y réfléchir. Ils n'ont fait que continuer ce que faisaient leurs parents avant eux, et avant leurs parents, leurs grands-parents. Ils n'ont jamais remis en cause ce qui leur paraissait banal. Or ce sont précisément ces banalités qui deviennent extraordinaires pour leurs petits-enfants.

A titre d'exemple, on ne peut pas citer mieux que la place secondaire dans laquelle était reléguée la femme au début de ce siècle. Dans son numéro du 27 septembre 1925, la revue hebdomadaire catholique *Le Pèlerin* revendiquait toujours les conceptions d'une autre époque. On pouvait lire dans une rubrique illustrée, sous le titre «Le rôle de la femme», des enseignements qui feraient bondir les féministes d'aujourd'hui :

Ce rôle peut être admirable s'il est bien compris. Dès le paradis terrestre, Dieu ne voulut pas que l'homme fût seul et lui donna une compagne pour l'aider, l'aimer et partager ses joies et ses peines, et élever une famille.

Qu'y a-t-il de plus beau qu'un foyer chrétien où le mari et la femme ne font qu'un cœur et qu'une âme ! Le mari a pour mission de gagner le pain de la famille. Le rôle de la femme est de tenir le foyer et de l'embellir.

Sur ses genoux maternels les enfants grandissent, apprenant à prier, à aimer Dieu et à le servir ; ils se forment le cœur et l'âme, toutes choses que l'école neutre ne peut donner, surtout l'école laïque et athée.

Le rôle de la femme est d'être la joie et l'ornement du foyer, de dresser à son mari une table appétissante, de fournir les vieilles armoires de beau linge blanc, de veiller qu'un bel ordre matériel et moral règne dans sa maison.

Sa place n'est pas à l'usine, souvent foyer de vice et de corruption, ni sur la place publique, ni à la tribune. Quand la politique aura envahi la famille, la famille aura vécu : on n'y entendra plus que discussions et querelles. (Le dessin correspondant représentait une scène de ménage dans un intérieur en désordre. Sur la table, un journal : *L'Humanité.)*

La Franc-Maçonnerie cherche à pourrir la femme par la mode indécente, la mauvaise presse, l'union libre, le divorce. Femmes de France, méfiez-vous ! Prenez exemple sur les Blanche de Castille, les Jeanne d'Arc, et tout ira bien.

On était loin des suffragettes et de la Garçonne. Cela ne signifie nullement, j'en conviens, que tous les maris partageaient à l'unisson cette idée de l'homme-maître. C'est une question qui reste cependant posée en ces temps d'émancipation féminine et de grande liberté sexuelle...

Trêve de bavardages, la femme des campagnes supportait néanmoins une grande part des peines journalières, à l'égal de son homme. Une bonne ménagère, disait-on, est un trésor qui vaut plus que son pesant d'or. C'était elle qui élevait la marmaille, qui nourrissait la maisonnée, qui s'acquittait des tâches ordinaires, qui soignait les bestiaux, qui trayait les vaches et qui, enfin, aidait aux travaux des champs. Le peu de temps libre dont elle disposait, en veillée, était consacré au raccommodage des habits. Les Blanche de Castille, et peut-être même les Jeanne d'Arc, n'avaient certainement jamais trimé aussi dur !

Une ferme de moyenne importance abritait trois ou quatre vaches laitières, plus une ou deux chèvres. A cela s'ajoutaient une cinquantaine de lapins, de nombreuses volailles et un ou deux porcs, qui répondaient aux besoins en viande de la famille. Les moutons ne se trouvaient que dans les fermes plus importantes.

Le bétail était nourri au râtelier en toutes saisons. Les récoltes de sainfoin, de «faraud» (déformation de «farouche», nom vulgaire du trèfle incarnat) et de luzerne assuraient l'essentiel de l'alimentation du cheptel. Le foin sec donnait de la «mangeaille». On cultivait aussi du maïs-à-vache et des betteraves fourragères. Ces betteraves étaient conservées dans des silos à demi enfouis, qu'on recouvrait de paille et de terre. Le système d'aération : une brassée de paille qui perçait la couverture du silo. Les betteraves étaient ensuite débitées au coupe-racines et mélangées à de la bale. Auparavant, on procédait différemment : les betteraves cuisaient avec de l'avoine dans la casse de la chaudière. C'était «l'augée».

Les résidus des betteraves sucrières servaient également à engraisser les bestiaux, sous forme de «pulpe» fermentée, à l'odeur particulièrement désagréable.

Les vaches ne sortaient pratiquement jamais de leur «têt», mot venant de «toit» et qui désignait l'étable. On devait les abreuver au seau, à raison de deux ou trois seaux par animal, ce qui était une besogne éreintante. Les vaches réclamaient en outre une attention sans relâche : hier, c'était une épidémie de mammite qui les menaçait ; demain, ça serait le ventre d'une génisse qui gonflerait, ou la crainte de la fièvre aphteuse... Sans parler des vêlages qu'on devait surveiller et qui arrivaient à terme à toutes heures du jour et de la nuit.

Les taures ne quittaient leur litière qu'une fois par an, pour être «menées» au taureau du village. Si l'une d'elles se refusait à la saillie, la fermière devait encore intervenir et favoriser l'accouplement. Cette balade annuelle sera supprimée vers 1948, dès que sera pratiquée l'insémination artificielle. Cependant, nous n'oserons pas prétendre — comme le croyaient certains citadins — que le puissant taureau se verra dès lors remplacé par le vétérinaire !

On ne saurait dissocier le travail de l'étable et celui de la laiterie. La traite se faisait tous les jours à heures fixes, en semaine comme le dimanche. Il n'y avait pas de jours de fête qui tenaient pour les vachères : elles quittaient la frairie avant la fin, enfilaient leur devantier et leurs galoches, et s'accrochaient sans tarder aux trayons des bêtes. Ce n'était qu'après avoir «tiré» les vaches qu'elles pouvaient regagner le bal, avec une tenace odeur de bouse et d'eau de Cologne aux frusques. Pendant la traite, elles s'accroupissaient ou se cutaient sur la «sellette», un tabouret bas à trois pieds. Le lait giclait et moussait dans le seau. On le passait aussitôt dans un entonnoir géant en fer-blanc, garni d'une étoffe propre en guise de filtre. Il m'est fréquemment arrivé, enfant, de me pourlécher de ce lait encore chaud qui vous ornait la lèvre d'une fameuse paire de moustaches. Il était onctueux, savoureux, incomparable. Un véritable nectar dont une seule bolée suffisait à remplir le ventre d'un garnement...

A cette époque, le lait n'était pas collecté par les laiteries de la ville. La fermière le transformait donc en beurre et en fromages, produits qu'elle s'en allait vendre sur le marché ou au beurrier du bourg. Il se tenait alors des marchés au beurre et aux fromages dans la plupart des villages environnants : à Mer, à Oucques, à Beaugency.

Aussitôt la traite terminée, la fermière s'enfermait dans sa laiterie (qui était souvent le fournil) et versait le lait dans l'écrémeuse. La créme obtenue était conservée dans des «potes» en grès, à la cave ; quand le temps le permettait, on ne la barattait que la veille du marché. La fermière l'allongeait parfois avec du jus de carotte pour donner davantage de couleur au beurre, ce qui le faisait vendre mieux et plus cher. Une baratte-tonneau contenait entre 25 et 30 livres de beurre mais il en existait de plus modeste capacité, en verre et à manivelle. Durant les froidures hivernales, le beurre se grumelait quelquefois lors de son battage ; il fallait alors ajouter un peu d'eau bouillante dans la baratte.

Les sérosités du lait (petit-lait, maigre, baratté et bougaud) étaient abandonnées dans l'auge aux cochons.

Le beurre retiré de la baratte était ensuite divisé en mottes d'une livre chacune, que l'on pressait dans un moule en buis de forme ronde ou ovale. La livre se décorait alors, sur le dessus, de l'empreinte naïve d'une vache ou d'une fleur des prés, pure création de la gravure populaire.

Les fromages employaient le restant du lait. On le versait dans un pot et la présure, la «tournette», le faisait aussitôt coaguler. Le caillé était ensuite réparti dans les faisselles de terre, les «cageots» (contraction du mot «cagerotte»), pour qu'il s'égoutte de son «maigre». Dans les jours suivants, on retournait les fromages sur des éclisses d'osier et on saupoudrait ceux qui étaient encore mous de gros sel gris broyé au moulin à café. Ils bleuissaient par moisissage dans la «chaisière», la séchière devrait-on dire plutôt, qui était une sorte de grande cage grillagée, montée sur pieds. On accélérait le séchage en plaçant cette chaisière devant le four chaud d'une cuisinière. L'affinage se faisait à la cendre ou au foin, selon les goûts.

Vers 1930, le lait fut quotidiennement ramassé par les coopératives laitières. Les bidons remplis étaient déposés chaque matin aux portes des cours. Les fermières cessèrent alors la fabrication du beurre et des fromages sauf pour satisfaire leur consommation familiale.

Témoignages

VACHERIE

Dans la plupart des étables, il y avait d'une part les vaches achetées par le cultivateur (coût : 300 à 400 F), d'autre part, pour les moins fortunés, celles que plaçait le marchand de bestiaux. Contre chacune de ces vaches mises «à maison», le cultivateur s'engageait à donner au marchand un veau de cinq semaines, ou l'équivalent en argent si par malheur le veau périssait. Le cultivateur nourrissait évidemment la vache, qui ne lui appartenait jamais. Il recevait en récompense le bénéfice du lait ; c'était certes peu mais il n'avait pas investi de capital. Cela durait pendant plusieurs années à condition que la vache ne soit pas tuberculeuse ! (Information due à un correspondant anonyme.)

BEURRE DE CAROTTE OU CAROTTE DE BEURRE ?

«En ce qui concerne la fabrication du beurre, les moules en bois n'existaient pas chez ma grand-mère. Je la revois, assise, modelant dans la basserelle les livres et demi-livres avec ses mains et leur donnant la forme de deux cônes mis bout à bout, forme qui rappelait la carotte à l'enseigne des bureaux de tabacs, le tout enveloppé dans une feuille de papier et, pour garder plus de fraîcheur, roulé dans une feuille de canna que nous allions cueillir dans le jardin où on le cultivait exprès. Après, les quelques kilos de beurre de la semaine étaient alignés dans le panier en osier fermé par une baguette de bois passée dans deux œillets. Il ne restait plus qu'à partir le lendemain matin avec la carriole et Bijou, au marché du mercredi à Jargeau.

«Le fait qu'il n'y ait pas de moules à beurre chez ma grand-mère s'explique peut-être parce qu'il n'y avait que deux vaches dans sa simple fermette. C'est le seul endroit où j'ai vu cette façon de faire.» (Lettre d'un lecteur d'Olivet, qui a gardé l'anonymat.)

DE PIS EN PIS

«C'était sur le boulevard des Princes, aujourd'hui boulevard Jean-Jaurès, à Orléans. J'habitais au numéro 2, juste au coin de la rue du Canon. Nous étions sept bons voisins et toute la rue s'entendait parfaitement. On s'appelait «la mère» ou «le père». Entre autres la mère Legroux, qui avait été élevée à la campagne et qui, en pleine ville, sur les boulevards, nourrissait des canards, des poules et des lapins. Seul un petit train passait devant nous pour aller de la gare Saint-Marceau à la gare du Moulin-de-l'Hôpital. C'était notre amusement de le voir passer, surtout le dimanche. Notre seule promenade était de faire le tour des ponts ou de s'asseoir sur le trottoir pour regarder les flâneurs. Notre meilleur jour était le 14 Juillet. Dès le matin, on voyait défiler les régiments, les militaires en grande tenue et décorés de médailles. Alors on sortait les bancs et les chaises et on regardait la revue... Il y avait un édifice au milieu du mail, comme on disait, un peu plus haut que la rue Croix-de-Bois. Là se tenaient les bureaux de l'abattoir. En face se trouvait l'octroi ; le «gabelou» faisait payer un droit pour les bêtes qu'on amenait : des taureaux, des vaches, des veaux qu'on attachait à de grosses chaînes reliées par de gros poteaux. Ça se passait tous les vendredis. Les gosses du quartier étaient là, moi la première, et il fallait souvent courir pour monter la petite côte et arriver à l'heure à l'école. Les bouchers nous renvoyaient mais on revenait de l'autre côté. Si bien qu'un jour, une voisine s'aperçoit que les pauvres vaches beuglaient car elles avaient trop de lait. Elle va alors chez elle et remplit une gamelle de lait sans que personne ne la voie faire. Elle revient la semaine suivante mais là, se fait surprendre par le gardien qui, bon gars, ferme les yeux. On apportait des plats, des pots, et il y avait du lait pour tout le quartier. Un jour, la voisine nous a dit : «Je vais faire du beurre.» Sitôt dit, sitôt fait. Mais personne n'avait de pots assez gros ; elle a pris sa lessiveuse en fer galvanisé qui servait à tout, à bouillir le linge, à cuire la pâtée aux bestiaux. Elle n'avait hélas qu'une pauvre petite baratte que nous, les gosses, prenions à chacun notre tour. Quand il fallait laver les plats, c'était moi qui tirais l'eau au puits, qui avait trente-deux tours de corde. Pour deux sous, je remplissais un grand baquet. J'avais douze ans. Cela dura pendant plusieurs semaines, la voisine gagna quelques sous mais on lui interdit bientôt de continuer d'approvisionner le quartier en beurre.» (Souvenirs de Mme Camille Desbuards, d'Orléans.)

Foires et marchés

Où vas-tu Basile
Sur ton grand cheval perché ?
Je vais à la ville
Le vendre au marché !

Il est indéniable que les marchés de cette époque tenaient une importance capitale dans la vie des campagnes. C'était là qu'on traitait ses affaires, mais c'était surtout là qu'on se rencontrait, qu'on apprenait les dernières nouvelles, qu'on causait de la pluie ou du beau temps et, enfin, qu'on trinquait à l'auberge pour bien montrer que la journée avait été bénéfique. Autrefois, les retours de certains marchés restaient une aubaine pour les détrousseurs de maltournées...

Nous avons vu dans le chapitre précédent que les fermières se rendaient sur les nombreux marchés au beurre de la région. Elles allaient pareillement à ceux aux légumes, aux volailles, plus rarement aux marchés à grain.

Celui du bourg se reproduisait chaque mardi sur la place de l'église. On y proposait pêle-mêle son beurre, ses fromages et les produits de sa basse-cour. Deux coquetiers de la ville et un détaillant en tissus y tenaient le haut du pavé. Les bonnes femmes venaient cahin-caha avec leurs grands paniers noirs. L'une apportait un lapin ou deux poulets entravés aux pattes, l'autre trois douzaines d'œufs. Les jardinières du bourg offraient leurs panerées de légumes. On disait de l'une d'elles en blaguant : «Y'aura que la quantité qui la sauvera, vu qu'elle achète ses salades deux sous la pièce et qu'elle les revend cinq sous les trois !» C'est dire que le marché du bourg n'était pas très achalandé et qu'on n'en repartait jamais avec la fortune en poche. Il suffisait pourtant aux besoins immédiats du village et des hameaux.

Pour se rendre aux marchés plus éloignés, on attelait l'âne à la carriole. Le «bourri» était en principe destiné à véhiculer les femmes et les gosses. C'était lui qui menait la famille aux vêpres, le dimanche, lui encore qui tirait la charette remplie d'herbe à lapins jusqu'aux ridelles.

Mais peste ! que cet âne était parfois teigneux ! A dire vrai, il n'avançait que lorsque cela l'arrangeait. Le reste du parcours, il fallait descendre de carriole et le menacer des pires sévices pour qu'il daigne enfin progresser de quelques sabotées.

Ainsi donc, la mère et les enfants grimpaient dans la carriole à bancs et, hue cocotte ! filaient au marché. Une vraie fête, on l'imagine. Lorsque le vent tournait à l'eau, la mère ouvrait le parapluie de toile bleue, si large qu'on s'y serrait tous dessous, et qui remplaçait la meilleure des capotes. Ce jour-là, on accordait à l'âne un supplément de picotin, autant pour le mettre de bonne humeur que pour lui donner du jarret.

Le samedi était le jour du marché, à Beaugency. Les paysannes y apportaient leurs poulets, leurs lapins, leurs œufs, leurs mottes de beurre. Les fromages étaient présentés sur des poignées de paille nouées, appelées «viseux». Dans certains hameaux, les laitières acceptaient de confier leur production à l'une d'entre elles, qui se rendait seule au marché de la ville. Dans les années vingt, un fromage de vache était vendu six sous sur le marché de Beaugency. Le samedi matin, dès potron-minet, on voyait donc les fermières défiler chez la «commerçante» de service et y laisser leur barattée. Le lendemain à la première heure, les gadouillots de la brave femme répartissaient l'argent de la vente réalisée. Ils recevaient vingt sous en récompense, à condition toutefois que la recette fût profitable.

Les paysannes qui n'allaient pas au marché fournissaient les commerçants de la ville, dont les charrettes passaient régulièrement dans les villages des alentours, la veille ou l'avant-veille.

Les grains étaient vendus par les hommes, sur échantillons. Les meuniers de Meung avaient meilleure réputation que ceux de Beaugency parce qu'ils offraient dix sous de plus par sac. En tout cas, le commerce des grains enrichissait bien plus vite le négociant que le récoltant !

La chansonnette fredonnée tout à l'heure comporte néanmoins une légère erreur : ce n'était pas au marché qu'on vendait son cheval, c'était à la foire, comme celle qui avait lieu à la Saint-Nicolas, le sixième jour de décembre. En revanche, on préférait acheter ses vaches au maquignon du village car on savait où trouver le responsable si celles-ci venaient «à faire mal». Une vache saine coûtait jusque dans les cinq cents francs.

Les autres bestiaux se vendaient et s'achetaient donc sur les champs de foire. On tâtait longuement les croupes, on considérait les pis, on examinait les dents et les sabots. Cela n'allait pas sans discussions ni palabres, et il fallait d'infinis marchandages avant d'entendre le traditionnel «tope-la, marché conclu !». L'entente se concluait immanquablement au désavantage du paysan.

Pour les cochons, un seul contrôle vétérinaire : celui du «langueilleur», qui décelait les maladies rien qu'en examinant la langue des porcs.

Un cochon bien gras valait dans les quatre-vingt-dix francs. Or, voilà qu'un paysan estimait le sien à cent francs. «Trop cher, lui rétorqua le marchand, je te le prendrai à quatre-vingt-quinze, dernier mot. Pas un sou de plus !» Le paysan tint bon et refusa. Il traîna son verrat sur un autre champ de foire. Là encore, personne n'en voulut à ce prix-là. Le paysan n'avait plus grande alternative : ou il cédait son animal à quatre-vingt-quinze francs, ou il le charcutait lui-même. Il revint tout penaud sur la première foire, où l'attendait ironiquement le marchand. Ce dernier savait qu'il venait de gagner la partie. C'est tout juste s'il ne baissa pas sa mise, sous prétexte que toutes ces allées et venues n'avaient réussi qu'à faire fondre la panne du cochon !

Semblables méventes se répétaient hélas trop souvent. Un autre jour, un paysan osa décliner l'offre que le boucher lui faisait sur un veau. Furieux, il se rendit jusque sur la foire d'Orléans. Mais là-bas, à sa surprise, aucun chevillard de la ville ne lui formula la moindre proposition. Ce que le brave homme ignorait, c'est que le boucher du village avait marqué l'animal d'un coup de ciseaux près de la queue : cela signifiait que le veau était déjà vendu ! Là encore, le paysan dut se plier aux conditions de son exploiteur...

De telles mésaventures, je vous le redis, étaient monnaie courante. Les volaillers se passaient le mot entre eux et ça devenait impossible de caser ses poulets ou ses biquets à un prix convenable. A ce tarif, comment vouliez-vous qu'un couple de petits paysans tire parti de ses peines ?

Témoignages

LE BAUDET «SOUSSE-CROTTIN»

«Notre petit âne ne démarrait que si c'était ma grand-mère qui tenait les guides. Il fallait que nous partions les premiers de tous les autres attelages d'ânes car celui de ma grand-mère avait une étrange passion : il aimait renifler les crottes fraîches ! Dès qu'il en voyait une, il piquait brusquement ses quatre pattes et, parfois, se mettait même à genoux. Ma grand-mère avait beau lui tapoter le croupion de sa houssine, rien à faire : l'âne restait là, agenouillé, en extase, les naseaux dilatés pendant un bon moment. Il fallait que nous nous cramponnions aux ridelles car il se redressait soudain et traînait son chargement à folle allure jusqu'à la grand-route. Aucun ordre ne l'arrêtait plus... L'ennui est que les crottins ne manquaient pas sur les chemins de ce temps-là.

«Le retour était plus calme. Le jour où nous étions partis les premiers au marché, l'âne n'avait pas son content de crottes à «sousser» et il prenait un air tout penaud. Ma grand-mère lui parlait en route pour le consoler.» (Souvenirs de Mme Madeleine Gérôme-Boucher, de Saint-Pryvé-Saint-Mesmin.)

LES DEUX CH'TITS COUCHONS

Eh ben vieux Ugène, pisqué j'en sons aux histouères j'vas t'en raconté eune de dans l'temps et qui vient tout réde de l'onc' Unsèbe !... Eune bonne !...

Y'avé donc dans c'temps là lé deux cousins «Abersec» — y les app'laint coume ça pac' qui l'ataint tout drets et longs coume dé jours sans pain — et tout secs quasiment coume dé rouziaux. Et pis ils ataint apparentés : cousins gearmains, issus d'gearmine.

Lé v'la don' partis un matin au marché fromagé du canton d'Jargeau. Y l'avaint dé vaches et leux femmes y faisaint des froumages.

Et quanqu'ils ont évu vendu et ramassé leu argent, y l'on acheté chacun un ch'tit couchon d'lait pour l'él'ver.

Et pis coume dans c'temps là n'on payait au colis pour franchi la Louère su' l'pont, eh ben y l'ont mis les deux couchons dans l'même sac pour fére qu'un colis.

Et lé v'là qui leu en r'tourne cheux eux qu'avait ben cinq kilomètes. Et y causaint, contents.

Et v'là qu'tout préssimi un dé deux couchons qui s'met à brailler.

— Ah ben, qui dit l'pus jeune des Abersec, t'endends mon couchon ? y l'est ben vivant... Y craille. Mé l'tien y n'dit ren...

— Ah ben, qui répond l'aut'e Abersec... Y n'dit ren, mé y n'en pense pas moins... mets toué à sa place... y réféchit... y raisonne.

Pis l'âne y trottinait... et les v'là arrivés au pays.

Ben sûr, tout d'suite, n'on descend l'sac pour libérer les deux animaux.

Heu là mon guieu ! y'en avait un qu'atait mort... Y l'atait déjà tout rafferdi.

— Eh ben, qui dit l'pus jeune des Abersec en voyant ça. Tu disais toué qu'ton couchon y réféchissait.

— Euh là oui !

— Ben tu voués, pour les couchons c'est comme pour les humains, ça n'vaut ren pour eux d'trop penser et d'trop réflèchi : ça lé fait mourri... (Conte écrit par M. François, d'Orléans.)

Nota. — Notre correspondant s'étonne par ailleurs de ce que notre ouvrage ne contienne pas davantage de textes écrits «comme on parlait il y a quatre-vingts ans». C'est précisément une erreur que nous avons voulu éviter car le patois doit s'écouter, et non se lire. D'autre part, les tournures patoisantes n'auraient pu être comprises que par de rares lecteurs alors que notre propos (nous l'avons constaté en dépouillant notre courrier) a largement dépassé les limites de la Beauce orléanaise.

La veillée

Toutes les maisons d'alors possédaient une monumentale cheminée. En côté s'entassaient les cotrets et les bûches. Le soir descendu, les familles au complet se rangeaient en demi-cercle autour de l'âtre. Les vieux occupaient une place privilégiée au plus près des chenets, presque à toucher les tisons ; leurs membres déjà refroidis ne craignaient plus de se brûler. Les gosses qui s'installaient devant les flammes s'y roussissaient la frimousse tandis que leurs aînés, derrière, grelottaient au moindre courant d'air. Il faut dire que les cheminées tiraient mal ; elles enfumaient les «pièces à vivre» au point que les solives charbonnaient autant que les andouilles qu'on y pendait. On laissait donc la porte entrouverte pour ne point étouffer, et on avait froid au dos.

Au milieu de la table s'effilochait la chandelle, la lampe Pigeon ou la lampe à pétrole. On achetait le pétrole chez l'épicier du bourg, par bidon de cinq litres. Bien qu'on baissât parcimonieusement la flamme de la lampe, le réservoir était à remplir chaque matin. Un litre de pétrole durait à peine deux jours.

On ne veillait pas à proprement parler dans cette région, quoi qu'on puisse imaginer aujourd'hui... Le terme «soirée» conviendrait d'ailleurs mieux que celui de «veillée», car on ne se couchait jamais à des heures indues. On se réunissait seulement en mauvaise saison. Le reste de l'année, les paysans rentraient trop harassés pour prêter une oreille amusée aux balivernes des couche-tard. C'était les sabots alourdis de terre et les bras chargés de fatigue que les hommes regagnaient leur gîte. Alors, vous comprenez, la veillée après une journée de labeur éreintant, ça ressemble davantage à une image d'Épinal qu'à la réalité quotidienne de cette époque-là... Les veillées n'avaient donc pas attendu l'avènement de la télévision pour disparaître de nos coutumes !

Et pourtant, il y avait bien longtemps de cela, dans les temps anciens, le village avait dû se livrer à de gigantesques festivités nocturnes. A preuve, cette cave du hameau de Prenay, qu'on décrivait si large qu'une attelée de chevaux pouvait aisément y tourner. Mais on avait oublié de longue date les mystérieuses assemblées qui s'étaient déroulées là-dessous. Des veillées ? Probablement non puisqu'il manquait la traditionnelle cheminée. Peut-être étaient-ce tout simplement des mariages clandestins de huguenots, la maison appartenant en effet à des parpaillots de toujours, les Belton, dont les lointains aïeux étaient originaires des Angleterres. Ou bien s'agissait-il d'un refuge où le hameau entier se terrait en cas de danger ?...

C'était encore là, dans les caves d'autrefois, que les jeunes filles filaient la quenouille et s'affairaient au «veillouet», au rouet ; les gars venaient les y taquiner en cachette (on disait qu'ils «couraient les gouines»). Mais de tout cela, il n'en restait déjà plus rien à la fin du siècle passé.

Les rares fois qu'on veillait donc, c'était pour taper une «chouine» aux cartes et pour goûter à la bernache, ce vin blanc nouveau et bourru à en tousser. On le rendait encore plus épais en le touillant avec une badine glissée dans la bonde de son tonnelet. C'était âcre, c'était bon. On le gobelotait tout en grignotant une poignée de châtaigne grillées.

Exceptée cette dégustation de bernache, les soirées s'écoulaient sans grande animation au coin du feu. On lisait beaucoup. Les préférences allaient sans conteste à *L'Armena*, à l'Almanach, que l'on compulsait jour après jour. On y apprenait mille astuces, mille recettes, mille histoires. L'Armena était la véritable Bible des campagnes, avec le catalogue de Manufrance.

Les soirées donnaient surtout l'occasion de commenter les nouvelles de la contrée, qu'on se communiquait de vive voix, au hasard des rencontres. On s'attroupait dès que le garde champêtre battait son tambour ou soufflait dans sa corne avant de crier ses avis à tous vents. Pour connaître les événements nationaux, on se reportait à son «journiau». Pour rien au monde on n'aurait sauté un épisode du feuilleton !

Les titres de ces publications : *Le Conseiller des campagnes, Le Petit Parisien, Les Faits divers illustrés, Le Petit Journal, Le Réveil et La République.* Leur parution était hebdomadaire.

Chaque maisonnée achetait sa gazette à l'épicerie-buvette. On mettait chaque matin deux sous de côté, épargne qui, en fin de semaine, payait le numéro. Le commissionnaire, un mioche du hameau, empochait les deux sous que l'épicière lui rendait.

Un même journal circulait dans plusieurs foyers. Chaque «canard» paraissant à un jour différent de la semaine, on s'entendait avec ses voisins qui lisaient d'autres journaux que le sien. C'est ainsi qu'on parcourait de nouvelles pages chaque jour tout en ne déboursant qu'un seul abonnement.

Un bonhomiot du village dévorait son journal en commençant par le haut de la première colonne et en finissant par le bas de la dernière, sans jamais se soucier des séparations d'articles ni des renvois aux pages intérieures. Il parvenait néanmoins à comprendre ce qu'il déchiffrait !

Ces hebdomadaires aux illustrations sensationnelles restaient les seuls moyens d'information de l'époque. On ne connaissait pas encore la T.S.F. (le premier poste à galène accrochera son fil-antenne au faîte du clocher en 1924). C'était donc par les journaux qu'on apprenait les méfaits des anarchistes — «des voyous qui assassinaient tout le monde» —, les rebondissements de l'affaire Dreyfus, les crimes de Landru — «un type qu'avait six ou sept bonnes femmes et qu'il fourrait dans sa chaudière !»

Les exploits de la Bande à Bonnot captivaient encore davantage nos paysans car un membre de l'équipe, un certain Soudy, sortait du coin. On chuchotait que le butin était parfois partagé au *Moulin-rouge* de Beaugency, un bistrot des plus mal famés d'alors. C'était du moins ce qui se disait de bouche à oreille...

Lorsque je fréquentais le cours complémentaire de Beaugency, dans les années 1955, mes parents m'avaient placé en pension chez une dame âgée, la veuve pète-sec d'un colonel. Cette brave logeuse nous racontait souvent qu'elle avait assisté, dans sa jeunesse, à l'exécution de ce chenapan de Soudy. Un souvenir pour elle inoubliable, où le couperet de la guillotine n'avait que tranché l'abcès qui gangrénait la société. D'autres Orléanais assistèrent en 1905 au supplice de Languille, le dernier guillotiné en place publique. La dernière femme exécutée devant la foule avait été la Georgette Thomas, en 1887, sur la place d'armes à Romorantin*.

Le spectacle de la guillotine, pour sanguinaire qu'il fût, était donc très couru. Au village toutefois, on n'appréciait guère ce genre de divertissement et aucun de nos gens, à ma connaissance, n'applaudit à la chute d'une tête. C'est peut-être que les campagnards avaient déjà des idées plus saines que les citadins...

Un autre scandale provoqua de graves remous par chez nous : la souscription aux mirobolants emprunts russes. On croyait savoir que certains bourgeois s'étaient «ruinés chez les Cosaques». Mon arrière-grand-mère Odile possédait quelques-uns de ces titres entre les piles de draps de son armoire. Elle les conserva prudemment jusqu'à la fin de ses jours avec l'espoir inébranlable qu'ils finiraient bien, un jour ou l'autre, par lui rapporter quelque chose. Les déconvenues ne provoquèrent pas de drames car les familles, qui ne roulaient point sur l'or, n'avaient guère pu miser d'argent sur le tsar. On peut dire que, pour une fois, la pauvreté sauva de la misère.

Aux veillées, on dévorait enfin les livres qu'on empruntait chaque dimanche matin à la bibliothèque communale, dont le siège se tenait à la mairie. L'instituteur-secrétaire municipal, ou parfois l'un de ses meilleurs élèves, remplissait le cahier des prêts. Après avoir appris la lecture aux enfants, le maître d'école donnait à lire aux parents. Les bouquins étaient soigneusement couverts et répertoriés ; la reliure de toile noire restait de rigueur. On s'arrachait surtout les ouvrages de Jules Verne et... *La famille Fenouillard.* La bande dessinée causait déjà ses ravages dans le monde de la littérature !

Les journaux et les livres ne suffisant pas toujours, les vieux

* Voir les chapitres «le crime des époux Thomas» et «les Chauffeurs d'Orgères-en-Beauce» dans «Brigands et sorciers d'autrefois», par Gérard Boutet (Jean-Cyrille Godefroy édit., Paris 1985).

ressassaient les légendes locales, les menteries d'oudouères, de galipotes et de birettes — qui sont nos fardadets à nous —, les épouvantables racontars sur les bandits d'Orgères. Les sombres agissements de ces «chauffeurs» provoquaient immanquablement un petit frisson parmi l'auditoire, car il y était question de cheminée embrasée, comme celle devant laquelle on se chauffait à cette heure avancée. Un rien d'imagination et chacun s'identifiait aux infortunées victimes... Mon vieux copain Auxile connaissait ces histoires de brigands pour les avoir entendues raconter dans son jeune âge : «Des bandits sont entrés dans une maison, un soir. Le feu était allumé. Ils ont mis les pieds du fermier dans les flammes pour lui faire dire où était caché son magot !»

Quand l'épouvante bouleversait trop les gamins, l'assemblée se déridait en fredonnant quelques refrains plus plaisants. On apprenait les chansons sur les fêtes ou sur les louées, là où se produisaient des chanteurs de foire. Contre une dizaine de sous, on emportait leur répertoire imprimé, que le violoneux se faisait fort de jouer sur son crincrin. Les grands-mères racontaient encore les contes de Perrault, qu'elles arrangeaient à leur façon. Elles apprenaient aussi les virelangues aux gamins, tel l'inévitable :

Grain s'mout-y
Habit s'cout'y
Si grain s'moud
Habit s'coud

A dire très vite, évidemment.

Mais on ne gâchait pas toujours sa soirée en lecture, en chansons ou en contes. L'hiver, mon grand-père Camille fabriquait des corbillons et des éclisses. Il partait dans la journée jusqu'aux bois, d'où il rapportait des ronces. Après les avoir grattées au couteau pour enlever leurs épines, il les fendait en deux ou en quatre, selon la grosseur des tiges, raclait leur moelle puis les aplatissait «en largeur» avec la lame de son entoir, sur son genou. Il sélectionnait ensuite sa paille (du seigle, pas de l'avoine) qu'il enfilait dans une bague. Je crois me souvenir que cette bague avait été façonnée dans un éclat d'obus. D'aucuns prenaient un anneau de rideau, ou leur alliance, mais jamais un goulot de bouteille cassée car cela donnait un «cordelon» trop gros. C'est lui, le grand-père Camille, qui enseigna l'art et la manière de fabriquer les paniers de paille cousus à la ronce à Henri Guenordeau. Ce genre d'initiation ne se transmettait qu'entre amis de franche compagnie. Mon vieux voisin Danton, lui, s'est spécialisé dans les paniers d'osier.

Pendant ce temps, les femmes rapetassaient les effet déchirés. Les bobines de fil vides que les gosses ne taillaient pas en toupies, les hommes les enfilaient sur une tringle, de façon à les assembler en montants d'étagères. Une fois peints, ces montants se présentaient comme de gros bambous. Si ces étagères ne correspondaient à aucun style, elles n'en étaient pas moins pratiques, et c'était seulement ça qui importait vraiment...

Les voisines apportaient aussi, en veillée, des chaufferettes de terre remplies de braises, chaufferettes qu'elles cachaient sous leurs longues jupes. Quand la froidure les avait trop aiguillonnées en venant, elles relevaient sans minauderies leurs cotillons devant les flammes de l'âtre ; on disait alors que ces dames «faisaient chapelle». Honni soit qui mal y pense !

En saison glaciale, on bassinait les lits à la brique chaude entortillée dans un vieux journal, ou au moine. Chauffer sa couche avec un moine n'avait rien d'égrillard, rassurez-vous : c'était tout bonnement un cylindre de bois isolé à l'intérieur par un manchon de tôle. Ce manchon recevait un barreau de fer rougi au feu. Plus tard, on eut recours aux bouillottes en grès vernissé et, dans les maisons aisées, aux bassinoires de cuivre... De la chapelle au moine, vous constatez que les flambées d'autrefois n'avaient rien des feux de l'Enfer !

Dans les paroisses voisines...

Au Pater, un écart de Huisseau-sur-Mauves, le vestibule de la maison habitée naguère par notre parent Marcel Roux, s'appelait le *Sénat*. Car c'était là qu'on avait coutume, entre voisins, de débattre des grands problèmes du lieu et du moment.

Le nom du hameau rappelait que le lieu se trouvait jadis sur un des chemins menant à Saint-Jacques-de-Compostelle.

Témoignages

À PROPOS DES BRIGANDS D'ORGÈRES

«Un feuilleton sur les Chauffeurs d'Orgères* parut dans un journal daté de 1907 ou 1908. Ma grand-mère l'avait découpé ; ce feuilleton se trouvait en bas de page du journal (il s'agissait du *Gâtinais).*» (Lettre de M. Jean-Claude Silvestre, d'Autry-sur-Juine.)

UN BANDIT EN AUTO

«Nous avions effectivement, à Beaugency, le regret de compter comme membre authentique de la Bande à Bonnot, un nommé Soudy. Sa famille tenait un café situé près de *l'Hôtel de l'Écu,* là où se trouve maintenant un marchand de cycles. J'étais encore très petite fille mais je me souviens des conversations qui se faisaient presque à mi-voix : les Balgentiens se racontaient ce qu'ils apprenaient soit par le journal, soit par récits divers, concernant cette triste affaire qui apitoyait tout le monde. Car les parents étaient d'honnêtes gens ; le père était maçon (ou plâtrier). Je me rappelle sa sœur qui était très grande, avec un nez retroussé et un chignon en brioche comme à cette époque. Ils s'étaient ruinés à essayer de payer son procès et l'une des filles (il y avait des frères et sœurs) est morte folle...» (Lettre de Mlle Suzanne Millié, de Beaugency.)

UN BANDIT EN AUTO (suite)

M. Yves Brinon, de Villerable, nous signale qu'on peut voir la tombe, dans un cimetière du Vendômois, d'une «victime de la Bande à Bonnot». Le malheureux fut abattu au volant de son automobile. En fin d'épitaphe, sa veuve fit graver ce cri vengeur : «Mort aux bandits !»

* Ajoutons que ce feuilleton s'intitulait *Les Brigands d'Orgères* et qu'il était un "grand roman" de Louis Boussenard, un écrivain originaire d'Escrennes, près de Pithiviers, dont les œuvres obtinrent un considérable succès populaire au début de ce siècle. Ce roman fut édité en livre.

CONFUSION

Un de nos correspondants nous signale que les gens d'autrefois faisaient souvent la confusion entre la célèbre Bande à Bonnot et les «bandits des Aubrais». Ces derniers sévissaient dans la région orléanaise vers 1920, soit une dizaine d'années après Bonnot. Ils étaient également motorisés et «revolvérisés».

Légendes, croyances, et «on-dit»

Ici et là, en veillée comme en soirée, les anciens racontaient les dits des autres âges, qu'ils tenaient eux-mêmes des anciens d'avant eux. On se transmettait ainsi, de génération en génération, de grand-mère à petite fille, des légendes qui remontaient si loin dans le temps qu'on ne pouvait même plus les étiqueter d'une date précise.

Au départ, une légende reposait toujours sur un fait véridique. Mais au fil des narrations, ce fait s'enjolivait, s'enluminait, s'estompait, perdait en vraisemblance ce qu'il gagnait en merveilleux. La tradition orale a ses conteurs comme l'Histoire a ses historiens : une même anecdote peut donner lieu à cent interprétations différentes.

Les noms des locatités engendraient déjà de fabuleuses croyances. On déformait ces noms comme à plaisir : Prenay se prononçait Peurnay ; Ourcelles devenait Orcelles ; à l'inverse Origny se disait Ourigny ; Cerqueux se changeait en Sarqueur et Trugny, enfin, en Trogny. Il faut noter au passage que la plupart de ces noms se terminaient en *y* ou en *ay,* déformations du sufixe *acum* (possession de).

La toponymie des environs, comme en de nombreux autres parages, contient beaucoup de «ville» et de «court». Ce sont les dérivés de «villae» et de «cortis», qui désignaient un domaine gallo-romain. Un légionnaire qui se convertissait en colon recevait en effet une propriété foncière, à charge pour lui de la défricher et de la défendre des convoitises. Ces «villae» se trouvaient souvent à proximité d'une voie romaine. Elles furent fortifiées sous les Mérovingiens ; de là vient certainement l'aspect fermé et rébarbatif que présentent toujours certaines fermes de Beauce.

Autres lieux-dits courants : les Plessis, dont la racine venait d'un mot carolingien signalant un domaine entouré de haies. Un tel enclos, dans la Normandie actuelle, est encore une «plessée».

Josnes, le nom du bourg, viendrait du celtique et signifierait «source». On est donc en droit de supposer qu'en ces confins de la nation carnute jaillissait jadis une de ces fontaines sacrées si chères aux druides. Lors de la conquête romaine, nos Gaulois, disait-on, s'étaient réfugiés dans la forêt de Marchenoir, au secret de la «Forêt Longue». C'était depuis ces époques que deux dolmens continuaient de monter la garde sur les vallées sèches de Feularde. L'un d'eux, la «Pierre-Tournante», pivote à la mi-nuit de Noël et découvre un gouffre insondable ; des chevaux blancs s'en échappent et des diamants rutilent dans ses ténèbres, incrustés aux parois ; ce sont les braises de l'Enfer qui scintillent sous les étoiles du Paradis. La table du dolmen retombe sur ceux qui tentent d'accaparer ses richesses diaboliques... Le bon géant Gargantua se servait de cette «Pierre-tournante» comme d'un marchepied.

Il était une fois un château fort qui veillait sur les collines des Ouches, entre Izy et Villemuzard. Ce castel, sans doute maudit, fut ravagé par un feu d'enfer. Ses ruines recelaient une toise d'or et une toise d'argent, qu'on ne sut jamais récupérer.

Le hameau d'Isy renferme lui aussi un trésor, qui dort sous les vestiges d'un ancien manoir. D'après la tradition, le village devrait son nom à la déesse Isis, divinité égyptienne rapportée peut-être, sous la forme d'une vache en or massif, du lointain pays de la belle Cléopâtre par un vétéran de Jules César.

L'argent était dur à gagner mais les trésors fantastiques ne manquaient pas, eux, dans les alentours. N'est-ce pas la consolation des gens pauvres que de détenir des filons imaginaires ? On retrouvait ces chimères sous les murs du couvent de La Martinière, à Villermain, et sous l'actuel *Écu de Bretagne,* un hôtel de Beaugency.

Là encore, la légende ne s'écartait peut-être guère de la vérité historique. Il était effectivement fréquent que les moines enfouissent leurs richesses pour les soustraire à la cupidité des Barbares de tout poil. On sait que les Normands remontèrent la Loire et qu'ils se firent une joie d'en dévaster les rives. Les villes et les riches abbayes suscitèrent plus particulièrement leurs envies : Blois, Fleury, Suèvres, Beaugency, Meung, Orléans, Jargeau, Saint-Benoît tombèrent sous le joug des pirates Vikings, dont l'un des chefs était l'impitoyable «Côtes de fer». Or, lorsqu'ils fuirent devant le fléau des démons du Nord, les religieux emportèrent leurs reliquaires d'or, qui seyaient sacrément bien à leurs vœux de pauvreté. Ils en enterrèrent beaucoup et jalonnèrent ainsi leur retraite d'un extraordinaire chapelet de trésors. Voilà qui changeait des truffes, cré bon d'là !

Les moines de Tours, quant à eux, se contentèrent de semer des oratoires sur leur parcours, comme le Petit Poucet le fera plus tard de cailloux blancs. Ces petites chapelles donnèrent naissance à toutes les bourgades nommées Ouzouer, Ozoir, Ouvrouer, Louzouer...

Les vieillards de Prenay certifiaient que sur les derrières de leur hameau, entre le Moulin de Lorges et les Noues, en plein mitan des Grands-Champs, s'élevait jadis, bien avant eux, une immense cité dont on n'a pas idée. Une cité de rêve, avec des palais magnifiques et des jets d'eau. Elle se situait exactement dans l'un de nos champs, à proximité de la voie romaine — à présent simple chemin de terre, dit «de Vendôme» — qui reliait les bords de la Loire au Perche. Quand mon grand-père Camille l'évoquait, il disait que c'était «une ville du temps des Rois». Pour lui, cette période s'étirait depuis les âges préhistoriques jusqu'à Badinguet compris : tout ce qui précédait la IIIe République n'était que de l'histoire ancienne. Du trésor caché il n'en récolta pas une once ; il ne perdit d'ailleurs point son temps à le chercher. En revanche, le soc de sa charrue souleva souvent des pierres taillées et des fragments de tuiles rondes, ce qui le faisait bougrement pester.

En toute logique, on peut penser que cette «ville du temps des Rois» n'était rien d'autre qu'une des quatre villas gallo-romaines que les hordes d'Alamans avaient saccagées en l'an 268, devançant ainsi de six siècles les pillards scandinaves. Les Germains assiégèrent ensuite Genabum, qui fut reconstruit à la fin du

IIIe siècle pour devenir Aurelianis, puis Orléans. Dans l'imagination populaire, les thermes s'étaient sans doute changés en jets d'eau.

Ces récentes années, un agriculteur de Lavau, Jean Lhermite, eut la surprise de mettre à jour un de ces antiques établissements. Des traces cendreuses indiquaient nettement que le domaine avait été incendié. Ce genre de découvertes n'est guère exceptionnel dans nos parages et les cultivateurs, de nos jours, piochent dans l'Histoire dès qu'ils ouvrent un «rai» de charrue. Bien que ces villes évanouies tardent à surgir des guérets, la remembrance des légendes, elle, ne les avait pas totalement oubliées... On pourrait encore parler des silex taillés et des haches polies ramassés aux quatre coins des labours.

A ces villes-fantômes s'apparentent les fermes disparues. Personne ne se rappelle les avoir jamais vues mais tout le monde affirme qu'elles existaient bel et bien. Quand ? Nul ne pourrait le dire. Mais où, ça oui, on le savait.

Au couchant d'Izy, à côté des Hauts-Moulins, se trouvait la ferme des Boesses ; à mi-chemin de Toupenay, à main droite, c'était celle de La Borde, dont on devinait encore l'agencement des murs par grande sécheresse ; passé Villejouan, celle des Terres-Noires. La Mase d'Ouche, sise entre Messilly et le cimetière, était jadis l'apanage d'une branche de la famille Mormiche («mase» était le synonyme patoisant de «mare»)... Quels arcanes planaient sur ces bâtiments volatilisés comme par enchantement ? Par quelle magie s'étaient-ils enfoncés sous terre sans que ne subsiste la moindre ruine, seulement, dans le meilleur des cas, l'oblitération pierreuse d'une parcelle ? Quelles malédictions s'acharnaient donc sur eux pour qu'ils soient anéantis comme Sodome et Gomorrhe ?

Les souterrains qui minaient la région depuis le Moyen Age fournissaient un autre thème légendaire. Ils débouchaient parfois dans les caves et dans les puits. On les appelait les «oubliettes» et, précisément, le village avait oublié de retenir pour quoi et par qui ils avaient été creusés jadis. Les plus hardis descendaient dans l'un d'eux, par curiosité, mais leur exploration ne s'aventurait jamais très profondément. Qui sait si ces galeries ne menaient pas jusques aux Enfers ! Ce qui reste certain, c'est que les souterrains de

Cerqueux se dirigeaient plus raisonnablement vers Toupenay et Origny. Il s'agissait vraisemblablement de refuges et d'échappées que les seigneurs d'antan s'étaient aménagés en sauvegarde. Il arrive encore aujourd'hui qu'un de ces souterrains s'éboule et s'ouvre au grand jour. Le dernier en date s'est effondré en plein Plessis, à quelques enjambées seulement des maisons. Comme il ne représentait aucun intérêt, on l'a rebouché sans faire de discours...

D'autres paroisses voisines tiraient leurs légendes des tumulus ou des arbres plusieurs fois centenaires. C'est ainsi qu'une des curiosités de la forêt de Marchenoir est un «chêne pattu» monumental, probablement un arbre druidique.

On prétend également que Jeanne d'Arc suivit le «Chemin de Paris» alors qu'elle rejoignait le dauphin Charles à Tours pour lui annoncer la libération d'Orléans. Elle se serait même reposée là, sous une grange de Lavau, pendant que sa monture se désaltérait à la mare. Voici peu, on montrait encore un énorme roc (aujourd'hui disparu : c'était un obstacle à la bonne manœuvre des tracteurs !) sur lequel l'héroïne se serait assise. Cette fable n'est certes pas incompatible avec l'Histoire mais s'il fallait énumérer toutes les pierres qui ont servi de siège à la bonne Lorraine, toutes les granges qui l'ont abritée et toutes les mares qui ont abreuvé son destrier, on serait obligé de constater que notre Pucelle ne faisait que s'asseoir et que dormir, sans doute mal à l'aise qu'elle était sur un cheval qui ne pensait qu'à boire !

La contrée ne possédait pas son «Chemin de César» ; en contrepartie, elle avait ce fameux «Chemin de Paris», ou «Grand Chemin», large avenue autrefois pavée qui longeait la berge beauceronne de la Loire. Il partait de Blois (les vieux disaient de Nantes), passait par Séris, évitait Trugny, se glissait entre Ourcelles et Cernay, traversait Cravant et remontait sur Saint-Hubert, Thorigny et Baccon. Son tracé apparaît clairement sur la carte de l'Orléanais que Cassini-de-Thury dressa au XVIIIe siècle. Nos relevés actuels le mentionnent toujours, bien qu'il se soit camouflé sous le bitume ou la friche, selon qu'il devînt chemin vicinal ou sentier délaissé. Rien dans ces tronçons ne peut traduire l'importance que représentait l'ancien chemin. Car il était l'itinéraire qu'empruntaient les bouviers qui ravitaillaient les étaliers de la capitale. Les troupeaux buvaient dans la «Mare-aux-Bœufs», à la sortie du bourg de Séris. L'avantage de cette voie était d'éviter les grosses villes. Le «Chemin de Paris» existait donc depuis belle lurette puisque Jeanne d'Arc se promenait déjà dessus. Il s'agit évidemment de la seconde voie romaine qui traverse ce coin de Beauce.

On disait aussi qu'un jeu de paume s'était tenu sur la place d'Origny et que les seigneurs de Lorges et de Beaugency venaient souvent s'y affronter en des joutes mémorables. Le comte de Rochambeau, enfin, aurait cantonné ses régiments, une nuit de 1789, alors qu'il remontait sur Paris en révolution, dans une ferme de Prenay qui, depuis, porte son nom.

Témoignages

PIERRE QUI TOURNE...

«Le dolmen de Feularde, appelé chez nous la ''Pierre-Tournante'', est situé à environ 3 km du clocher de Tavers, de l'autre côté du viaduc, donc vers la Beauce. Ce nom vient d'une légende due aux ''chats de Beaugency'' qui, disait-on, y venaient chaque année dans la nuit du 24 décembre ; ils faisaient tourner la pierre pendant que sonnaient les douze coups de minuit. Il y avait aussi, à peut-être 100 m, une pierre levée, face au midi, et un menhir près de la vallée des Buis (souvenirs de 1870) où, paraît-il, sur la face nord, avait été découvert un souterrain. On supposait que ce souterrain communiquait avec le Domaine de Ver en passant par les ''Hauts de Justice''. Au temps où notre village était la grande ville de Tave, avec ses couvents (certains existaient encore en 1848, selon mon grand-père né en 1837), il y avait des tribunaux et la potence y était dressée.» (Lettre de Mme Douin, de Saint-Jean-de-la-Ruelle.)

UN ILLUSTRE VOYAGEUR

«Ma grand-mère maternelle Irène Charron-Joly, née en 1847, m'a dit un jour que je l'avais accompagnée à l'herbe aux lapins dans un de ses champs, au lieu dit ''La Mare-aux-Bœufs'', que nous étions sur le Grand Chemin et que sur ce chemin, un jour d'été, était passé ''le roué Louis XIV qu'allait à Varsailles''. Il s'était arrêté à ''l'Aubarge'' pour qu'on lui apporte à boire frais. Cette ancienne auberge est la maison située sur la route de Conciers, dont la porte s'orne d'un linteau de style (le seul de Séris, je crois). Je devais avoir une dizaine d'années car j'avais déjà vu les fastes de Versailles dans mon livre d'Histoire de France.

«De Séris à Versailles... j'ai pensé que ma grand-mère ne savait plus très bien ce qu'elle disait. Mais d'après les précisions que contient votre chapitre, je crois que le passage de Louis XIV est aussi plausible que celui de Jeanne d'Arc !» (Lettre de Mme Camille Grenier, de Mer.)

Nota. — Cette vénérable bâtisse, encore visible actuellement, fut effectivement une auberge à l'enseigne du «Lion d'Or» puis du «Cheval rouge».

Les bêtes féroces de la forêt

De tout règne, les loups jouèrent un terrible rôle dans les fabliaux du bas-peuple et leur extermination radicale ne suffit pas à les réhabiliter. Ceux qui nous intéressent en ces lignes hantaient autrefois les proches abords de la forêt de Marchenoir. Bien qu'ils aient pratiquement tous disparu en ce début de siècle, la peur du loup demeurait vivace dans les frayeurs populaires. Ce n'étaient sûrement pas les contes qu'on rabâchait aux petits enfants (pour qu'ils s'endorment mieux !) qui rassuraient les bonnes gens qu'ils deviendraient plus tard...

Les loups, en effet, rôdaient toujours autour de Crémoux, là où un équarisseur dépeçait les bestiaux crevés. La charogne les attirait dès que la faim les poussait hors des feuillées.

Lorsque ces maudits grisards s'approchaient d'un troupeau de moutons, les bêtes les sentaient de loin et s'affolaient au point de défoncer leurs claies. Le berger allumait aussitôt sa lanterne. Les loups se tenaient prudemment à l'écart. Au plus rude des froidures, dans les maisons en orée de forêt, on battait parfois le chaudron afin de les apeurer et, ainsi, les tenir à distance.

Une histoire pour enfants sages, maintenant.

Chaque soir, bien après la tombée du jour, le berger de Roches coupait à travers bois et rentrait vers sa chaumine. Or à une croisée de chemins, il rencontrait toujours un vieux loup boiteux qui semblait l'attendre. Cet étrange rendez-vous quotidien l'avait bien inquiété au début mais avec l'habitude, le bonhomme avait fini par se faire une raison. On s'accoutume à tout. Après plusieurs semaines, le vieux berger ne craignait plus le vieux loup qui, lui, ne craignait pas davantage le vieux berger. Les deux solitaires ne se dirent jamais rien mais ni l'un ni l'autre ne manquèrent un seul rendez-vous.

Cela dura longtemps sans que le pacte de complicité ne soit jamais remis en cause. Comme quoi les loups, braves gens, n'étaient peut-être pas aussi féroces que certains de nos semblables le prétendent. Et puis un soir, misère de misère, ce fut le déchirement : le vieux loup ne se trouvait pas à la croisée des chemins. Le vieux loup ne revint plus jamais à la rencontre du berger de Roches. Le vieux loup était mort dans quelque fourré, probablement. Alors là, vraiment, le bonhomme se sentit brusquement abandonné, mais abandonné, je ne vous raconte pas ! Il avait perdu son unique ami.

C'est tout, et c'est triste.

Toutefois, c'était moins ses crocs que les sortilèges dont on l'affublait benoîtement qui transformaient le loup en créature de cauchemar. Un dicton assurait : «A fixer un loup droit dans les yeux, une fille devient muette et aveugle dans la journée qui suit.» N'était-ce point ça qu'on appelait «voir le loup» ? Et cependant, je n'ai jamais entendu dire qu'une telle effronterie ait coûté la parole ou la vue à une seule gredinette. Le danger, je le crains, était d'un tout autre ordre...

Les derniers loups, si l'on excepte les garous, disparurent de nos contrées avant 1910. Jusqu'à la Guerre de 14, un paysan ne partait pas attraper les alouettes sans glisser un briquet dans sa poche, pour le cas où un louvart l'aurait surpris.

Pires que les loups étaient les sangliers, qui causaient moult dégâts dans les champs de la lisière. Les paysans organisaient des battues pour les détruire. Malheur à celui qui ne visait pas juste car un sanglier blessé charge dangereusement ! Plus d'un rabatteur fut relevé au pied d'un arbre, les côtes enfoncées...

On vit passer plusieurs sangliers, à diverses reprises, dans les jardins du bourg. Ils désertaient la Forêt Longue, la forêt des Gaulois, pour rejoindre leurs congénères de Sologne. Ils franchissaient le fleuve à la nage ; on se rappelle même en avoir aperçu un sur le pont de Beaugency. Après tout, puisqu'un chat de légende y était passé, pourquoi un sanglier n'aurait-il pas profité d'un privilège identique ?

Dès qu'un paysan surprenait le moindre marcassin, il ameutait tout le village. Les hommes couraient décrocher leur pétoire. En route pour une battue en règle. Généralement, on ne dénichait rien car l'alerte n'était qu'une plaisanterie de facétieux. En Sologne, on traquait le dahu ; ici, en Petite Beauce, on pourchassait le sanglier inexistant.

Par une journée d'hiver pourtant, une laie fut repérée dans une carrière de Trugny. Le paysan héla toute une équipe de batteurs à la rescousse. Quel raffut ! On encercla la carrière et les fusils crachèrent leurs chevrotines en une même détonation. Sans effet. La bête, furieuse, bouscula les bonshommes, s'échappa en bout d'une vigne et plongea dans les fourrés de Cerqueux. On ne la revit plus jamais par la suite... Et pendant ces fredaines, la batteuse ne tournait pas !

Les hommes du village se rendaient eux aussi en Sologne, à la suite des sangliers, mais personne ne les guettait avec une hacquebute au coin d'un bois, ou sur le pont de Beaugency. Fort heureusement d'ailleurs, puisqu'ils «allaient au bois», tout bonnement. Les forestiers vendaient au stère, après l'abattage. Nos cheminées brûlaient davantage de charbonnettes de Sologne que celles de Marchenoir, non par pour une éventuelle supériorité de chauffage, mais parce qu'on les achetait à meilleur marché. On n'utilisait guère de charbon. Le bois, il fallait encore le voiturer du carreau du bûcheron à la remise du paysan, ce qui employait bien une journée entière. On allait en effet le chercher très loin, ce sacré bois, bien plus loin pour sûr que Ligny-le-Ribault ! En revenant, un charretier intrépide s'amusait à sauter d'une voiture sur l'autre, sur six ou sept voitures de rang, au risque de dégringoler et de se rompre le cou...

Témoignages

EN FORÊT

«Mon père était marchand de bois à Fay-aux-Loges entre les deux guerres et, de ce fait, avait beaucoup de relations avec la gent forestière de l'époque. Je suivais avec beaucoup d'intérêt les aléas et les complications de la profession, me destinant éventuellement à la succession paternelle. Le cycle annuel d'exploitation forestière se déroulait suivant un rythme immuable :

1. *La visite des coupes de bois,* où l'acheteur éventuel étudiait sur place chaque parcelle mise en vente et estimait à sa plus juste valeur, selon son opinion personnelle, le lot mis aux enchères.

2. *La vente des bois* qui, à l'époque, avait lieu à Orléans le deuxième lundi d'octobre.

3. *L'embauche.* Dans le courant de novembre, l'adjudicataire réunissait sur place, au carrefour forestier le plus proche, tous les bûcherons des environs qui acceptaient de participer à l'exploitation de la coupe. Pour discuter des salaires et des conditions de travail, la méthode étant le travail à la tâche, il suffisait de se mettre d'accord sur le prix de façon au stère et sur les produits (sans grande valeur marchande) abandonnés au façonnier.

4. Quelques semaines plus tard avaient lieu *le délimitage et le tirage au sort des "ornes",* parts en laquelle était divisée la coupe et dont le nombre était proportionnel à celui des participants candidats à l'exploitation.

5. C'est ce jour-là qu'avait lieu *la construction de la loge* appelée à abriter des intempéries de l'hiver, durant la journée, les bûcherons éloignés de leurs habitations.

6. *L'exploitation* proprement dite (débroussaillage, abattage, sciage, tronçonnage aux différentes mesures suivant les ordres du patron, représenté sur la coupe par son garde-vente, sorte de chef de chantier). Ce travail durait toute la saison d'hiver ; ces travailleurs indépendants trouvaient là une occupation d'appoint qui complétait l'exploitation, le reste de l'année, de leur culture familiale.

7. *L'enlèvement des produits* ainsi obtenus par les débardeurs et les rouliers. Transport à la gare la plus proche ou chez les clients locaux (boulangers ou particuliers).

8. Dernière opération : avant de rendre à la nature les lieux dégagés de tous produits pour repartir dans une nouvelle période de trente ans de végétation libre, l'élagueur procédait au *remontage*. Cela consistait en l'élimination des basses branches sur toutes les réserves feuillues restées sur pied : les baliveaux (les arbres de trente ans d'âge), les modernes (ceux de soixante ans) et les anciens (ceux de plus de quatre-vingt-dix ans).» (Lettre de M. Guy Dufour, d'Orléans.)

Alouette, je te plumerai !

Il n'y a pas de maigres profits bien sûr, et c'est en économisant ses bouts de chandelle qu'on parvient parfois à voir clair. Donc, tout ce que la nature offrait en supplément des récoltes était toujours ramassé, à condition toutefois que cela ne nuise point à autre chose.

Ainsi glanait-on les escargots dans les bosquets, les haies et les hautes herbes. Dès qu'il pleuvassait, on passait sa musette de toile écrue en bandoulière, on empoignait son bâton et hardi petit ! on ne rentrait qu'avec une musettée de petits-gris et de gros-bourgognes qui vous battait les reins. On les mettait ensuite au grenier, au milieu d'un cercle de cendres ou dans un pot de grès. On les saupoudrait de sel, ce qui les forçait à dégorger plus vite.

Pour leur donner meilleur goût, on leur jetait deux ou trois bouquets de thym. Après plusieurs jours, quand on en avait ramassé suffisamment pour s'en préparer une cuisinée, on les plongeait dans l'eau bouillante de la chaudière, on les extirpait de leur coquille et on les lavait. Ils étaient rudement bons, nos «limas», et pas un d'entre nous ne leur faisait la fine bouche.

Ça oui, on y allait plutôt deux fois qu'une, aux escargots, si souvent qu'il n'en reste d'ailleurs plus guère aujourd'hui. Mais il faut convenir que les remembrements ont fait disparaître les bosquets, les haies et les hautes herbes ; et puis les escargots, tout comme les oiseaux, n'ont guère apprécié les traitements et les engrais de toutes sortes qui ont empoisonné le sol autant qu'ils l'ont amendé...

On cueillait aussi les champignons dans les prés, là où les crottins et les bouses les faisaient pousser en abondance. A l'automne, on battait les «calots», les noix. Il n'était pas rare qu'un calotier végète sur un bord de chemin : c'était un corbeau qui avait laissé choir une noix, sans doute en ouvrant son large bec pour faire entendre sa belle voix à un renard de passage. Ses noix revenaient à celui qui, le premier, prenait la peine de les gauler. Il en était de même pour les guigniers sauvages, qui faisaient le régal des loupiots en maraude.

On en vendait peu, des calots. On les gardait pour soi. Le meilleur noyer de la commune, à ce qu'on vantait, appartenait au père Boutet de Trugny.

Quant au gibier, alors dame ! pas question de le chasser : c'étaient pourtant nos betteraves que rongeaient les garennes ; c'étaient nos grains que picoraient les perdrix, nos raisins que grappillaient les étourneaux... Mais je t'en fiche, ça ne donnait point aux paysans l'autorisation de se dédommager. Le fusil, passait encore : chaque maisonnée en possédait un plus ou moins bien entretenu. N'empêche que les cartouches et le permis coûtaient les yeux de la tête. Seuls les riches pouvaient s'offrir le luxe de chasser. On vit même des Américains qui lancèrent leurs meutes dans nos champs, sans se soucier qu'elles étaient en train de «terper» nos récoltes. Sapristi ! on se serait cru revenu au temps des seigneurs, pour un peu...

Donc, pas de chasse pour le paysan. En revanche, il se faisait une joie de braconner. Il faut bien s'indemniser comme on peut.

Pendant certaines veillées d'hiver, les gens prenaient des mines de conspirateurs. Ils bouclaient leurs volets et s'emmuraient au secret de leur tanière, bien à l'abri des regards indiscrets. Les hommes dosaient et sertissaient les cartouches tandis que les femmes s'appliquaient à repriser le filet aux alouettes. Mais attention : elles ne devaient jamais raccommoder une tirasse près de la cheminée car, à ce qu'on disait, un filet approché du feu ne prendrait plus que des crapauds !

Ces filets étaient confectionnés par les épouses des alouetteux. Cette besogne interdite s'apprenait de mère en fille, la nuit, pendant que les hommes arpentaient les chaumes. Les «fileteuses» utilisaient du fil de lin qu'elles tressaient avec une navette rudimentaire de leur fabrication, en buis. Chacune avait sa façon de faire, son épaisseur de fil. Ma grand-mère Luce employait du fil de 60, qui donnait un filet résistant ; d'autres préféraient du fil de 30 ou de 40 avec d'aussi bonnes raisons.

Un filet barrait une largeur de vingt cinq mètres sur une hauteur de cinq mètres. Le menuisier du bourg fournissait les deux perches en sapin, longues de six mètres, pour la modique somme de trois francs. Un filet complet revenait à huit cents francs au bas mot. Un alouetteux chanceux l'amortissait pendant la nuit de son étrenne. Car en plus des alouettes, on capturait des perdrix, des cailles, des grives, des canepetières, des bécasses.

Henri Guenordeau — les gendarmes lui pardonnent ! — ne connaissait pas son pareil dans ce domaine. Aiguillez-le sur le chapitre et il devient intarissable. Vous le verrez ricaner dans ses moustaches, déplier ses longues pattes sous la table et vous annoncer fièrement : «Je crois bien que j'y ai emmené tous les gâs du pays, aux alouettes.» Un maître du filet, notre Henri. Son meilleur score : trois cent dix-neuf alouettes et neuf perdrix en une seule fois.

Il existait plusieurs méthodes d'attrapage : au miroir, à la lanterne et à la chanterelle. Et au filet, bien sûr !

Nous ne nous attarderons pas sur la première méthode puisque le miroir aux alouettes était si commun qu'il en est devenu proverbial. Et cependant, nos alouetteux lui préféraient la simple lanterne à acétylène, tout bonnement parce qu'ils œuvraient nuitamment, et non au grand jour. Cette lanterne était celle d'un vélo. On la tenait dans une main ; de l'autre on agitait un grelot ou une boîte à cirage contenant cinq ou six grains de plomb. Le bruit réveillait la volée qui, craintive, n'osait plus bouger. Le filet s'abattait dessus. S'il s'agissait de perdrix, un complice arrosait les chaumes d'un coup de fusil. La détonation se répercutait au loin, dans la nuit. On ramassait dare-dare le gibier, on éteignait la lanterne et on se débinait à toutes jambes. Mais attention : si le tireur commettait la maladresse d'avancer le canon de son flingue dans le faisceau de la lanterne, le charme était rompu et les perdrix s'envolaient à tire d'aile !

La méthode dite «à la chanterelle» consistait à retenir une alouette en cage. Le dessus de cette cage était de toile tendue car la prisonnière se serait fracassé le crâne contre un couvercle de bois tant elle se démenait. Les autres alouettes accouraient dès qu'elles l'entendaient grisoller... et elles tombaient à leur tour dans le filet. On procédait de la même façon avec les perdrix. Celle qui cacabait attirait le reste de la volée, qu'on prenait non plus au filet, mais au collet ou plus rarement à la glu.

La chasse aux alouettes commençait avant la mi-octobre et ne se terminait qu'après la mi-novembre. Sitôt la Toussaint passée, on revenait bredouille, ou peu s'en fallait, car dès la lune levée, les oiseaux s'envolaient devant le filet.

Lorsqu'elles repassaient en mars, pendant une dizaine de jours seulement, on cueillait les alouettes «dans la flotte» parce qu'elles se juchaient au faîte des éteules.

Les conditions atmosphériques importaient beaucoup. Quand les alouettes avaient la queue mouillée, elles ne se laissaient pas saisir facilement (ça annonçait du brouillard). Quand il gelait en plaine, ce n'était même plus la peine de sortir : elles entendaient les hommes arriver de loin et se sauvaient. L'idéal restait un temps doux et sec, agrémenté d'une faible brise : elles se regroupaient à l'abri du vent derrière les «têtées» (buttes). Mais en aucun cas toutefois, je vous le jure, quoique d'aucuns puissent raconter, les alouettes ne tombèrent toutes rôties. Et il fallait les plumer comme dans la chanson, la tête, le bec et les pattes...

Les alouetteux décampaient à la nuit tombée. Ils se chaussaient de souliers à œillets, jamais à crochets pour ne pas s'empêtrer dans le filet et en déchirer les mailles (il n'y avait pas de bottes à l'époque). Il fallait bien connaître les alentours et repérer dans la journée les endroits propices : les champs de chaume ou, en saison tardive, les avoines d'hiver qui levaient, les seigles ou les escourgeons, qu'on appelait les béchets.

Cette parfaite connaissance du terrain n'évitait cependant pas les mésaventures, les égarements ni les déboires. Une nuitée, c'était le filet qu'on entortillait dans un brabant, qu'on déchirait dans des herses, qu'on emmêlait dans une talle d'osier. Le lendemain, c'était un chien qui bondissait dedans, ou les bonshommes qui dégringolaient cul par-dessus tête au creux d'un fossé, avec armes et bagages. Dans leurs rets, des gars eurent même la stupéfaction d'agripper... une femme ! Oui, monsieur : une femme, comme je vous le dis ! Alors qu'il y avait tant de gars qui cherchaient partout sans jamais réussir à en dénicher une... On ne sut jamais ce que celle-là attendait, toute seule dans les champs, au milieu de la nuit. A écouter ceux qui la connaissaient, la drôline n'avait pas tout son entendement à elle. Une simplette, si vous préférez.

Quand on surprenait une alouette clouée au sol, on la recouvrait avec une casquette ; cela suffisait à l'immobiliser. Une pression du pouce, la petite tête éclatait. Ou un coup d'ongle et le cou se barbouillait de sang tiède. On reposait l'oiseau sur le chaume, son ventre clair en l'air pour mieux le retrouver dans les ténèbres.

Afin de doubler le rendement, on se mettait parfois à trois pour tendre deux filets mis bout à bout. Contrairement à ce qu'on pourrait penser, c'était le porteur du milieu qui peinait le moins des trois puisqu'il n'avait qu'à soutenir les perches ; les porteurs de bout, eux, devaient en plus tirer pour maintenir leur filet tendu.

Deux équipes se croisaient parfois. On se reconnaissait, on échangeait deux paroles à voix basse, on comparait ses prises et on repartait chacun de son côté après avoir souhaité une bonne rentrée aux autres. On ne s'attardait jamais en parlottes car le temps pressait.

Les alouetteux redoutaient en effet deux choses au monde : le Bon Dieu, dont les orages étaient à craindre, et les gendarmes, dont la balourdise ne l'était pas moins. Le garde champêtre,

Un héroïsme très théâtral.

Sous la hure du sanglier.

Veillée au pays des alouettes. Chansons, bon vin et bonne humeur.

Un «cul-de-loup», la cabane des charbonniers de Solog
La porte est toujours tournée vers le leva

De la bonne terre grasse, profonde et féconde...

«I pu'moins que l'vout'... nout'feumier !» (Gaston Couté).

Bon saint Médard, veillez sur nous !

La mécanique américaine au secours des faucheurs.

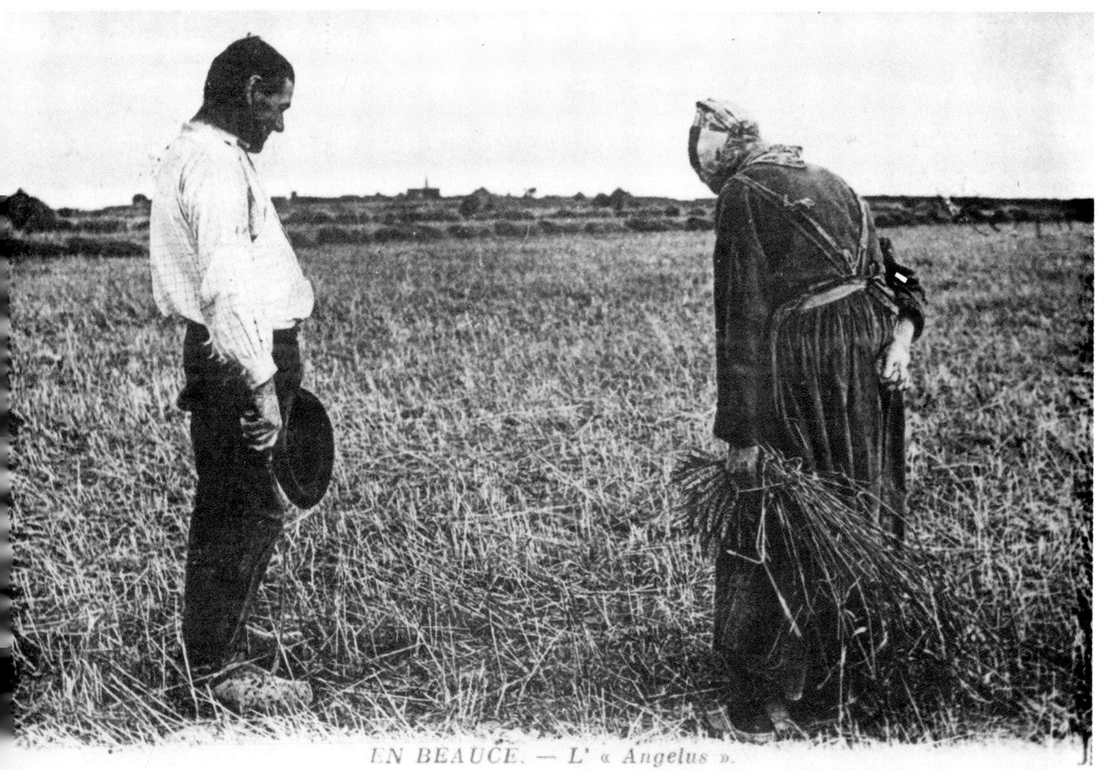

Comme au temps du peintre Millet.

A la force du poignet. Et gare à ne point faire chier la voiturée !

La dernière «bauge» sera fleurie. Ce sera le signal des ripailles.

La revue avant d'attaquer les meules, comme les canons avant la bataille.

Mieux vaut parfois s'endormir à la belle étoile.

De la poussière, de la sueur et du beau grain doré.

Mon grand-père Camille conduisait une de ces locomobiles.

La dégustation du «vin doux». Ça vaut mieux que le meilleur laxatif. ►

Une famille vigneronne d'Olivet.
La vendangeuse de gauche attendait la venue du brave homme qui allait plus tard me confier ce document (9 septembre 1901).

C'est au pied de cet arbre de la Liberté, près de la mare, qu'on fêtait la Saint-glinglin...

Coule la rivière et pisse la belle farine...

La seule victime du cyclone, devant sa maison.

Comme si la guerre était redéclarée.

Au centre du bourg : l'église. La place recouvre l'ancien cimetière.

En face du temple protestant :
la maison bourgeoise qui abrita le quartier général de Chanzy, en 1870.

En avant, la fanfare, et pas de fausses notes !

Le fameux «Casino» de l'Union républicaine, le repaire des rouges.

On lit sur la stèle :
ÉGALITÉ.
Ici repose le citoyen Eugène Courson, curé de Noyers, décédé le 17 décembre 1905 dans sa 81e année. Il avait recommandé à son neveu d'être enterré civilement, ne voulant pas que son cercueil fût profané par les simagrées de ses anciens confrères. Regretté de son neveu, sa nièce, de son ancien bedeau et de tous ses amis.

Des sourires sous les masques.

Suivez le bœuf ! Le temps des vaches maigres est terminé.

Petits poissons deviendront grands... dans les souvenirs !

Trois petits tours et puis s'en vont.

quant à lui, ne traînassait pas, ou alors c'était pour trimballer un filet comme tout le monde.

Restaient donc les gendarmes, scrongneugneu, dont on se méfiait comme d'un boisseau de puces. Au début, ils patrouillaient à cheval. Heureuse époque : on les voyait débouler depuis l'horizon, d'autant plus qu'ils s'éclairaient à la lanterne. Si l'un d'eux, un peu plus futé que les autres, soufflait la lumière, c'étaient les piaffements des chevaux et les cliquetis des harnais qui les trahissaient. On éteignait son mégot — une cigarette se remarque de loin dans la nuit —, on s'aplatissait dans les chaumes et on attendait qu'ils s'éloignent. Il suffisait de se plaquer l'oreille contre le sol pour entendre la galopade de leurs chevaux. C'est ainsi qu'en 18, des alouetteux discernèrent les rugissements des canons sur le front de la Marne !

Les choses se compliquèrent, hélas, lorsque les pandores troquèrent leurs montures contre des vélocipèdes. Ils pouvaient désormais se déplacer sans bruit. Les alouetteux avaient toujours l'oreille aux aguets. Dès qu'on apercevait un couple d'uniformes, on déperchait en vitesse, on enroulait le filet et on déguerpissait sans fanfaronner. La poursuite commençait alors. Une vraie partie de cache-cache. On courait à perdre haleine dans l'espoir de les distancer dans quelque vigne. Cela s'appelait «avoir un gendarme à sa culotte». Bigre ! il n'est jamais plaisant de se sentir la Loi aux trousses...

Si les délinquants se laissaient bêtement attraper, leur filet était confisqué, les perches cassées et une amende réclamée. Les zoziaux, ça va sans dire, finissaient dans la giberne de la maréchaussée. Au cas où l'un des appréhendés osait se rebiffer, il écopait d'une prime de huit jours en prison.

Les argousins s'embusquaient derrière les meules, à l'entrée des villages. Ils pratiquaient l'affût en quelque sorte. Le chasseur était à son tour chassé. On évitait donc de passer à proximité des paillers quand on s'en revenait. On ne pénétrait jamais dans un patelin par la route, toujours par les jardins et les arrières. On écoutait le silence qui vous bourdonnait aux tympans. Rien de suspect, on avançait à grandes enjambées. Quelque chose clochait, on demeurait tapi dans l'ombre et on patientait bien sagement. Une fois la maison regagnée, il fallait encore réparer le filet et apprêter les alouettes en les enfilant par le bec, en brochettes. Les nuits d'alouettée, fi d'cochon ! n'étaient guère reposantes...

Durant la période de la chasse, on vendait son butin au volailler du bourg, qui prétendait que les alouettes étaient tombées sous les plombs des battues. La vente se terminait avec la fermeture de la chasse ; on conservait alors ses alouettes dans des bocaux. En 1925, une alouette rapportait sa pièce de 20 sous.

On les dégustait bardées de lard ou en ragoût, avec une garniture de navets qu'on semait en bout de champ, sur les chaintres des maïs ou des betteraves. Quand on manquait d'alouettes, on mangeait des grives et quand on manquait de grives, on se rabattait sur les merles, c'est connu.

Mais le braconnage ne se limitait pas aux alouettes et aux perdrix. Les gamins faisaient leur apprentissage de fraudeurs en piégeant les moineaux des gerbiers, à la tombée du jour. Ils appliquaient un crible sur les trous dans lesquels nichaient les piafs. S'en emparer était ensuite un jeu d'enfant, c'est le cas de le dire. Les pierrots se consommaient grillés ou cuisinés en cocotte.

Il était par contre plus rare de se nourrir d'un corbeau car la difficulté résidait dans sa cuisson. On recommandait de plonger une caillasse dans la marmite qui contenait le corbeau. Quand cette caillasse était cuite, le corbeau l'était aussi. Le plus souvent, le paysan se contentait d'attacher les carcasses de corbeaux au bout d'un piquet planté sur les semailles, en guise d'épouvantail. Cela dit, je puis vous affirmer qu'un bouillon de corbeau est excellent...

On colletait également les lièvres et les lapins de garenne dès que l'occasion se présentait. La gibecière d'un braconnier ne refuse aucun gibier, qu'il soit à plume ou à poil. Mais la pièce rare restait malgré tout le légendaire dahu, l'animal quasi mythique du folklore cynégétique, la prise rêvée des nemrods de nos campagnes.

Vous vous doutez qu'il s'agissait là d'une farce. Des chineurs postaient un nigaud devant un terrier, l'équipaient d'une longue trique et d'un sac tenu béant. Selon son habitude, le dahu sauterait immanquablement dans ce sac. Le nigaud devait encore glousser à intervalles réguliers, ou glougloter le plus stupidement possible. Il ne rentrait souvent qu'au petit matin, dépité d'avoir manqué son dahu. Tout le village le guettait et se moquait de lui. La comédie comportait parfois plusieurs actes...

La farce fut si fréquemment jouée que le pire des idiots de village ne s'y laissa bientôt plus prendre. Le dahu allait-il être en voie d'extinction comme tant d'autres espèces menacées ? Bien sûr que non car faute de nicaises, on les réserva poliment aux bêtas de la ville et à ces couillons de Parisiens qui croyaient épater les péquenots avec leurs grands airs. Nom de d'là ! faut bien rire de temps en temps, pas vrai vous autres ?

A chaque saison sa peine

La terre nourricière

Il fallut beaucoup de temps pour que nos paysans s'habituent au système métrique imposé par la Révolution. Jusqu'à ces dernières années, on comptait toujours avec les mesures de l'Ancien Régime qui, dit-on, venaient des Gaulois. Ce n'était point qu'on était plus royaliste qu'en d'autres endroits, certes non, mais on n'aimait guère chambouler sa façon de compter. Voici peu, on vivait encore à l'ancienne heure, celle du soleil.

L'unité de base, l'arpent (ou squet), couvrait une superficie de 50 ares. Tous ses sous-multiples se divisaient entre eux par moitié. La mine (ou minée, ou encore demi-arpent) valait donc 25 ares ; le quartier, 12,50 ares et le boisseau (ou boisselée, ou demi-quartier), 6,25 ares. On ne disait jamais 1 hectare mais 4 mines.

Le boisseau était aussi une contenance correspondant à douze litres environ. Dix boisseaux équivalaient à un setier. L'étendue ensemencée avec un setier de grain était la seterrée.

Ces mesures variaient d'une contrée à l'autre. Dans le Val orléanais, un arpent ne représentait que 42,21 ares, mais en Sologne, il atteignait 51,07 ares alors que dans le Val blésois, comme dans la vallée du Cher, il grimpait jusqu'à 60,78 ares. On ne signalait pas moins d'une quinzaine d'arpents différents dans la région. Le centième de l'arpent était la perche-carrée : c'était l'unité qui avait cours dans les ventes aux enchères.

Les chevaux tenaient une place prépondérante dans les travaux journaliers. Il y en avait un ou deux par ferme moyenne. Ils portaient pratiquement les mêmes noms — Marquis, Pompon, Bijou, Mouton, l'Ami, Bayard, Tambour — selon que le fermier les espérait dociles ou puissants. Quelques aricandiers farfelus montraient davantage d'imagination en baptisant leur bourrin Mortagne (un robuste percheron qui, pour ne venir pourtant que de La Ville-aux-Clercs, n'en revendiquait pas moins sa lointaine origine), ou Boche (par exaltation patriotique sans aucun doute), ou Chicane (signification évidente). Chaque cheval comprenait parfaitement son nom.

Une complicité liait le cheval à son maître. On cite souvent ce canasson exemplaire qui s'arrêtait à la porte de tous les bistrots des environs et qui, la nuit tombée, rentrait de lui-même à l'écurie tandis que son maître, un sacré soiffard, cuvait sa cuite au fond de la carriole. Le cheval se trompait parfois de chemin, tournait à hue ou à dia, et décrivait un large détour dont le bonhomme ne s'apercevait guère, trop occupé qu'il était à assimiler sa vinasse.

Dès qu'il brouillassait, l'homme couvrait son cheval d'une épaisse limousine de laine brune, puis il le bouchonnait sitôt l'écurie gagnée, avant même de sécher ses propres vêtements. Car si un cheval attrapait des coliques, c'était son maître qui souffrait du ventre. Chaque matin, un vigoureux étrillage ne demandait pas moins d'une demi-heure.

Quand un vieux cheval usé atteignait enfin le bout de son chemin, c'est-à-dire quand il quittait son bat-flanc d'écurie pour l'abattoir du bourg, c'était la consternation qui engrisaillait la maison. Plus d'un charretier fondit en sanglots en voyant s'éloigner son meilleur copain de travail. Ensemble, homme et bête, ils avaient essuyé les mêmes averses, respiré les mêmes brouillards matinaux, peiné sous les mêmes chaleurs orageuses. Et voilà que l'un d'eux dételait sans attendre l'autre... Par contre, c'était avec soulagement qu'on se séparait d'une carne qui «tirait mal», bien qu'on finisse souvent par s'y habituer malgré tout.

Une tristesse semblable marquait le départ d'une bonne vache. Vous pouviez être certains que, de toute la semaine suivante, la maîtresse n'achetait plus de viande à son boucher, pour ne pas tomber sur un morceau de «sa» vache. On ne devait pas se régaler d'une bête qu'on pleurait tant. Elle nous avait déjà nourris de son lait, ç'aurait été inconvenant qu'elle nous nourrisse encore de sa chair ! Pour une vache quelconque en revanche, on se faisait une joie d'en goûter un morceau, histoire de vérifier comment se comportait une de ses bêtes dans l'assiette !

Sur nos terres faciles, on n'attelait généralement qu'à un ou deux chevaux mais dans les grosses boîtes de Beauce, où on ne comptait pas plus les charretiers que les charretiers ne comptaient, on accrochait quatre percherons devant la même voiturée : un limonier et trois tireux d'avant.

Deux voitures se croisaient. Ho ! on laissait souffler les «chouaux», on sifflotait même pour qu'ils se soulagent et on entamait une petite causette entre charretiers. Pas longtemps pour ne pas en recevoir le reproche, juste deux mots de politesse. Les bêtes étaient tellement habituées à cette cordialité de bon aloi qu'elles s'arrêtaient souvent sans ordre, dès le premier salut échangé.

Jeune ou vieux, on se tutoyait tous. Un jour, un charretier vint à croiser un paysan «pas magnant» qui était de surcroît sourd comme un pot. Il lui lança en guise de bonjour : «Va donc, vieille bourrique !» Et l'autre de répondre dans un franc sourire, une fois n'étant pas sa coutume : «Mais oui mon gâs, et toi pareillement !» La gentillesse a parfois de ces cocasseries...

Quand il ne marchait pas à côté de son attelage, le charretier s'asseyait sur un limon, jambes pendantes, ou mieux : sur le «feignant». Ce feignant était un siège qu'on se bricolait soi-même : on fixait solidement sous la plate-forme de la voiture deux paires de fers à cheval ; on glissait dedans des bouts de charbonnette, qu'on laissait dépasser devant la roue cerclée. On tendait une «poche», un sac à grain, entre ces deux supports et le tour était joué. Les feignants étaient surtout aménagés sur les charrettes qui circulaient beaucoup, sur celles des rouliers et des marchands de vins. Mais le confort n'est jamais sans danger : un feignant craquait et le lourd fardier écrasait son conducteur. Après plusieurs accidents de ce type, les gendarmes interdiront aux voituriers de feignanter.

Les travaux des champs ne laissaient aucun répit au paysan. Les besognes s'enchaînaient au gré des saisons : épandage du fumier, labours, semailles, fenaisons, moissons, battage, vendanges...

Avant 1900, la litière des bestiaux composait le principal amendement. On fumait quelquefois au guano, à la corne broyée et au sulfate d'ammoniaque pour les semailles de mars. La marne adoucissait les terrains acides. En revanche, on respectait scrupuleusement l'assolement triennal : blé, avoine ou orge, pâtures (betteraves, trèfles, maïs) ou guérets. Les semences d'avoine ou d'orge se doublaient souvent de luzerne, qu'on fauchait sur quatre ans.

Les charrues commençaient à éventrer les jachères à la fin de la moisson. On déchaumait au bissoc. La charrue était encore en bois. On assemblait ses socs au marteau : le grand-quartier, le petit-quartier et le bouton (coutre). Labourer demandait du savoir-faire : un sillon devait se dérouler rectiligne et de profondeur régulière. A biloquer, à piquer trop creux, on remontait la mauvaise glaise rougeâtre, celle que le soleil n'avait jamais hâlée. Un laboureur courageux était sur pied à 4 heures ; il ne rentrait qu'à la nuit noire, longtemps après que le village eut éclairé ses fenêtres. A force de décrotter leurs socs en bout de champ pendant des siècles et des siècles, les paysans avaient transformé les «chintes» en véritables levées : les «têtées». On les devine toujours, bien que le remembrement ait regroupé les lopins d'autrefois en vastes parcelles...

On ensemençait l'orge et l'avoine au printemps, durant tout le mois de mars, quand les filandres, les «fils de la Vierge», s'étiraient sur les campagnes.

Ces longs voiles paresseux, qu'on disait tissés par les fées, donnèrent leur nom aux emblavages : c'étaient les «couvrailles». Les paysans superstitieux amélioraient leurs semences en les mélangeant avec une poignée de grain bénie à la Saint-Blaise (3 février). En mars-avril, on semait les betteraves, le sainfoin et la luzerne, à la volée, c'est-à-dire par poignées cadencées. Une herse enterrait la semence derrière le semeur. (Les semoirs mécaniques ne sont apparus que vers 1935, et le premier tracteur n'arriva qu'au lendemain de la dernière guerre, en 1946.)

Les fenaisons exigeaient la suée des faneurs et des faneuses, tant l'ouvrage était pénible. Un bon faucheur étendait son demi-hectare de foin avant d'aller déjeuner. C'était à croire que le vent se plaisait à décoiffer les mulons qu'on s'échinait à élever. Quand les hargnes menaçaient et que «le temps tournait au trou-à-l'iau», il fallait bien vite se dépêcher d'engranger. Un foin rentré humide, ou trop vert, se mettait à fermenter, à pourrir, à chauffer au point de provoquer l'incendie de la grange !

On embauchait des saisonniers à l'heure du sarclage et du binage des betteraves. Des Belges pour la plupart, qu'on payait à la tâche. Pour abattre davantage de boulot et gagner plus, ces forcenés mangeaient en bout de champ, sur le pouce, à la va-comme-je-te-pousse.

La dernière guerre favorisa une nouvelle culture de légumineuses : les lentilles. On les expédiait à la Chocolaterie Poulain, à Blois. Mélangée au cacao devenu précieux en ces temps de restrictions, la farine de lentille permettait en effet de produire un ersatz de chocolat dont il fallait bien savoir se contenter en période difficile. A condition, cela va de soi, qu'on en retire auparavant les cailloux...

Dans les paroisses voisines...

Le safran était autrefois cultivé dans le pourtour de Pithiviers. Cette plante orientale avait été rapportée des Croisades par un seigneur de Boynes et, depuis 1698, un édit de Louis XIV en autorisait la récolte. La fleur de safran se cueillait à la main, d'un coup d'ongle. C'était une besogne minutieuse qui revenait aux enfants. Les champs de safran disparurent totalement après la Première Guerre mondiale.

Témoignages

Une lectrice nous signale qu'exploitant avec son mari quelque deux cents hectares en Beauce, avec vingt chevaux, elle acquit des tracteurs multisocs Fordson dans les années 1925-1928, donc bien avant 1946 comme nous l'avions écrit.

Il faut croire que notre village de Josnes n'était guère en avance car après la rectification d'une lectrice de Beauce au sujet des tracteurs, voici celle de notre complice et ami Louis Tranchant, de Fleury-les-Aubrais :

«Je me souviens que vers 1916-1917, un tracteur (Deering, je crois), avec des roues à crampons entièrement en fer, était en service au hameau de La Provenchère. Son conducteur-mécanicien (encore jeune, il devait être en affectation) se nommait M. Dreux. C'était un réfugié-émigré, très aimable. Le gamin que j'étais alors suivait avec curiosité ses évolutions dans les champs. Pour ne pas qu'il se dérange et perde son temps, avec son engin qui arrachait les routes, on lui apportait son frichti sur le terrain. J'étais stupéfait de le voir se laver les mains pleines de cambouis avec l'essence contenue dans des bidons. Il me disait qu'il n'y avait rien de plus propre. Les premiers tracteurs à moteur Diesel que j'ai vus en service, bien avant la Guerre de 40, dans les champs de Beauce, étaient des vierzonnais "Société-Française". C'était de solides monstres verts ; ils étaient inusables. Il est à peu près certain que quelques-uns soient encore en service.»

À PROPOS DU SAFRAN GATINAIS

«De nombreuses provinces françaises s'essayèrent à cette culture et parmi elles, le Vaucluse et l'Angoumois se livrèrent à une concurrence acharnée avec l'Orléanais. On relève dans *Le Livre du safran,* publié à Poitiers, en 1568, qu'il s'en vendait en Charente chaque automne pour cent mille livres-tournoisis aux acheteurs allemands. La concurrence directe entre l'Angoumois et l'Orléanais ne cessera réellement que vers 1850 au profit du Gâtinais. Par ailleurs, on relève en 1808 dans une lettre au préfet du Vaucluse "la supériorité du safran à la mode d'Orange" pour la région de Carpentras. Dans une lettre patente au Roi datée de 1772 (Bibliothèque d'Orléans), on ne relève pas moins de quinze villes réparties sur tout l'hexagone dans lesquelles seront nommés des "inspecteurs au safran" ; parmi elles : Rouen, Orléans, Pithiviers, Dijon, Lyon, Avignon, Albi, Cahors, Angoulême et Pont Saint-Esprit !

«La première ordonnance pour la réglementation du commerce du safran français fut rendue à Blois le 18 mars 1550.

«S'il est vrai de dire que les veillées étaient dictées davantage par la nécessité, elles n'en étaient pas moins emPruntes de solennité ainsi qu'en témoigne Ernest Prévost dans *Les Veillées fleuries* :

Imaginez-vous : une vingtaine de paysans, jeunes, anciens, fiancés, vieux couples, autour de cette colline de fleurs accumulées ; travail inconcevable mais si gai où chacun rivalisait d'habileté, de bonne humeur, où les chansons se succédaient candides ou malicieuses... A minuit, on réveillonnait de miches énormes et de ce vin de la Montagne de l'Enfer. Les safraniers, qui ne boudaient pas au travail, dorment, et dorment avec eux : l'effusion saine, la communion fraternelle, l'instinctive abnégation, la sérénité et la grâce des veillées fleuries. (E. Prévost, Beaumont, 1872-1952.)

«Les rares contemporains témoins de ce temps que nous avons interrogés se souviennent non sans émotion de "ces automnes-là" si durs, mais si gais.» (Lettre de M. Royer, de Chécy.)

L'or des moissons

Avec la moisson s'ouvre le chapitre le plus important de notre ouvrage, car tous les travaux tendaient peu ou prou à cette finalité.

La façon de moissonner n'évolua guère de l'Antiquité à la moitié du XIXe siècle. Les récoltes étaient entièrement couchées à la faux (on réservait les faucillons au coupage de l'herbe). Ce travail du titan demandait autant de robustesse que d'endurance. L'important était de bien battre sa faux et de lui donner le suprême coup d'affût. Le faucheur s'asseyait sur le sol, les jambes écartées en équerre. Il martelait la lame avec méticulosité sur une petite enclume fichée en terre, la redressait, l'étirait, supprimait les ébréchures que les pierrailles et les taupinières avaient provoquées dans l'acier émoussé. La croyance prétendait qu'un tranchant devenait inusable après avoir coupé un crapaud.

Le faucheur tenait à sa renommée. Il gardait son affiloir dans sa poche, ou glissait sa pierre à aiguiser dans un coffin rempli d'eau. Ce coffin, bien souvent une simple corne de vache, était accroché à sa ceinture, dans le dos. L'homme ne s'arrêtait qu'au bout de cinq cents pas, pour affûter de nouveau. Un faucheur couchait quotidiennement ses trois mines d'avoine (75 ares) ! Il gagnait trois francs par jour.

L'équipe de la fauche se levait avec le jour, sur le coup des trois heures. Elle partait aussitôt, sans prendre le temps de déjeuner. Dans les bonnes fermes, on se dérouillait le gosier d'une lichette de goutte, histoire de se raffermir les muscles. Vers les six heures, une bonne apportait la «fromagée», un bout de salé et les rillettes. Cet en-cas avalé, on se rattelait à la tâche, sans faiblir, jusqu'au midi sonnant.

Le vin était distribué deux fois par jour : au déjeuner et au goûter. Chaque moissonneur recevait sa ration, le fameux geigneux que nous vous détaillions dans une page précédente. Après avoir ingurgité son litre de vin, le faucheur devait se désaltérer à la «bouète», c'est-à-dire à la flotte que rosissait la piquette d'un fond de cruchon. Et pourtant, l'ouvrage vous asséchait tant l'avaloir que c'en devenait une torture. Un saisonnier-moissonneur (qu'on appelait un «calvégnier» ou un «aoûtron») suait sang et eau. C'étaient des dizaines de litres de boisson, pas moins, qu'il absorbait d'affilée dans une journée de fauchaison pour éviter de se déshydrater !

A midi, la bonne revenait au champ avec le pain et le «porte-à-dîner» : deux récipients en grès ou en fonte qui s'emboîtaient l'un dans l'autre et qu'on assemblait avec une anse. La gamelle du fond contenait une soupe tiédasse ; celle du dessus, le rata. On dînait à l'ombre d'un tas de gerbes ou d'un buisson.

Le goûter proposait le même menu : cochon et rata. Les faucheurs trimaient jusqu'à la tombée de la nuit. Ils rentraient à la ferme en chantant — vous avez bien lu : en chantant, comme s'ils s'en étaient revenus de l'assemblée du village voisin ! Le souper de dix heures les attendait sur la table patronale : toujours cochon et rata. On ne pouvait guère féliciter les cuisinières d'alors pour leurs hardiesses culinaires...

Les noms des repas doivent vous surprendre : à cette époque-là en effet, on déjeunait le matin ; on dînait le midi et on soupait le soir. Tout est décalé de nos jours.

La troupe couchait sur les litières de la bergerie puisque les moutons ne rentraient pas en cette saison. Le titre de gloire d'un de ces saisonniers était de courir pieds nus sur les chaumes, ce qui lui valait — on le comprend aisément — l'admiration béate de ses compagnons. Essayez et vous mesurerez la difficulté d'un tel exploit !

Les chevaux obligeaient à une importante récolte d'avoine, qui réclamait ses propres faucheurs. On ne la couchait que lorsque les pluies l'avaient un peu noircie. On la ratissait au «fauchet» de bois et on la liait avec des sangles. Au contraire des autres céréales, les gerbes d'avoine n'étaient pas mises en tas. Les charretiers les rentraient au fur et à mesure du liage.

Une ferme étendue employait cinq faucheurs de blé, trois faucheurs d'avoine et cinq ramasseuses. Ces dernières étaient souvent les lingères et les couturières du bourg qui, pendant la durée des moissons, fermaient leurs ateliers pour talonner les faucheurs.

Les récoltes étaient ramassées par brassées. Lorsqu'un faucheur venait de terminer son «accolée», ou sa «passée», il tendait sa faux à la ramasseuse, qui la déposait en milieu de riage. Le faucheur javelait du bout du champ à sa faux tandis que la ramasseuse en faisait autant de la faux au bout opposé. Ils glanaient par la même occasion. Un demi-hectare javelé était aussitôt engerbé.

Le liage se faisait à la paille de seigle. Un champ était spécialement récolté pour fournir les liens. On battait ce seigle à la main, sur un fût, en se gardant bien d'en détériorer la longue paille. Cette paille était ensuite triée et peignée du bout des doigts, malgré les chardons qui écorchaient les mains jusqu'au sang.

La fabrication de ces liens demandait une manière de faire que ne possédait, ici, qu'une cantonnière de Trugny, la femme au Fontaine. C'était donc devant chez elle qu'on déchargeait ses voiturées de belle paille ; on en rapportait pour autant de «glus».

Les faucheurs liaient derrière les ramasseuses. Ils serraient les javelles avec une cheville. Ils glanaient encore. Après le battage, les glus resservaient au bottelage des pailles à litière.

Les javeleuses mécaniques marquèrent la fin de l'époque de la faux et du ramassage à la brassée. Le progrès daignait enfin soulager les paysans. On devait néanmoins ouvrir un lé dans la parcelle à moissonner avant d'y engager la machine. On disait indifféremment «dériver» ou «débrider» un champ. Cette passée couchée à la faux permettait aux chevaux et à la javeleuse d'entrer en action sans rien fouler de la récolte. On tournait autour du champ pour finir en son centre. Tout se trouvait simplifié quand le champ voisin était déjà mis à bas : on pouvait alors passer dessus sans se fatiguer à dériver.

L'amélioration était sensible mais restait néanmoins insuffisante : les javeleuses battaient l'air de leurs bras démesurés et griffus ; au moindre coup de vent, toute la ratelée s'éparpillait sur les chaumes.

Vinrent les faucheuses-lieuses. Les premières furent achetées en 1905 à Oucques et à Marchenoir. C'était de la modernité américaine : des *Mac Cormick,* des *Deering,* des *Milwaukee* et des *Johnston.* Elles étaient solides, ne médisons pas, mais leur bottelage laissait encore bougrement à désirer. Et puis, il fallait toujours dériver à la faux, comme avec les javeleuses. Les débrideurs entassaient les «terrioux» derrière l'engin.

On nommait terrioux, terriaux ou triaux, les tas de cinq, six, neuf ou dix-sept gerbes disposées en croix. Treize gerbes donnaient un «treiziau». Ces meulons s'alignaient sur les chaumes dans l'attente du rentrage. En les construisant, les entasseurs veillaient à isoler les «mèches» des gerbes de la terre, afin d'éviter la germination des épis. Ils inclinaient la botte faîtière de façon que la pluie ne pénètre pas dans celles du dessous. Ces terrioux abritaient souvent des nids de musaraignes. On prétendait qu'un mulot crevait aussitôt s'il coupait une sente où marchait un homme. Cela n'est pas tout à fait inexact car les charretiers s'amusaient souvent à les transpercer de leur fourche. Il en faut si peu pour que naisse un proverbe...

Le voiturage commençait dès le fauchage achevé. On équipait les gerbières de leurs ridelles verticales et horizontales. La plaine se vidait lentement de ses terrioux. Deux charretiers broquetaient pendant qu'un «tasseur» (parfois la fermière) chargeait la voiture. Une couche de gerbes s'appelait un «lit».

Une «lieuse» serrée au pouliot maintenait le chargement de la gerbière. A trop serrer la liure, on faisait tout dégringoler et le tasseur se retrouvait les quatre fers en l'air, éberlué, à moitié étouffé par son ouvrage à refaire. Parfois, un cahot du chemin suffisait à déclencher le séisme, à la grande honte du tasseur qui devenait aussitôt la risée des autres moissonneurs. «Bon d'là de tourne-à-gauche, rigolait-on quand il y avait plus de vexation que de mal, ta voiturée vient encore de foirer !» Mais les moqueries ne duraient jamais longtemps car une autre gerbière ne tardait pas à s'écrouler non loin de là...

Les gerbes étaient enfin engrangées, ou entassées en meules. Alors poussaient d'étranges champignons géants autour des fermes : les «bauges» coniques et blondes. Quand la meule prenait de la hauteur, on ménageait une niche intermédiaire : c'était la «chaise» du broqueteur. La tâche délicate de couvrir ces meules ventrues revenait aux maçons du pays, et à eux seuls. Un pailler de l'année passée fournissait la couverture.

On couronnait ensuite la bauge du pesant cercle en fer d'une roue. Cet «enfaîtiau» était arrimé à des pieux, ou lesté avec d'énormes pierres, pour empêcher que les bourrasques ne décoiffent la meule avant le battage.

Tout comme pour le foin, les gerbes rentrées humides risquaient de chauffer jusqu'à s'enflammer. On remédiait à cette menace en ventilant les bauges suspectes avec des pochetées de balle empilées en plusieurs cheminées d'aération. On n'eut cependant guère d'incendies à déplorer car les paysans redoutaient trop les sinistres pour jouer avec le feu.

Dans certains coins de Beauce, des guetteurs à la vue perçante se relayaient au sommet des clochers et signalaient les fumées inquiétantes. Les rares brûlements étaient toujours la conséquence d'une imprudence : un mégot jeté par étourderie, ou un feu de décharge qu'un mauvais vent propageait à l'entour.

Quand les flammes se déclaraient dans les moissons, on s'empressait d'isoler l'endroit par un contre-feu de labour. Un triste jour d'été, un poivrot du hameau provoqua un incendie qui, fort heureusement, fut rapidement circonscrit entre une parcelle de foin et une vigne. Mais la faute était grave, très grave, et il fallait entendre la femme vociférer dans les esgourdes de son criminel de bonhomme à peine dessoûlé : «Sapristi ! tu mériterais qu'on te jette là-dedans, bon à rien !»

Les derniers glaneurs abandonnaient enfin les éteules aux troupeaux de moutons et aux poulaillers ambulants. Dame, on ne devait point bouder le moindre épi ! Il convient de dire que les rendements étaient beaucoup plus faibles que ceux qui sont obtenus aujourd'hui sur les mêmes terrains. Avant 1914, un hectare de bonne terre rapportait ses vingt quintaux de blé, exceptionnellement une trentaine en année d'abondance, alors qu'on en récolte près de soixante à présent !

Le rentrage donnait lieu à un genre de compétition entre les différentes fermes d'un même village. Un bouquet de nielles, de bleuets et de coquelicots fleurissait les ridelles de la dernière gerbière. On se doute que ceux qui traînassaient en moisson, les lanternes rouges, n'affichaient pas autant de gaieté, bien contents cependant d'être enfin venus à bout de cette satanée besogne.

Des ripailles d'ogre solennisaient la fin des moissonnailles. C'était, selon les contrées, la «parcie», la «farcie», la «pensée douce» ou la «passée d'août». Quel que soit son nom, l'événement se déroulait souvent dans la nuit du samedi suivant : les charretiers pouvaient ainsi flemmarder le lendemain dimanche sans que l'ouvrage de la ferme n'en soit trop perturbé.

«Dans les grosses boîtes de la Beauce, dit l'oncle Athos, on y mangeait un peu moins mal qu'à l'ordinaire, et on y buvait surtout du bon vin. Mais ce n'était pas un gueuleton pour cela. Et qui ne durait guère car sitôt le lendemain matin, on n'en voyait déjà plus les restes !» Un bon repas donc, généralement avec un civet de lapin, mais vite desservi pour ne point qu'on y prenne goût... Pour une fois, les patrons mangeaient à la même table que le personnel.

Voici bien longtemps, les fermiers déposaient en offrande au curé leur dernière gerbe rentrée. Ils la laissaient sous les cloches qu'ils sonnaient à en lézarder le clocher. En d'autres paroisses, les prêtres célébraient la «Messe des moissonneurs». Ils bénissaient des croix de blés que les meuniers accrochaient ensuite dans leur moulin, ou des ancres pour les mariniers de Loire, ou des bouquets (sept brins de blé et cinq d'avoine) que les ménagères perchaient sur leur armoire en guise de porte-bonheur.

Dans les paroisses voisines...

La «Messe des moissons» s'est maintenue jusqu'à nos jours à Huisseau-sur-Mauves. Ce jour-là, l'église est décorée avec des gerbes, des fleurs champêtres et des fruits de saison. Une fillette ou deux enfants de chœur présentent le pain bénit avant l'offertoire et la bénédiction des croix traditionnelles et des semences.

Témoignages

UNE DES PREMIÈRES MOISSONNEUSES-BATTEUSES

«Pas bien loin d'Avaray, dans la ferme de Villegonceaux, il y avait un tracteur en service vers 1920. Ceci m'a été dit mais je ne suis pas sûr de la date exacte. Ce qu'il y a de certain, c'est que ce tracteur était au rebut en 1930 et qu'il ne fut remplacé qu'en 1942 par un Société-Française. Ce premier tracteur était équipé de trois roues tout en fer ; c'était paraît-il un gouffre à carburant, de la marque Molines. Étant écolier, le jeudi avec d'autres gamins, nous faisions quatre kilomètres à pied pour monter sur cet engin qui était à l'abandon derrière les bâtiments de la ferme.

«En 1930, il y avait en service à la ferme de Mortais, près de Séris, un tracteur Mac Cormick-Deering 10/20. Le fermier le revendit en 1938 et racheta cette fois un véritable diesel de marque Bolinder. Le premier tracteur semi-diesel Société-Française fut acheté par un entrepreneur de battage résidant à Maves, en 1935. C'est à la foire de la Saint-Michel en 1945, à Marchenoir, que furent présentés les tracteurs Ford-Ferguson équipés d'un relevage, tels que nous les connaissons.

«C'est, je crois, en 1934 que notre instituteur nous a dit qu'un fermier de Saint-Laurent-des-Bois venait d'acheter une moissonneuse-batteuse, mais je n'ai jamais vu cette machine. Il m'a été dit plusieurs années après par le maître d'école de Saint-Laurent-des-Bois qu'il s'agissait du fermier de la ferme du Bois-d'Enfer. Il aurait vendu sa machine pendant la guerre, craignant que l'occupant ne l'embarque. De beaux parleurs auraient même ajouté que les Allemands avaient l'intention de la réquisitionner pour faire la moisson en Ukraine, mais ceci n'est pas prouvé !» (Lettre de M. Le Floch, de Séris.)

M. Bernard Claveau, d'Épieds-en-Beauce, nous apporte de nouvelles précisions sur la moissonneuse-batteuse de 1934, dont nous parlait M. Le Floch :

«Étant secrétaire de mairie d'Épieds-en-Beauce à l'époque, j'ai en effet vu monter et mettre en route cette machine. Elle a été vendue par le garage ''Calypso'', en face de la mairie d'Épieds, et l'acquéreur était M. Léon Pousse, fermier au ''Bois d'Enfer'', commune de Saint-Laurent-des-Bois. Le représentant de la marque ''Mac Cormick'' était M. Hirch de La Barrière ; il prenait pension à l'hôtel d'Épieds pendant six mois.

«Comme il avait une voiture automobile pour se déplacer, ce qui était assez rare à l'époque, j'ai été plusieurs fois avec lui voir la machine en question mais cela était encore loin de celles en activité aujourd'hui. C'était exceptionnel quand elle travaillait une demi-journée sans tomber en panne.»

CURIEUSE MACHINE

«En 1933, j'avais vingt-quatre ans. Mon père étant décédé, je me suis trouvé à la tête d'une petite exploitation agricole dont le matériel était usé. Je me suis rendu au Salon de la machine agricole et j'y ai examiné avec intérêt, sur le stand Mac Cormick, les petites moissonneuses-batteuses (coupe 1,50 m) dont j'ignorais l'existence.

«J'ai tout de suite été contacté par M. Hirch, le représentant, qui est venu ensuite me relancer chez moi.

«Les machines étaient à vendre à l'essai : contrat passé par la Maison Poullard, de Boynes. Malgré cela, le directeur de la succursale de Paris, M. Lacroix, est également venu à la signature du contrat. Il voulait connaître l'intéressé et mettre toutes les chances de son côté pour que le client garde la machine et en soit satisfait.

«Cette moissonneuse-batteuse est arrivée en caisses d'Amérique et j'ai dû avoir recours au haquet de mon voisin, marchand de vins en gros, pour pouvoir ainsi la transporter jusqu'à mon domicile. J'ai participé personnellement au montage avec un mécanicien venu de Paris. Pour la mise en route et les réglages, la Maison Mac Cormick avait fait venir le chef mécanicien de la succursale de Tunis.

«Le premier jour où elle est sortie de chez moi, deux ou trois cents personnes attendaient à ma porte. Les critiques ont été nombreuses et j'ai été pris pour un fou !

«Cette machine m'a donné entière satisfaction. Je l'ai fait fonctionner pendant dix-sept ans, sans interruption et sans panne. Elle est restée pendant tout ce temps un objet de curiosité. Les voitures, déjà nombreuses à l'époque, s'arrêtaient le long des routes pour la voir marcher. En 1940, il n'en existait que cinq dans le département du Loiret.» (Lettre de M. André Nivet, de Boynes.)

Un mouton, deux moutons, trois moutons...

Chacun de nos hameaux d'alors tirait fierté de ses moutons, qu'il prétendait plus gras et plus laineux que ceux des voisins. Un troupeau réunissait de quatre à cinq cents têtes. Les brebis n'étaient pas élevées pour leur lait, seulement pour les agneaux et les toisons.

Au beaux jours revenus, les troupeaux quittaient les enclos des bergeries et s'en allaient paître sur les champs de la ferme. Ils s'écartaient parfois si loin des bâtiments qu'ils ne rentraient plus au bercail à la nuit descendue. Ils restaient alors dans la plaine, sous la houlette du berger.

Les moutons ratissaient les éteules après le passage des glaneurs. Le troupeau ratiboisait tout ce qui pouvait se brouter, jusqu'aux mousses. Où un autre animal serait crevé de faim, le mouton parvenait encore à faire bombance. On les parquait quelquefois pour éviter qu'ils ne s'égaillent trop. Certaines fermes disposaient d'astucieux parcs ambulants montés sur roulettes. Il suffisait d'y atteler le cheval et le troupeau se déplaçait en même temps vers de nouveaux herbages.

Flanqué de ses chiens, le berger se tenait en retrait de ses ouailles afin de mieux les surveiller d'un seul coup d'œil. Sa silhouette était familière, appuyée sur son traditionnel bâton. Lorsque la galerne se fâchait, il s'engonçait dans les plis de son ample limousine brunâtre, le chapeau délavé au ras des oreilles pour l'empêcher de s'envoler. Lorsque la bruine crachotait, il ouvrait son large parapluie de drap bleu qui le protégeait de la saucée. Ses chiens jappaient dans ses jambes, prêts à bondir sur la brebis galeuse qui s'écartait du troupeau. Et il restait dans ces postures des journées entières sans bouger, le berger, comme figé, comme pétrifié, à écouter le miaulement des vents et le crépitement des pluies...

Du fait de sa solitude d'ermite, de ses contemplations, de ses méditations, de sa parfaite communion avec la nature, le berger avait la réputation d'être un personnage d'exception, pauvre d'écus peut-être mais riche de mille savoirs. Une manière de sage, de devin, de prophète oublié. Il lisait dans les constellations comme un curé dans son bréviaire, et la perle de ce firmament était son étoile à lui. Il connaissait les vertus des simples, il savait parler aux oiseaux et tirer une ritournelle d'un roseau, il inventait des contes qu'il ne confierait jamais à personne, sinon à ses chiens et à ses moutons. A vivre dans l'Univers, il en détenait tous les secrets.

Au temps jadis, chaque paysan respectait son berger, même s'il ne le comprenait pas toujours. Dame ! ce n'était pas pour rien qu'il occupait une place de choix dans la crèche de Noël, tout contre l'Enfant-Jésus ; ce n'était pas pour rien qu'on le comparait au curé ou au pasteur, à moins que ce ne fût l'inverse... Et pendant la messe de Minuit, ce n'était pas pour rien qu'il offrait un agneau à l'église et qu'il chantait son cantique personnel :

Ça bergers assemblons-nous ;
Allons voir le Messie.

Mais ne rêvons plus : l'époque des pâtres antiques était révolue au début de ce siècle. Le berger n'était plus qu'un commis ordinaire qu'on engageait à l'année sur la louée du 11 juin, à Lorges. L'embauche conclue, il n'avait pas le temps de visiter la ferme qu'il devait déjà en partir. Il ne déballait pas son baluchon pour si peu. Dans la matinée de son arrivée, on le voyait dévaler le chemin dans un chœur de bêlements et d'aboiements. Les chiens tourniquaient autour de troupeau comme des mouches autour d'un fromage.

Le troupeau, les chiens et le berger restaient dehors pendant les trois ou quatre mois de la belle saison, jours et nuits. Une bonne de la ferme apportait chaque matin les repas. Pendant toute la durée de la sortie, le berger recevait un litre de gnôle supplémentaire par mois, ceci pour le ravigoter quand les nuits se faisaient fraîches. Il dormait d'ailleurs le plus souvent à la belle étoile, sur une botte de paille ou dans la friche moelleuse. Lorsque le climat se gâtait, il trouvait refuge dans sa cabane roulante à trois roues, tout juste assez large pour lui permettre de se retourner. Le soir venu, il s'assoupissait toujours rapidement : il lui suffisait, à ce qu'on disait, de compter ses moutons pour aussitôt sombrer dans un profond sommeil.

En vérité, il n'en était rien. Un berger ne dormait jamais sur ses deux oreilles car si les loups n'étaient plus à craindre depuis longtemps, les charretiers en revanche tiraient un malin plaisir, la nuit, à venir l'importuner. Ils attendaient qu'il roupille et là, dans l'ombre, ils se coulaient près de la roulotte pour la renverser sens dessus dessous, avec le bonhomme et ses frusques dedans. Pour décourager la malice, le berger détachait ses chiens dès qu'il s'allongeait dans sa guitoune. Plusieurs charretiers s'en revinrent alors moins farauds de leur expédition nocturne, le fond du pantalon arraché ou les mollets joliment lacérés par les crocs d'un molosse. Pardi ! on ne demande pas à un chien de berger de partager la douceur des agneaux qu'il garde...

Le berger ne réintégrait la ferme que lorsque les aurores se paraient de gelée blanche et que la plaine commençait à gelarder. Il prenait ses quartiers d'hiver dans le cagibi où logeaient déjà les charretiers qui, jadis, le réveillaient en sursaut. Les moutons regagnaient la bergerie et la roulotte était remisée dans l'attente des prochains beaux jours.

Avec le printemps revenait l'époque des vaccinations. On se rappelait qu'il n'y avait pas si longtemps, bergers et moutons succombaient du terrible charbon. Le bon Monsieur Pasteur les avait enfin délivrés de cet épouvantable tourment quand, en Juillet 1881, il avait expérimenté son vaccin anticharbonneux sur le cheptel ovin et les quinze chevaux de la ferme de Fresne, en Pithiverais. Les charretiers attrapaient les bêtes et les maintenaient sur le flanc tandis que le vétérinaire piquait chaque agneau dans le gigot. Les vaccinations terminées, les charretiers avaient droit à un canon en remerciement. Il faut avouer qu'ils avaient trempé leurs liquettes dans l'épreuve !

La tonte se faisait également au printemps. Des tondeurs ambulants allaient de ferme en ferme. Les jeunes filles d'autrefois filaient la laine à la veillée, dans les caves. Leurs galants venaient les y rejoindre sur la pointe des sabots dès que la maîtresse tournait les talons, et c'était à qui jouerait le joli cœur auprès de ces demoiselles. Si le fuseau d'une quenouille se fichait à terre en tombant, avertissait une croyance ancienne, la filandière devait se préparer à recevoir la visite d'un bel inconnu.

Les tisserands de la paroisse ramassaient les écheveaux. Celui de Trugny, un dénommé Menu, était reconnaissable entre tous puisqu'il portait une boucle d'or à chaque oreille (la signification de ces parures ne m'a pas été précisée).

Les toisons furent plus tard vendues aux marchands de Beaugency. Il se tenait deux fêtes aux pelisses — les plissons — à Romorantin : l'une en juin et l'autre en novembre. De nos jours, les troupeaux de moutons (et par conséquence les bergers et les tisserands) ont pratiquement disparu de la commune.

La batteuse

On peut difficilement concilier un travail exténuant et une fête endiablée ; c'était pourtant bien ce qui se produisait le jour où la batteuse venait se ranger contre les meules d'une ferme.

Les temps anciens ne connaissaient pas de semblables liesses car le battage resta longtemps une besogne aux autres pareille. On battait soi-même au fléau, ou on embauchait des batteurs en grange. Ces derniers, des gars solides que le dur ouvrage n'effrayait guère, l'éternel foulard à carreaux noué autour du cou, se rompaient les bras à la tâche sans jamais renauder. On les payait souvent mal, au grain battu, à raison d'un sou la mesure, nourriture comprise. Dans le Val, vers 1880, on les rémunérait autrement : quand ils avaient rempli douze sacs, ils gardaient le treizième en gage. L'air des granges était irrespirable et le travail épuisant. On disait cependant qu'un batteur ne mourait jamais avant d'avoir avalé sept boisseaux de poussière, ce qui lui laissait quelque sursis. Le samedi suivant, le fermier vannait le grain dans son grenier, au «tara» (tarare). Le paysan se réservait encore le battage de son avoine, passe-temps qui l'occupait pendant les mauvais jours de l'hiver.

Entre le fléau ancestral et la batteuse, la mécanisation passa par la «pleurésie», un appareil à bras qui vous détraquait plus sûrement la poitrine que ne l'aurait fait l'inflammation du même nom. Vint ensuite la «terpineuse» (trépigneuse), qui était entraînée soit par un tapis roulant, soit par un manège. Ces deux systèmes fonctionnaient avec un cheval. On se servait également du manège, en Beauce, pour moudre le blé et puiser l'eau : la rosse qui y usait ses forces, avait les œillères bandées. Le manège était souvent son dernier travail avant l'abattoir.

Jusqu'alors donc, le battage n'invitait point aux divertissements. Pour tout régal, on avalait de la poussière et on buvait de la sueur. Mais tout devait changer avec l'apparition de la batteuse. Bien qu'inventée avant la Révolution, cette pesante machine n'arriva chez nous qu'au début de ce siècle, pendant ce qu'on nomma faussement la Belle Époque. C'était une Merlin, construite à Vierzon comme la plupart du matériel de battage. La joyeuse animation qu'elle occasionnait venait tout simplement de la bruyante équipe de servants qui se pressait autour de ses poulies et de ses courroies. La batterie devint alors une date capitale dans l'éphéméride des campagnes. Tout à la fois événement et festivité, son passage était claironné par le garde champêtre. On commençait toujours autrefois par la moisson de M. le Maire — notabilité oblige.

Le propriétaire de la batteuse, un entrepreneur, fournissait les briques de charbon nécessaires au fonctionnement de la locomobile. Le chauffeur se louait à la saison. Les «gâs de la machine» se recrutaient en partie parmi les bûcherons de Sologne et les saisonniers désœuvrés au lendemain de la parcie. Les Solognots arrivaient de chez eux aux premières heures du lundi ; ils ne repartaient qu'en fin de semaine. Les saisonniers étaient principalement des calvégniers — bretons et limousins — qui, les gerbiers coiffés, se retrouvaient à la porte des fermes, sans emploi. On les appelait les «pochetons» parce qu'on les rencontrait souvent par les chemins, une misérable «poche» à grain sur l'échine pour toute besace.

Les «gâs de la machine», tous francs buveurs et forts en gueule, mais costauds à en assommer un bœuf à poing nu, se voyaient renforcés par un régiment de paysans du cru. Tout le voisinage se faisait un devoir de participer au battage et d'y prendre sa part de peine. Cette entraide explique précisément la chaleureuse ambiance qui régnait ces jours-là. La batterie devenait avant tout la communion du pays. Ensemble on s'esquintait, ensemble on mangeait, ensemble on riait...

On l'entendait arriver de loin, la batteuse, dans son tintamarre de ferraille, de sifflets et de halètements. Ses nombreux déplacements lui valaient un surnom : la Routière. L'émoi s'emparait aussitôt du village. Chacun et chacune, mioche ou vieillard, se félicitaient de cette venue tant espérée. Crénom de crénom ! v'là qu'elle se pointait enfin, c'te sacrée machine !

«*Avançant à l'allure d'un piéton,* nous décrit Jacques Hubleur, de Marchenoir, *arrivait alors une énorme chaudière sur le dos de laquelle était agrippée une machine à vapeur, munie de grands volants de fonte, faisant tourner à l'arrière de la chaudière deux hautes et larges roues bardées de fer, dont les crampons trouaient la chaussée.*

«*Cette étrange machine était surmontée d'une haute cheminée vomissant des torrents de fumée noire et de vapeur blanche. Et tout cela avançait dans un bruit infernal de bielles et de pistons accompagné de chuintements de la vapeur s'échappant des tuyauteries.*

«*Cette machine traînait derrière elle un gigantesque coffre monté sur roues, portant sur ses flancs des poulies, des courroies, des tiges de fer, tout cela maculé de poussière, de brins de paille, de graisse, de cambouis, auxquels adhéraient encore des grains d'avoine ou de blé.*

«Et puis derrière la batteuse était accrochée une autre voiture transportant le charbon, l'eau et les ingrédients nécessaires au fonctionnement de cet ensemble.

«Sur le toit de la batteuse était juchée une dizaine de gaillards barbus et haillonneux constituant l'équipe de travail du battage, heureux de passer en cet équipage dans les rues du village et d'envoyer quelques baisers aux filles assemblées sur le trottoir pour y jouir de spectacle de la Routière en marche.

«Quelquefois, l'un de ces gaillards descendait prestement de sa toiture pour entrer dans une épicerie ou un cabaret entrevu au passage et en ressortir bientôt avec quelque victuaille ou bouteille à la main.»

Précisons seulement que dans les années 1900, la locomobile ne possédait qu'un unique volant d'entraînement. C'était mon grand-père Camille qui la pilota durant plusieurs saisons et, à ce qu'on disait, il n'était point du genre à laisser rouiller ni la mécanique, ni les machineux. Le cuvier des lessives (qui servait aussi aux vendanges) alimentait la chaudière en eau. La haute cheminée disproportionnée se terminait par un tamis afin de ne point causer d'incendie dans les meules des alentours. Les escarbilles n'étaient à craindre que lorsqu'on remplaçait les briques de charbon par des bûches de bois. Trop de paille faisait tousser la batteuse, l'engouait jusqu'à l'étouffer. N'y suffisant plus, la locomobile suffoquait ou faisait sauter sa courroie de transmission. On entendait alors le chauffeur engueuler son engreneur...

La locomobile fut remplacée, après la dernière guerre, par un tracteur trépidant «Société-Française», vierzonnais lui aussi. Son démarrage ne se faisait qu'après avoir porté à incandescence, avec un chalumeau à gaz, son énorme boule de fonte. Mais son volant d'entraînement partait tantôt à l'endroit, tantôt à l'envers, au hasard des caprices du moteur !

Les agriculteurs s'associèrent plus tard en coopératives de battage, selon leurs affinités religieuses et politiques. La commune comptait deux compagnies. Chaque machine reçut un nom propre : la Charlotte avait été achetée par un prénommé Charles tandis que la Huguenote desservait surtout les maisons protestantes.

La saison commençait dès la fin des moissons. On battait d'abord le blé, puis l'orge. L'avoine était toujours battue au fléau par les paysans durant l'hiver, sur l'aire des granges, autant par souci d'occuper la morte-saison que par économie réelle.

Une vingtaine d'équipiers, parfois davantage, se mouvait autour de la Merlin. Chaque batteur connaissait son boulot, qui restait toujours le même de ferme en ferme. Tous se nouaient un large foulard au cou, la pointe en devant, pour se protéger de la poussière. Ils obéissaient au sifflet autoritaire du chauffeur, comme les matelots d'un voilier obéissent à celui du capitaine. C'était lui, le chauffeur (qu'on nommait aussi le mécanicien), qui commandait, qui veillait à ce que ça tourne rondement et qui contrôlait autant la locomobile que l'application de ses hommes.

La chaudière employait un gars au puisage de l'eau et au remplissage du cuvier. Plusieurs broqueteurs grimpaient sur la meule. On dénombrait autour de la machine un délieur de gerbes ; un éparpilleur et un engreneur qui se trouvaient coude à coude, sur le «pont» ; deux ou trois porteurs de grain ; deux récupérateurs de «menu», sous la grille ; deux porteurs de bale ; cinq lieurs de paille et enfin plusieurs porteurs de ballots.

Le délieur de gerbes n'avait pas assez de son temps pour satisfaire la voracité de la machine. L'éparpilleur et l'engreneur devaient souvent être gantés pour se protéger des chardons qui leur lacéraient les mains. Un sac de grain pesait dans les cent-vingt kilos, c'est dire la force dont devait faire preuve un porteur. On désignait par «menu» les déchets de paille qu'on ramassait en tendant une bâche sous la batteuse : on liait parfois ces fétus, ce qui demandait une dextérité surprenante. Ce menu, tout comme la bale, était destiné à la nourriture des bestiaux. Les pailles battues, liées en ballots, étaient entassées en paillers. Les ballots sortiront plus tard d'une presse mécanique qui s'accrochera à l'arrière de la batteuse. Leurs porteurs s'armaient d'une longue griffe d'acier et s'encapuchonnaient dans un sac à grain replié à demi.

Le travail de la batterie était trop éreintant pour que les

femmes s'y hasardent. Aussi se rendaient-elles utiles en offrant le canon des quatre pauses de la journée. Tout le bataclan s'arrêtait au sifflet du chauffeur. Les femmes de la maison accouraient avec deux ou trois gobelets dans une main, et un cruchon de vin frais dans l'autre, comme des vivandières sur un champ de bataille. Le chauffeur buvait en premier. On se désaltérait jusqu'à satiété, l'un après l'autre. La dernière gorgée avalée, le batteur secouait vigoureusement le gobelet à bout de bras, comme pour le vider de sa salive, puis il le tendait au suivant. Certains soiffards repiquaient au cruchon à plusieurs reprises mais personne, ce jour-là, ne leur en faisait le moindre reproche. Les bonnes femmes distribuaient encore la galette à huit heures et les porteurs de grain dégustaient une tasse de café à dix heures, parfois même une lampée de goutte.

Mais les véritables réjouissances ne se déroulaient que pendant les repas. Avant de s'attabler, on prenait soin de se refaire une présentation. Un baquet de flotte attendait dans l'étable : on s'y époussetait et on s'y douchait. On déjeunait à six heures, on dînait à onze heures, on goûtait à quatre heures et on soupait au soleil couché, après une dizaine d'heures de travail quotidien.

Les femmes avaient dressé, dans une grange, l'immense table des noces pour la circonstance : des planches posées sur des tréteaux, qu'on se prêtait de maison en maison. En fait, la table et les bancs de battage suivaient la batteuse. Car c'était bien d'un repas de noces qu'il s'agissait, du moins par l'entrain. Les femmes, trop occupées à servir, mangeaient après les batteurs ; tout juste s'autorisaient-elles à «goûter la sauce» pour faire patienter leur estomac.

On sacrifiait parfois le cochon en prévision des bâfrées. Toutes les fermes ne bénéficiaient pas d'une égale réputation et les batteurs connaissaient les agréables maisonnées. Au banquet du midi, on engloutissait une pleine soupière de panade trempée dans un bouillon gras, un respectable pot-au-feu et, en second plat, une casserole de lapin ou une poule au pot. Suivaient les fromages et les tartes. On ne reprenait pas le travail sans avoir ronflé pendant quelques minutes à l'ombre du pailler.

Le menu du souper ne le cédait en rien à celui du dîner. On veillait ensuite. On jouait aux cartes jusqu'à une heure avancée de la nuit. A minuit, on trinquait au brûlot. L'alcool chaud aidant, les histoires et les chansons fusaient de plus belle. Si le jour de battage coïncidait avec Carnaval, on ne se retirait pas sans avoir fait sauter les crêpes.

En ces occasions, le vin coulait à volonté et les gars n'avaient plus les idées claires lorsqu'ils regagnaient leur logis dans la nuit. Et pourtant, dès l'aube du lendemain, toute l'équipe fraîche et dispose se rattelait sans broncher pour une nouvelle journée de labeur.

Témoignages

LES DÉBOIRES D'UN BATTEUX

«J'avais treize ans (j'en ai aujourd'hui quatre-vingt deux) et mon patron, jardinier à Saint-Marc, était tombé malade. Je dus chercher quelque chose, le temps que durerait son impossibilité. Je fus embauché à la batteuse, pour cent sous par jour ; je n'en gagnais que trente-cinq chez mon patron.

«Alors le lundi, avec ma petite valise, je me tapai en bécane les quelque quarante kilomètres et je commençai le boulot.

«Ah ! du boulot, fallait voir ! Du matin jusqu'au soir, à la nuit. A huit heures, un petit casse-croûte d'un quart d'heure. A midi, la soupe, le lapin, les patates, le fromage, en une demi-heure, avec un verre de cidre, quelquefois du vin et de l'eau. A la nuit : même tableau et betteraves en salade.

«Mais que se passe-t-il ? Tout à coup, au premier repas, tout le monde se lève, sauf moi et le "monteux de sacs" — un athlète. Les patrons mangeaient à part, dans une autre pièce. Quand soudain, la porte s'ouvre sur le gars de la maison, qui crie : "Papa ! les galvaux y sont encore à table !"

«J'avais compris. Le chef avait fermé son couteau, le repas était fini. Nous nous sommes levés et le monteux de sacs m'a demandé : "Qué qu'cé que le galvaux ?" Il était de la Meuse. Alors, je lui expliquai qu'en Beauce, c'étaient des "galvaudeux", des gens de rien, saoulauds et tout.

«Quant le travail reprit, j'ai cru que ça allait finir en drame. Le fermier vint et demanda des explications au chauffeur, pas à nous bien sûr. C'est à ce moment que le gars de la Meuse leur tomba dessus. J'étais prêt à lui donner un coup de main. Quelle histoire !

«Je suis resté quinze jours ; pas de dimanches. Mon patron allait mieux. Je partis donc avec quinze pièces de cent sous, ce qui en mit plein les yeux de mon père.

«Il fallait voir pour le couchage. Dans une immense bergerie sans moutons. Dans un coin, huit mètres sur huit, un tas de paille et nous étions une douzaine à dormir là-dessus... Je m'en retourne donc, mais il faisait nuit : trois bons kilomètres de mauvaise route entre la ferme et la route de Paris.

«Une autre ferme en cours de route. J'appelle dans l'intention de coucher. Les chiens aboient et j'entends à travers la porte : "Qué qu'cé qu'ce voyou-là ?" C'est sur cette impression que j'ai quitté la Beauce.» (Souvenirs de M. François, d'Orléans, vice-président de la Société d'horticulture.)

UNE INAUGURATION MÉMORABLE

«A Séris, mon village, l'électricité arriva au mois d'octobre 1930. Le président du syndicat de battage était un homme qui allait de l'avant ; il décida, avec l'accord des sociétaires, d'acheter un moteur électrique pour remplacer la locomobile. Ce n'était pas le premier moteur vendu en Loir-et-Cher, mais le second. La mise en route ainsi que l'inauguration eut lieu au début de juillet 1931, en début de moisson. Le moteur était installé sur une charrette en attendant qu'un charron fasse un charriot approprié. Notre président, qui était en même temps maire de Séris et négociant en grains à Mer, avait beaucoup de relations. Des personnalités de Blois, le directeur de la Régie départementale de l'électrification rurale et des notables de Mer étaient arrivés en automobile dans la rue du Bout-Hallé. Tout le monde était émerveillé de voir fonctionner la batteuse entraînée par le moteur qui était gros comme un fût de cent-dix litres, à la place de la locomobile qui pesait plusieurs tonnes. Les essais consistaient à battre quelques charretées d'avoine. Le travail fini, mon père, qui avait participé au battage, s'en alla soigner ses chevaux. Quand il revint à la ferme pour souper, tous ses compagnons étaient loin : ils étaient montés tout poussiéreux dans les voitures des personnalités et tous ensemble étaient partis prendre le repas du soir au restaurant de Mer. Mon père se retrouva seul avec la fermière, une brave personne, pour manger le traditionnel pot-au-feu de cochon agrémenté d'un bon noha du pays. Quant aux convives du restaurant, où certains mettaient les pieds pour la première fois, la fin du repas approchant, ce fut comme dans la fable de La Fontaine : *Ce n'est pas tout de boire, compère, il faut sortir d'ici.* C'est bien beau de boire et de manger mais qui va payer l'addition ? demanda un convive. Après un moment de réflexion, le président dit : ''Ah bah ! on mettra la note sur le compte du syndicat !'' Par la suite, les sociétaires, tellement contents d'avoir un moteur électrique et de ne plus devoir puiser l'eau pour alimenter la ''chaudière'', ne trouvèrent pas que la note du restaurant était trop salée.

«Par ailleurs, les locomobiles marchèrent encore de nombreuses années, l'électricité étant loin d'être installée partout. En 1950, beaucoup de fermes ne l'avaient pas encore. Pendant la guerre, des locos furent remises en service. Le carburant était rare et les pannes de courant fréquentes. La plus longue que j'ai connue dura plus de dix semaines, de la mi-juillet au début d'octobre. Cette année-là, en 1944, nous avons été obligés de ''battre à l'entrepreneur'', vu que la locomobile avait été vendue à la feraille bien avant les hostilités.» (Lettre de M. Le Floch, de Séris.)

Vigne, vignons, vignez le vin La voilà la jolie vigne à vin !

Jusqu'à une époque relativement récente qui correspond à l'apparition du mildiou, vers 1850, les paysans de chez nous ne se disaient pas cultivateurs mais vignerons. Le pays se couvrait en effet de vignes, et non pas de céréales comme il le fait de nos jours. Sous l'Ancien Régime, la paroisse se partageait entre les seigneuries de Talcy ou de Lorges, et l'abbaye de Beaugency. Les croquants pressaient leurs vendanges sur place, soit dans le manoir d'Izy, soit dans la demeure féodale d'Origny, puis expédiaient leurs poinçons vers la châtellenie dont ils dépendaient. Le manoir d'Izy posséderait encore ses caves superposées, derniers vestiges de l'activité vigneronne d'autrefois.

En ce temps-là, il suffisait de bouturer ou de marcotter un bout de sarment pour que pousse un magnifique cep. Point besoin de sulfatage : la maladie n'avait pas cours en ces périodes bénies par Bacchus. Une vigne mourait souvent auprès celui qui l'avait plantée et non contente d'avoir donné du bon vin, elle offrait encore ses javelles pour pétiller dans la cheminée. Les vinées qu'on buvait alors, des Auvernats et des Gascons, n'étaient à nulle autre comparables en gouleyance...

Tout se gâta hélas à partir de 1860, lorsque se déclara une maudite calamité : l'invasion de notre vignoble par un puceron des Amériques, le phylloxera. Ce fut terrible. Nos belles treilles riches de promesses se rabougrirent et crevèrent en moins de dix ans. On tenta de les remplacer par des plants directs, du noha et de l'otello, cépages éthérés aujourd'hui interdits ; c'est dire que l'âge d'or du vigneron avait sonné... On commença à greffer en 1900. Le noha, s'il manquait de bouquet, n'en restait pas moins un excellent porte-greffe et un «teinturier». C'est seulement à ce moment qu'apparut le gris-meunier, un vin sans prétention qui faisait depuis longtemps déjà la réputation vinicole de l'Orléanais.

Avant 1890, on ne rangeait pas les ceps en «tires» comme aujourd'hui, mais en «charniers» ou en «planches» : au lieu de tendre des fils de fer entre les échalas, on assemblait des branchages de chêne ou de charme en châssis. Ces treillages étaient arrachés chaque année, et réappointés en fonction de la croissance des pampres. On accolait à la paille de seigle, au jonc d'étang (qu'on laissait baigner dans un bassin) ou à l'osier. Les rangs étaient quelquefois ponctués par des talles d'osier ou des pêchers (mon grand-père Camille y buttait même des asperges). En bout de vigne se tenait une cabane en planches ou une sorte de tanière recouverte de glaise frichue.

A la veille de la Grande Guerre, les vignes de la Petite Beauce n'occupaient plus la moitié des surfaces cultivées. Une ferme entretenait ses trois ou quatre quartiers de noha et de gris-meunier, guère au-delà. On prélevait ce que demandait sa propre consommation et on vendait le surplus. Car malgré cette déchéance, chaque village conservait encore ses marchands de vin ; nous verrons plus loin que l'un d'eux savait fort bien se débrouiller et s'accommoder de la pénurie.

Le métier de la tonnellerie, jadis florissant, périclita à son tour. Les futailles réclamaient une vigilance constante de la part du vigneron. Il fallait les rincer, les faire sécher pendant quatre heures et, tous les cinq mois environ, les mécher au soufre pour enrayer tout risque de moisissure. Au moment d'entonner la cuvée, on ressoufrait à nouveau les fûts en y brûlant une mèche plus petite, puis on les abreuvait copieusement, c'est-à-dire qu'on les remplissait d'eau afin d'en regrossir les douves et d'en assurer l'étanchéité.

Une comète annonçait une année de bon vin, ainsi en 1811, 1835 et 1843* ; une grande sécheresse pareillement, comme en 1893, 1913 et 1920. Les dictons se basaient également sur les orages pour rassurer ou inquiéter le vigneron :

S'il tonne en février
Bonhomme sort ta cuve sur le fumier (sous-entendu : il est grand temps de l'abreuver car la récolte sera abondante). Nous verrons d'ailleurs dans un chapitre suivant qu'un autre dicton conseillait exactement le contraire !

Quand il tonne en mars
Bonhomme enfonce ton quart
Mais s'il tonne en avril
Bonhomme casse ton douzil.

Les vendanges s'étiraient sur deux ou trois semaines. La viticulture avait tant fondu que c'en devenait presque une partie de plaisir. Comme pour le battage, tout le voisinage participait à la fête : les femmes et les enfants coupaient les grappes au sécateur, les hommes les mieux bâtis portaient la hotte et les autres actionnaient le grugeoir installé sur la charrette, on vissaient le pressoir sous la grange. Il n'y avait du reste qu'un ou deux pressoirs par

* Voir *Le Catalogue des méfaits et des étrangetés,* par Gérard Boutet, Chapitre «Les méfaits qui n'ont pas de coupables...» (Orléans, 1978).

hameau, que les maisonnées vigneronnes empruntaient à tour de rôle. On devait parfois attendre le vidage de la cuve avant de se remettre à vendanger. Les écoliers aidaient en fin de journée et fredonnaient un refrain bien de chez nous, la *Chanson blésoise,* alors que leurs joues se barbouillaient jusqu'aux oreilles de raisin écrasé :

Amis je vous appelle
Ah ! voici chanson nouvelle
Ah ! gens du Blésois, mes frères, qu'on l'entonne
Si la vendange est bonne
On en rira.

Le renom d'une maisonnée dépendait du savoir-faire du vigneron bien sûr, mais aussi de la qualité de ses cépages et de la salubrité de sa cave. On connaissait les bonnes cuvées du coin et on s'y pressait pour en goûter la bernache. Que n'auraient pas donné les gens de Trugny pour courir se gargariser avec celle du père Ernest Boutet ? Nous avons vu que cette dégustation donnait prétexte à des veillées extraordinaires. Mais tout comme les moissons, tout comme les battages, les entonnailles se terminaient par un sacré festin ; c'était le «berlot», ou le «cochelet». Le vin d'autrefois était peut-être difficile à récolter mais dame ! on savait s'en délecter à propos !

Dans les grosses fermes de Beauce, c'était encore une autre musique. Non contente de frelater sa vinasse, la maîtresse la ménageait en pratiquant la «râpée». On retirait le marc de raisin du pressoir et on en remplissait une pleine gueulebée munie d'une cannelle. On chapeautait avec une pelletée de sable et on humectait le tout d'une baquetée de flotte. A chaque fois qu'on soutirait une chopinée à la cannelle, on reversait une même quantité d'eau sur la couche de sable. Ainsi fabriquait-on la «bouète». Cette bibine n'était guère alléchante car il ne coulait bientôt plus qu'une eau fadasse, légèrement rosée. Pour en corser davantage le goût, on plaçait dans le marc un rameau de genièvre qu'on arrachait à un buisson du chemin.

Chaque ménagère fabriquait évidemment son propre vinaigre, dans un pot en grès au fond duquel reposait l'épaisse «mère». Le vin était quelquefois un tel picrate qu'il aigrissait avant même d'être versé dans le pot !

L'alambic ne distillait que pendant l'hiver. Mon grand-père Camille s'en occupait sitôt la locomobile de la batteuse remisée. Bien que le brûlage soit déjà réglementé, les paysans apportaient des cuviers bourrés de marc de raisin, mais aussi de pommes, de prunes et même des tonnelets de lie. Le bouilleur fermait les yeux car ce n'était point à lui de jouer au gendarme. Un chauffage au bois, certifiaient les connaisseurs, donnait une meilleure eau-de-vie que le chauffage au charbon. Il faut dire qu'à cette époque, on ne crachait point sur la niaule et de fréquentes rasades ponctuaient les efforts d'une journée de labeur. On s'en accordait une lichée le matin, dès le réveil, à jeun, pour bien aborder la journée ; une autre après le repas du midi pour entretenir sa forme et enfin une troisième à l'heure du coucher, histoire de faire de beaux rêves. On n'était pas plus saoulaud qu'on ne l'est maintenant mais en revanche, on était certainement plus alcoolique. Sans compter que le vin qu'on buvait n'était pas toujours du meilleur cru : il contenait parfois tant d'acide qu'il vous rongeait les boyaux...

On a coutume de croire que le vin d'autrefois avait au moins le mérite de n'être pas trafiqué. Et pourtant, rien n'est plus faux. En voici une preuve :

Dans le hameau de Prenay se tenait un marchand de vin prospère, Cresson, qui employait jusqu'à une vingtaine de vendangeurs. Soucieux de sa publicité, il convoquait le photographe de la ville, faisait ranger son équipe derrière sa tonnaille pleine à craquer et commandait qu'on tirât un portrait de sa vendange. Toutefois, il avait eu le réflexe, auparavant, de ne placer que les plus belles grappes en dessus des tonneaux.

Bien que ses vignes rendissent fort moyennement, le bonhomme ne manquait jamais de marchandise. Il était en quelque sorte un alchimiste car fournir tant de vin avec si peu de raisin tirait pour le moins de la pierre philosophale. Son vin, il ne le récoltait pas : il le fabriquait.

Ses ouvriers ne savaient d'ailleurs pas quels prodiges se réalisaient exactement sous ses remises prudemment verrouillées. Tout ce qu'ils entrevoyaient était d'énormes foudres de cinquante hectolitres, ovales comme des barattes de géants malfaisants, et un petit fourneau minuscule qui étincelait en permanence, jour et nuit, avec des tuyaux et des cornues qui s'échappaient en tous sens. Un antre digne d'un sorcier, parole.

On voyait souvent son âme damnée de voiturier conduire ses formidables attelages de gros percherons, avec leurs colliers chamarrés de grelots et de pompons. Il livrait la boisson mystérieuse par charretée de six pièces, qu'il déchargeait en gare de Beaugency pour Paris. Il rapportait au retour six pièces de flotte et plusieurs muids de gros sucre. C'était ça le raisin de notre marchand : de la flotte et du sucre. Les betteraves sucrières remplaçaient les grappes et son jus de treille sortait d'un puits qui n'était certainement pas celui de la vérité.

Notre falsificateur se fit souvent épingler et c'est ainsi que l'on découvrit enfin sa formule magique. Ses cuvées se composaient d'eau, de sucre et de levure. Le peu de noha ajouté ne servait qu'à colorier la mixture. Le brigand supporta de nombreux procès mais rien ne pouvait le désintoxiquer car, de ses aveux, les amendes lui retiraient moins d'argent que ne lui en rapportait son étrange négoce. Il continua donc sans désemparer d'empoisonner les populations de la capitale, lesquelles se pourléchaient sûrement en sirotant son Château-la-Pompe, petit vin clair et naturel de pays. Il développa tant son affaire qu'il se lança plus tard dans la liqueur de cassis, qu'il exporta en Angleterre. La fraude des vins et des spiritueux, on le voit, ne date pas d'aujourd'hui...

Dans les paroisses voisines...

A Baule, à Meung-sur-Loire et à Saint-Ay, pays du gris-meunier par excellence, chaque semaine de vendange proposait ses trois bals. Bien que rompues de fatigue, les jeunesses venaient y gambiller après leur journée de travail. Les écoles n'ouvraient pas leurs portes tant que duraient les vendanges.

En Berry, la râpée se disait tout simplement la «boisson».

Témoignages

MÉFIANCE

«Peut-on faire confiance aux gabelous ? Ce brave vieux voisin, qui était laitier à Fleury, livrait chaque jour dans tout un quartier d'Orléans, à domicile, des fruits et des légumes de sa récolte en complément. J'ignore où se situe l'histoire, à l'octroi de la Croix-Fleurie ou à celui du faubourg Bannier. Comme ce laitier était assez généreux, il offrait presque quotidiennement à l'employé municipal une chopine de vin au bistrot proche du bureau. Un jour, il lui dit : «Demain, seras-tu là ? Car l'un de mes clients m'a demandé, tout à fait exceptionnellement, de lui apporter un litre d'eau-de-vie de marc. — D'accord, fit l'autre, tu pourras passer en douce.» Le lendemain matin, le bon laitier arrive avec sa voiture. Stop ! Il y avait un autre gabelou qui, consciencieusement, examina le chargement, poussant même l'outrance jusqu'à touiller le lait dans les pots avec une baguette d'osier pour voir s'il n'y avait pas une bouteille dissimulée dedans. Le jour suivant, le gabelou habituel était revenu à son poste et pour s'excuser, il dit que dans la nuit, il avait été malade, pris de coliques violentes et subites. Pour conclure, mon bon voisin acheva son récit sur ces mots : «Ce n'est pas les tournées que j'ai offertes par la suite à ce gabelou qui risquaient de lui donner mal au ventre !» Et votre client ? «Il a bien reçu sa bouteille. L'autre pouvait être bredouille dans ses recherches car c'est précisément le jour où je manifestais mes intentions de faire cette livraison que j'en avais le chargement ! A malin, malin et demi...» (Lettre de M. Louis Tranchant, de Fleury-les-Aubrais.)

Sacré bon d'la d'cochon !

Nous savons déjà qu'on ne graissait sa marmite qu'au cochon, parfois bien chichement il est vrai, et que ce bon sang de «Charles X» constituait l'essentiel de la nourriture paysanne.

Chaque maisonnée engraissait donc son goret. Dans les fermes plus importantes où les domestiques, ces goinfres, engloutissaient davantage de potées qu'ils n'en méritaient, on élevait toujours deux porcs, que l'on tuait en même temps. Une modeste exploitation qui entretenait un couple de porcelets n'en consommait qu'un seul ; le second était vendu vivant au charcutier du bourg. C'était toujours ça de gagné...

Un paysan achetait au marchand une jeune truie maigre (on disait une «treue» ou une «mère gobette»), qu'il gavait d'augée. Quelle aubaine lorsqu'on s'apercevait après coup que cette truie était pleine ! Le Bon Dieu ne pouvait pas faire un plus beau cadeau.

La qualité de la viande dépendait surtout de l'alimentation des pourceaux. On leur abandonnait bien sûr les épluchures de la tambouille, les lavures grasses et le petit-lait des fromages, mais ce n'était pas suffisant ; on y ajoutait encore des patates bouillies de l'année précédente, des laitages qui avaient tourné et de la pâte d'orge, bref tout ce que les charretiers ne voulaient plus avaler. Un cochon ne sortait de la soue que pendant les rares curages de sa litière, ou pour se rendre à l'ultime sacrifice. Cette fois-là, on aurait juré qu'il sentait approcher son heure dernière car il se montrait plus teigneux qu'à son ordinaire. On avait beau le ligoter et s'y prendre à plusieurs gaillards, la pauvre bête ne se laissait point trucider sans s'épuiser dans un baroud d'honneur. Combien de fois avait-on suivi de ces fugues, de ces cavalcades, quand tout le village se liguait pour rattraper un cochon condamné ? Les coups de bâton lui pleuvaient sur le groin comme marée en carême, mais rien ne parvenait à freiner sa course éperdue. Un verrat avait cependant beau vendre chèrement sa couenne, le dénouement de l'affaire ne variait guère et ses cochonnailles ne finissaient jamais en eau de boudin.

On tuait le cochon — pas le même s'entend ! —, on tuait le cochon disé-je, deux fois par an, à l'entrée et à la sortie de l'hiver. On tâtait longuement le cochonnet, on évaluait les jambons qu'il offrait, son épaisseur de panne. S'il était accusé d'être gros et gras, la sentence tombait sèchement : tuable. Et le paysan, tour à tour juge et bourreau, courait affiler sur la meule ses tranchoirs, les lardoires et ses hachoirs...

Dans les grosses fermes de Beauce, on ne respectait point le calendrier : on saucissonnait en toutes saisons, été comme hiver, dès que le garde-manger se vidait.

Le paysan rechignait à appeler le «gognier», le tueur, qui était presque toujours le charcutier du bourg. Le commerçant, en bon égorgeur qu'il était sans doute, vous mettait vite le coutelas sous la gorge et vous soulageait d'un bon kilo de la meilleure bidoche, soi-disant pour compenser ses bons services. Il connaissait son boulot, chose indéniable, mais il était dur en affaires, le mâtin. C'était bien lui le plus cochon dans l'histoire ! Aussi le paysan se résignait-t-il à assassiner lui-même sa propre bête. Comme ça, il n'en devait rien à personne. Les voisins prêtaient main forte au massacre, on ne sait jamais.

On expulsait la malheureuse bête de sa porcherie, les uns tirant et les autres poussant. Les couinements de l'animal s'entendaient de loin et il n'était guère facile de tuer son cochon sans que tout le pays en soit aussitôt averti.

Han ! le cochon était assommé d'un fameux coup de maillet entre les deux yeux, et saigné sans tarder. Le paysan tâtonnait souvent avant de perforer le garguillot du pachyderme. Le sang giclait par saccades ; on pinçait la plaie pour mieux le recueillir dans une poêle à longue queue. Le sang était ensuite reversé dans un pot de grès, légèrement vinaigré et conservé au frais de la cave, pour le boudin. Un cochon mal saigné donnait une chair médiocre.

Le cochon exsangue, que secouaient toujours les soubresauts de l'agonie, était alors flambagé sous un feu de paille. On se méfiait des «coups de chauffe» qui risquaient de le gâter. Chez les Boutet de La Métairie, on vit un jour un porc se réveiller sous la paille enflammée et se sauver au travers de la cour, les flammes au derrière. Sans vouloir vous plaire avec des jeux de mots laids, le feu cochon nous donna quelques bouffées de chaleur cette fois-là !

Le grillage achevé, on grattait les couennes roussies avec des boîtes de sardines percées, en guise d'étrilles, puis on brossait le défunt au chiendent. La toilette du mort terminée, on entamait enfin le dépeçage.

Le cochon était alors écartelé et solidement attaché sur une échelle accotée contre la soue, le groin à deux doigts du sol. On lui coupait d'abord son tire-bouchon de queue, que l'on empaquetait soigneusement dans un papier journal. On disait à un benêt : «Tiens, v'là un colis que le facteur nous a remis à ton intention.» Ou on perdait volontairement le paquet sur le chemin, avec l'espoir qu'un passant se laisserait prendre à cet attrape-curieux. On faisait la même farce en remplissant une boîte de camembert avec des fientes. La queue du cochon finissait encore dans le boudin, par badinerie. On en gardait toutefois l'attache pour graisser les scies. C'était la «pissotière».

Une estafilade bien ajustée et le ventre blanc s'ouvrait pour laisser échapper tripes et boyaux. Le débitage se faisait rationnellement, posément, de main de maître. Chaque morceau détaché échouait dans une bassine appropriée. Les femmes de la famille et les voisines s'appliquaient à nettoyer les boyaux.

De tout temps, la mort du cochon facilita la vie des croquants. On fêtait les cochonnailles par de franches et bruyantes joyeusetés. Manger la tête du cochon, par exemple, restait le grand moment de l'événement. On invitait à l'occasion sa coterie à «venir au boudin», quelques jours après la tuerie. Le festin rituel s'achevait sur une gigantesque fricassée d'abats, que les Solognots nommaient la «charbounnée». On se régalait encore des pieds, les «argotiaux», des jambonneaux et des rillons. La vessie était gonflée, séchée et offerte à un vieux qui la transformait en blague à tabac (mais jamais en lanterne, rassurez-vous).

On rabonnissait le boudin avec de la viande hachée et des herbes aromatiques, parfois avec de la farine ou de la mie de pain.

Après l'entonnage dans les tripes scrupuleusement brossées, le boudin était plongé dans la casse de la chaudière remplie d'eau bouillante. Une grand-mère avait la charge d'en surveiller la cuisson et de le piquer du bout de la fourchette pour ne pas qu'il «dépoche», pour ne pas qu'il se crève. On n'oubliait jamais de réserver une large portion de boudin aux conscrits. Les gens pauvres venaient mendier l'eau de cuisson, avec des pots en grès, pour y mettre leur soupe à tremper ; la maîtresse leur glissait souvent un bout de boudin en supplément. On ne savait d'ailleurs plus s'ils venaient vraiment pour l'eau ou pour ce petit présent.

Mon père m'a raconté qu'étant tout petiot, il demeurait de longues heures à regarder sa tante Julia piquer la boudinée. Le drôle ne manquait déjà pas d'esprit. Un jour, il n'y tint plus : il s'empara de la fourchette et la planta dans les parties charnues de la bonne femme et s'écriant : «Après le boudin, c'est l'andouille qu'il faut piquer !» Cette espiègle initiative se solda par une taloche retentissante. C'est ainsi qu'on décourage les vocations précoces...

La maisonnée se régalait de boudin pendant longtemps. La boudinière servait également au bourrage des saucisses et des andouilles à la couenne et à la tripe. La maîtresse s'occupait des pâtés et des terrines, qu'elle augmentait avec des foies de lapin. «Les couennes étaient si épaisses, se souvient encore mon oncle Athos, qu'on aurait pu découper dedans les semelles de nos sabots !»

On emmitonnait les andouilles et les jambons dans un linge propre avant de les accrocher dans le conduit de la cheminée, par un regard qui s'ouvrait à hauteur de grenier. Après leur saurissage, les charcutailles étaient pendues aux solives du fournil, où les unes se desséchaient pendant que les autres achevaient de s'affiner.

On empilait le restant du cochon — le lard gras, le filet, les côtes et la poitrine — dans des pots que l'on saumurait en abondance ; cela donnait le «salé». On récupérait enfin le saindoux après la préparation des rillons ; on en remplissait des collections de pots. Le saindoux se mangeait au goûter, tartiné sur de la miche croustillante, ou fondait en graisse à frire. On améliorait la friture en la complétant d'une motte de beurre.

Les cochonnailles comblaient une maisonnée. Dès lors que le porc avait rendu son dernier gramme de lard, on n'avait plus à se soucier des lendemains jusqu'à ce que l'on revoie le fond des jarres à salé. Les récoltes pouvaient pourrir sur pied, on ne mourrait toujours pas de faim. De plus, on s'arrangeait entre voisins ; on échangeait des quartiers entiers de façon à bénéficier d'un roulement de viande fraîche.

Bougre de cochon, c'était quand même injuste que ton nom serve d'injure alors que ta chair préservait les nichées d'une horrible disette ! Les humains sont vraiment des ingrats... Mais comme on lisait sous une autre plume : les cochons sont comme les poètes, on ne les apprécie qu'après leur mort.

Témoignages

À COCHON, COCHON ET DEMI

«Pendant la Guerre de 70, les parents de ma grand-mère paternelle avaient tué leur cochon un peu avant l'arrivée des Prussiens. En creusant un trou sous une remise proche de la maison pour y cacher les saloirs, ils mirent au jour un vieux et grand squelette humain. Vu l'urgence, ce fut le porc qui prit la place des ossements !

«Des voisins moins diligents avaient encore leur goret tout juste saigné. Un idée astucieuse : ils le placèrent dans un lit avec un drap dessus, une chandelle allumée et un brin de buis à côté. Quand les Prussiens entrèrent dans la maison, ils en ressortirent en vitesse sans vouloir regarder le "pépère" soi-disant mort de la petite vérole.» (Récit de M. Louis Tranchant, de Fleury-les-Aubrais.)

A l'ombre des moulins

Les chandeliers de la plaine

Le grain qu'on n'utilisait pas pour son pain de ménage ou pour la nourriture de ses animaux était vendu aux courtiers de la ville. Les fermiers proposaient également leurs sachets d'échantillonnage aux minotiers de Meung ou de Beaugency, comme nous l'avons vu dans le chapitre consacré aux marchés. La part réservée à la consommation de la maisonnée était confiée à un meunier de connaissance.

C'était l'époque où les moulins à vent se répondaient à larges brassées d'ailes de coteau en coteau.

Dans son premier bulletin paru en avril 1978, l'Association de Sauvegarde du Moulin-Pelard nous précisait que *le pays de Beauce comptait à peu près de 1 400 moulin au XVIIIe siècle. Il en reste à l'heure actuelle seulement quatre qui travaillent avec un meunier, trois en état de marche, et trois en cours de restauration. Quatre autres moulins-pivots plus ou moins en ruine se dressent encore sur le sol beauceron, mais pas pour longtemps si on ne s'occupe pas d'eux.*

C'est dire l'urgence qu'il y avait à rabibocher les survivants de notre ancienne meunerie.

Ces moulins-pivots étaient les plus communs dans la région, si l'on excepte ceux qui baignaient leur roue dans les Mauves de Meung-sur-Loire. On les appelait les «chandeliers de plaine».

Les plus vétustes dataient du XVᵉ siècle et certains pesaient la vétille de quarante à cinquante tonnes.

Comme son nom l'indique, un moulin-pivot s'orientait au vent en virant sur son axe vertical, le bourdon. Sur cet énorme madrier reposait la poutre maîtresse horizontale, la sommière. Le bardage était en planches de chêne ou de sapin. Depuis 1840, des ais coulissants remplaçaient avantageusement la toile des ailes ; on augmentait ou on réduisait la surface de la volée en fonction de la vigueur des galernes.

Les entrailles s'articulaient autour de l'arbre-tournant qui entraînait une grande roue dentée d'un mètre de rayon, le rouet.

C'était ce rouet qui, par une simple succession d'engrenages, actionnait tous les organes du moulin. La meule supérieure, la courante, girait sur la meule inférieure, la dormante.

Toutes deux atteignaient un diamètre de six pieds environ. Selon la puissance du vent, le meunier freinait les meules en les pressant plus ou moins entre elles. Le grain tombait de la trémie entre les meules puis, broyé, s'écoulait dans le blutoir du bas étage.

C'était là, dans la bluterie, qu'on respirait le plus de poussière siligineuse, au point que les meuniers étouffaient souvent de tuberculose. Depuis les meules jusqu'au monte-sac, le moulin ne fonctionnait donc que par le bon vouloir de la brise qui jouait dans ses ailes.

La commune possédait autrefois trois moulins-pivots. Le Moulin à Piédallu se tenait près du cimetière, sur le chemin de Messilly ; le second, le Moulin à Bas-de-soie, montait la garde à la sortie du bourg, sur la route qui conduit à Beaugency ; le troisième enfin, le Moulin à Rousseau, se situait entre le village et Izy. Une carte de 1844 en signalait un quatrième à Toupenay. Ces moulins étaient implantés suffisamment loin de la route pour ne pas effrayer les attelages des charretiers.

Les meuniers se partageaient le même ouvrage mais jamais ne se faisaient concurrence : ils servaient leur clientèle sans chercher à chiper celle du voisin. Cette discipline n'interdisait cependant pas les bravades. Ainsi par gros temps, c'était à qui tiendrait tête le plus longtemps à la tourmente et déplancherait le dernier, au risque d'emballer les ailes de son moulin. Pour résister pendant quelques minutes encore, les orgueilleux augmentaient la pression des meules et accéléraient le débit de la trémie. Il était néanmoins très rare qu'un chandelier se fasse souffler par la bourrasque... Mais dès que le vent faiblissait, il ne restait plus qu'à prendre son mal en patience. Le meunier plaçait son moulin en bonne prise. Il poussait sur la queue, une longue perche d'une dizaine de mètres opposée aux ailes, en calant ses sabots dans la couronne de marches qui encerclait la bâtisse. Il s'aidait parfois d'un cabestan rudimentaire. Il devait peser de toutes ses forces au début mais sitôt le mouvement de rotation amorcé, un moulin convenablement graissé virait sans effort.

Lorsque les meules s'émoussaient, le meunier devait les «rhabiller» à la mailloche, c'est-à-dire les recreuser. Il soulevait la courante au palan, ou en la halant avec une corde reliée à l'arbre tournant.

Après avoir bouchardé ses meulards, le meunier frottait la pierre avec une règle rouge qui coloriait chaque malfaçon de la repique. Il rempoignait ensuite sa mailloche et «blanchissait les meules».

Les pièces du broyage n'étaient pas les seuls éléments qui s'usaient dans un moulin. Le père d'Auxile, qui tenait évidemment le Moulin à Rousseau, dut rénover les pieds fatigués de son chandelier. Les charpentiers de Talcy et de Roches se chargèrent de cette délicate réparation. Pendant que les scieurs de long taillaient les soles et les liens dans la forêt de Marchenoir, les maçons du village rehaussaient les piliers à la demande du farinier. Au moment crucial, la cabine du moulin fut étayée et soulevée d'une quarantaine de centimètres à l'aide de vérins. Quand les charpentiers la redescendirent avec d'infinies précautions, les tenons s'emboîtèrent dans les mortaises au quart de poil près, comme on dit. Nul n'aurait soupçonné que ce bâtiment d'apparence aussi grossière pouvait demander tant de précision !

Au pays, le grain battu était ramassé par le meunier tandis que le garçon moulinier, ou «traîne-son», demeurait à surveiller la mouture. Le patron attelait sa charrette et bouclait la tournée des fermes de sa clientèle. Il livrait les sacs de farine par la même occasion.

Le prix de la façon était fixé à un franc trente centimes pour un hectolitre de blé à pain et à un franc seulement pour la même capacité de pâtée à bestiaux. Dans les deux cas, le meunier prélevait en supplément deux kilos d'envolage, qui représentaient la perdition en poussière. En vérité, cet envolage profitait surtout aux cochons du meunier car c'était derrière les moulins, prétendait-on, qu'on engraissait les plus beaux gorets. La soue des Rousseau abritait en permanence quatre pourceaux dodus. Ces cochons-là ne menaçaient pas d'obérer les finances de leur éleveur...

Si le paysan ne voulait point débourser de l'argent sonnant et trébuchant, il pouvait payer à mouture : il cédait alors un décalitre par hectolitre de grain moulu.

Un paysan prenait garde de ne jamais passer au moulin derrière un propre-à-rien qui ne récoltait que du blé charbonneux, pour ne pas gâter sa propre farine.

Quand la commande venait à se bousculer et que l'aquilon s'y prêtait, le moulin tournait jour et nuit. Un lit de fer était monté dans une encoignure de la bluterie ; c'est là-dessus que le commis s'accordait quelques moments de répit, un sac vide en guise de couverture.

Pendant les froidures qui firent éclater tous les sapins de Sologne, en 1879, les moulineurs grelottèrent tellement qu'ils durent déménager ce méchant lit et l'installer dans une étable voisine, pour ne point geler à leur tour.

N'étaient ces rigueurs hivernales, heureusement exceptionnelles, il faisait toujours bon somnoler dans un moulin. On n'y entendait guère de bruit, sinon les craquements du bois en travail et le tic-tac régulier du rouet qui vous berçait. C'est sans doute pourquoi on fredonnait souvent :

Meunier tu dors, ton moulin va trop vite
Meunier tu dors, ton moulin va trop fort

En saison où son moulin broyait durant toutes les nuits, le père d'Auxile Rousseau quittait son logis sur les minuits, un panier rempli de victuailles sous le bras. Une appréhension le tenaillait toujours dans ces moments-là car il craignait que son aide ne se soit assoupi sous le rouet.

Outre l'écrasement du grain qui pouvait s'accomplir de travers, cette imprudence était parfois fatale au garçon endormi ; elle avait coûté la vie à un meunier de Talcy : un rouage avait happé son cache-nez, étranglé le bonhomme et promené sa dépouille disloquée dans tout le mécanisme !

Pour conjurer de tels mauvais sorts, les meuniers accrochaient dans leur moulin une croix de buis que le curé avait bénie aux Rameaux. On disait aussi qu'une médaille glissée sous le bourdon assurerait la fortune du meunier. Un texte était quelquefois gravé au canif sur ce bourdon : ainsi apprenait-on que tel compagnon avait œuvré au moulin, et qu'il en plaçait la sauvegarde dans la miséricorde divine. Toutes ces précautions ne suffisaient pourtant point à se protéger efficacement des sinistres, comme le laisse supposer le lieu-dit «Le Moulin-Brûlé», près de Concriers.

Et puis, nous avons lu dans une page précédente que nos moulins méritèrent bien de la patrie durant les combats de 1870, alors que les moblots et les uhlans s'entréventraient allégrement. Les francs-tireurs s'y postèrent pour espionner la tactique adverse. Les ailes arrêtées en croix, face à l'ennemi, signalaient l'approche imminente des cohortes pruissiennes. En temps de paix, cette disposition avait une toute autre raison : elle dénonçait un malheur qui frappait la famille du meunier. Le moulin se tournait en direction de la maison endeuillée et ses ailes ne recommençaient à battre qu'après l'enterrement du défunt.

Les moulins de Petite Beauce fournirent de la farine panifiable tant que les ménagères cuirent leur pain. Cette autorisation leur fut légalement retirée en 1910. Faute de moudre de la farine de froment, ils ne donnèrent alors que de la pâtée d'orge et d'avoine destinée aux auges des bestiaux. Une telle restriction sonna le glas de la meunerie familiale. Les moulins-pivots s'immobilisèrent les uns après les autres ; leurs ailes se décharnèrent et se détachèrent ; leurs bardages pourrirent et leurs carcasses démantibulées s'écroulèrent enfin dans les hautes herbes de l'abandon. Dès lors, les vents ne prirent plus aucun plaisir à souffler sur nos contrées...

Meunier, chansonnier, poète et paysan

Il y eut à Josnes un garçon-meunier dont les aventures — plus pendables qu'épistolaires — firent longtemps jaser dans les chaumières de la contrée.

Il faut d'abord vous dire qu'en ce temps-là, il était ordinaire de rencontrer des poètes par chez nous. Sous leur dehors d'hommes rudes de la terre, les paysans cachaient souvent une sensibilité d'artiste. Cela peut prêter à sourire, c'est pourtant la vérité. On retrouve çà et là, parmi les vieux papiers enfouis dans le bric-à-brac des greniers, des cahiers d'écolier griffonnés de poèmes lyriques, à l'écriture violette, appliquée. Plusieurs rimailleurs, s'ils tournèrent mal de leur propre aveu, n'en acquirent pas moins une enviable célébrité. A Meung, ce fut Gaston Couté, le fils du moulin de Clan ; à Oucques : Maurice Hallé, le gars du charron. Au village, on se rappelait surtout de Léon Boureau, le commis-farinier d'Ourcelles.

Que sa descendance se rassure tout de suite : puisqu'elle nous en a prié, nous ne ferons point état des esclandres qu'il provoqua ; nous nous limiterons à évoquer son souvenir à travers les écrits et les Mémoires qu'il nous a laissés de son vivant. Ainsi ne pourra-t-on point nous accuser de verser dans la diffamation. Notre unique but sera donc de vous présenter ici le personnage marginal qu'il se plut à être dans ses turbulences. Mais il nous faut constater, avec cet autre troubadour moderne, que les trompettes de la renommée sont bien mal embouchées...

Chaque mercredi soir, après le souper, mon grand-père Camille s'asseyait devant son poste de T.S.F. en bois. De vieilles cartes postales jaunissaient entre le cadran et la toile ocre du haut-parleur. L'œil vert du poste s'allumait. C'était l'heure des chansonniers, une émission offerte par le savon qui vous garde une peau de bébé. La grand-mère abandonnait évier et cuisinière. Les deux bons vieux écoutaient religieusement ces courageux pamphlétaires qui osaient tout critiquer : ministres, présidents et autres vedettes à la conscience trouble. Et moi, petit garnement de six ans, je riais de les voir rire, parce qu'ils devaient être bougrement rigolos, ces chansonniers qui déridaient le grand-père et lui faisaient frétiller ses lourdes moustaches de Gaulois.

En fin d'émission, l'œil vert s'éteignait. Il ne se rallumerait que le samedi suivant, pour les polkas et les mazurkas du «Bal des anciens». La grand-mère retournait alors à ses occupations tandis que son bonhomme s'enfonçait dans le seul fauteuil de la maison, allongeait ses jambes fatiguées et bourrait sa pipe de tabac gris. Il disait : «Autrefois, on avait aussi nos chansonniers.» Il ne parlait certainement pas du gars-meunier de Clan, qu'il ne connaissait que par ouï-dire, mais du fameux Ramponneau, de notre chansonnier à nous, Léon Boureau, le phénomène du hameau voisin que ceux de son âge, ici, avaient tous côtoyé.

Il était garçon-meunier lui aussi, ce sacripant de Ramponneau. C'est d'ailleurs curieux de constater que les chansonniers de Beauce étaient souvent meuniers. Le tic-tac du moulin leur inculquait-il déjà une musique dans la caboche ? Et tous magnifieront la nostalgie de leur moulin. Pour Ramponneau, ce sera la complainte du Moulin rustique, ou «Moulin à Boutet», qui se trouve sur les bords du Cher.

Notre merle siffleur naquit le 5 janvier 1876 dans une modeste maison vigneronne d'Ourcelles. Il se définira lui-même plus tard en ces vers :

Je suis un enfant de la Beauce,
Et par conséquent beauceron :
Agriculteur et vigneron,
Meunier pour allonger la sauce ;
Humble chansonnier sans talent
Au style loin d'être excellent ;
Je suis bien plus fort en charrue
Où ma force s'était accrue
Quand j'étais chez mes bons parents
Et que je labourais leurs champs,
Que pour monter sur le Parnasse
Où les vrais bardes prennent place.

Ce curriculum vitae ne manque certes pas d'humilité, ni d'exactitude, mais un journaliste de l'époque se croira obligé d'ajouter : *Ce n'est point parce qu'il lui arrive d'écorcher la langue française* (qu'il s'appelle Boureau), *c'est son vrai nom !* Sa véritable identité doit en effet être inscrite noir sur blanc une bonne fois pour toutes car au fil de ses incroyables tribulations, il changera plus facilement de nom que de chemise. Il deviendra tout à tour Roméo du Carol de Kerma comte de Waldekson, vicomte d'Argencour (sans doute un jour qu'il se trouvait à court d'argent !), vicomte Marius de Kéroza ou Raoul de Clairac comte de Valfor, pour n'en citer que quatre. Il se dira tantôt Canadien ou Suisse, tantôt Belge ou Espagnol. Il sera le légataire unique d'un richissime propriétaire du Canada, ou l'enfant caché d'une actrice française adulée des foules, ou encore le fils naturel d'un glorieux capitaine de vaisseau de la Marine américaine. Mais jamais il ne jouera à l'humble rejeton de paysans beaucerons qu'il était vraiment. Cette folie des grandeurs n'épatera pourtant guère les croquants de son village, qui le surnommeront plus roturièrement Ramponneau, comme nous le savons déjà. Il tentera néanmoins de justifier son goût inné pour les titres pompeux :

Si j'ai pris de grands noms, des titres de noblesse,
C'était pour me moquer des nobles arrogants
Qui se croient plus que nous par leurs grandes richesses,
Ne cherchant qu'asservir les pauvres paysans.

Poète et Paysan, *poésie boutade.*

Vieux sentiment de fronde et de rébellion, donc. Rien ne le destinait pourtant à se mêler aux aristocrates de haute lignée. A sa sortie de l'école primaire, alors qu'il savait tout juste écrire, il aida son père à retourner la glèbe féconde, comme on dit dans les livres. Il se loua ensuite comme charretier chez les Mormiche, puis dans une ferme de Prenay. Son talent de laboureur était étroitement limité, ce qui ne l'empêchera pas de déclamer plus tard : *Tenir une charrue, et bien ! moi, ça m'amuse.* Il faut croire que ça amusait beaucoup moins ses patrons car ils ne le garderont pas longtemps à leur service.

D'année en année, il devint un grand gaillard à la fière prestance et à la fantaisie débridée. La soif de l'aventure le rongeait en secret. Il n'y tint bientôt plus. Il savait qu'un destin prodigieux lui était promis dans la carrière des armes, loin des guérets de Josnes. A dix-huit ans, il nouait son baluchon et se présentait devant la caserne des spahis de Blois, pour «servir avec honneur». Mais l'Armée refusa catégoriquement son engagement et le laissa sur le trottoir, amèrement désenchanté. Cet échec le mortifia.

Quelques années s'écoulèrent pendant lesquelles il rumina sa rancœur. Vint le jour où sa mère Patrie, écrivit-il, le réclama sous son noble drapeau. Il se reprit à follement espérer. Il allait enfin les décrocher au régiment, ses épaulettes de fringant officier !

Allons donc ! Contre tout espoir, on l'incorpora au 32e d'artillerie d'Orléans. Il comprit aussitôt que cette piètre affectation ne lui ouvrirait jamais les portes de la gloire. Et il déserta une première fois. Dès le lendemain, il s'enrôlait dans la Légion étrangère sous le nom ronflant de «Carol de Kerma, comte de Waldekson». Ses aventures commençaient enfin.

Il fut hélas reconnu (ou dénoncé selon lui) alors qu'il se préparait à rejoindre Saint-Maixent. Une décision ministérielle annula son engagement et il dut réintégrer son corps d'artillerie, la mort dans l'âme. Pas pour longtemps du reste, puisqu'il déserta à nouveau.

Quoique j'aie déserté, je suis un patriote,
Et s'il nous faut un jour repousser l'étranger
Un des premiers au feu je saurais botte à botte
Courir, charger, sabrer, affronter le danger.

La Légion encore, et d'autres pseudonymes tous plus vaniteux les uns que les autres. «Le plus célèbre déserteur de l'artillerie d'Orléans» combattit au Tonkin, au Maroc, en Algérie pendant cinq ans. Le fanion claquait au vent du désert et notre légionnaire sentait bon le sable chaud. Pour rien au monde, à ses dires, il ne laissait sa place lorsqu'il s'agissait de tailler en pièces les perfides coquins et les brigands arabes. A lui seul, il était Crambronne et Cyrano de Bergerac, jurant ici et rimant là. Car non content de manier le mousquet, voilà qu'il arrachait maintenant les plumes de son panache pour composer des poèmes pleins de fougue :

Je vibre de bonheur lorsque le clairon sonne
La charge, pour aller recevoir le grand choc.
Il me fallait à moi les grandes épopées
Où nos soldats vainqueurs couraient par l'univers
Venger sur les tyrans les masses opprimées,
Porter la liberté jusque dans les déserts.

A la Légion, *récit réaliste.*

Malgré ses actions de bravoure, ni la gloire ni les grades ne vinrent ceindre son beau front d'aventurier-poète des lauriers tant désirés. Et il regretta de n'être point né plus tôt, sous la Première République, où son intrépidité, son courage et sa vaillance l'auraient certainement hissé au rang d'un Hoche ou d'un Marceau :

D'être officier, oui j'en avais l'envie ;
Mais quand j'ai vu mon avenir raté,
Pour me venger qu'on m'ait brisé ma vie,
Me révoltant, **huit fois** *j'ai déserté.*

Pourquoi j'ai déserté, *chanson réaliste.*

Au cours de ses cavales de soldat déçu, le déserteur récidiviste devait sans cesse fuir devant la maréchaussée, bien qu'il se vantera plus tard d'avoir joué aux boules, par fanfaronnade, avec les gendarmes qui le pourchassaient. Les anecdotes burlesques devinrent son lot quotidien. Ainsi, un soir d'hiver glacial, déambulait-il sur le pavé de Tours, les poches aussi plates que la panse. Allait-il crever comme un chien, lui, le héros bafoué ? Bien sûr que non car il avait mille astuces dans sa giberne de légionnaire : il brisa les vitres d'un café rupin avec les pierres d'un chantier voisin. Les gendarmes accoururent et il se retrouva bientôt au chaud d'une cellule, avec une écuellée de soupe chaude au ventre !

Quand il revenait au pays, il se camouflait dans un fût de sa cave dès que les gendarmes venaient l'appréhender. Lors d'une permission, il se fit escorter par un compagnon légionnaire, qui était en convalescence. C'est ainsi que Léontine, sa sœur, trouva à se marier. Il éclôt toujours une fleur bleue sous les tatouages d'un légionnaire, c'est de tradition...

Mais pour Léon Boureau, point question de s'assagir. Ses

frasques le forcèrent à s'exiler jusqu'en Suisse, jusqu'en Espagne, où il courait les filles avec la même assiduité qu'il fréquentait les cabarets, la tête toujours perdue dans ses rêves de grandeur et d'extravagance. Parfois, fatigué d'une noblesse qui le laissait affamé, il reprenait son ancien métier de commis-meunier, ce qui lui rapportait un maigre viatique. Il travailla dans un moulin du Berry et chez un maître Cornille de Provence. Il profita de son séjour dans le Midi pour rédiger un sonnet qu'il dédia au poète Mistral. Ce dernier lui répondit par quelques lignes de remerciement jetées au verso d'une carte-portrait. Dès lors, ce document devint la meilleure lettre de noblesse de Léon Boureau, bien plus chère à ses yeux que toutes les décorations que l'Armée n'avait jamais épinglées sur sa poitrine au cours des sanglantes escarmouches. «Je ne donnerais pas cette carte pour mille francs !» jurait-il en crachant par terre.

Encouragé par le compliment de Mistral, notre Ramponneau oublia son héroïque destinée pour ne plus taquiner que la muse. Ses poèmes exaltaient néanmoins les hauts faits guerriers de la Légion, les sublimes batailles soutenues par l'Armée de la Loire, la vaillance des Boers et le dévouement des Volants de Fontainebleau. Entre deux couplets d'inspiration patriotique et revancharde, il évoquait «le gars-farinier du gentil moulin», les étreintes langoureuses d'une belle Andalouse et ses souvenirs de vagabondage. La faveur à la boutonnière que lui avait refusée la Légion, ce fut la poésie qui la lui donna : les Palmes académiques.

Léon Boureau signa également une pièce de théâtre intitulée : *Faussaire par amour,* qui se voulait une sorte d'autobiographie. La distribution de cette tragédie passionnelle et colonialiste réunissait son ancien colonel de la Légion Villebois-Mareuil, la douce Mireille, tout à la fois dulcinée et héritière du riche marquis Ulrick de Préfor, et enfin le héros pathétique qu'il avait toujours rêvé d'être. Le rideau tombait sur la mort fastueuse qu'il espérait pour lui :

Alors tableau touchant entre tous : l'on voit sur ce champ de bataille, au milieu des balles et de la fusillade qui crépite, le mariage à la fois tragique et grandiose d'un officier moribond américain avec une infirmière française à qui un aumônier mili-

taire donne la bénédiction nuptiale entouré d'officiers de toutes armes et de toutes nations servant de témoins et encadrés d'un cordon de soldats présentant les armes.

Émouvant dénouement en vérité. Mais la camarde ne réserva point cette générosité à notre auteur grandiloquent, qui disparut presque anonymement dans les faubourgs de Paris, oublié de tous. Ses familiers ne surent jamais exactement les circonstances de son décès.

Ses Oeuvres et Mémoires furent vendues par feuillets séparés d'une quinzaine de poèmes chacun. On les trouvait chez Lefèvre, libraire à Beaugency, et chez Dorey, éditeur à Paris et à Charleroi. Bien que les gens du cru l'aient toujours considéré comme un farfelu du pire acabit, il n'était par rare de les entendre entonner une de ses romances pendant une manifestation théâtrale dans la salle des fêtes. Ainsi s'acheva la navrante saga de Léon Boureau, dit Ramponneau, l'aventurier qui tenait tout à la fois d'un Don Quichotte égaré et d'un Pied-Nickelé solitaire.

L'air du temps

Le temps qu'il fera demain...

S'il vous arrive de surprendre un paysan le nez au vent, ne pensez surtout pas qu'il est en train de rêvasser, la tête dans les nuages. En vérité, il déchiffre le ciel, il scrute l'horizon, il sonde les nues, il hume les airs, il cherche à percer les intentions du Bon Dieu. Et brusquement, il vous confiera d'un ton navré : «Ça sera de la flotte pour demain.» Ou : «Encore du soleil pour la journée de demain.» Qu'il pleuve ou qu'il fasse beau, un paysan trouve toujours à redire : si ce n'est pas un champ qui pourrit dans la bouillasse, c'en est un autre qui «grâle» sous la sécheresse...

Vous pouvez le croire, le paysan, quand il dit qu'il va pleuvoir, même si le bulletin météo de la radio le contredit et vous promet la canicule. Car un véritable campagnard ne se trompe jamais quand il s'agit de prévoir le temps à venir. C'est que depuis les époques les plus reculées, on lui a appris à lire dans le vent, dans la lune, dans le coucher du soleil et dans le vol des passereaux. Il ignore à quoi peut ressembler un cumulus ou un nimbus, mais il sait par expérience que telle forme de nuage annonce la pluie ou que telle autre assure des lendemains de hâle. Cette science-là n'est point consignée dans les livres savants ; elle se transmet de père en fils, et cela depuis bien avant que ne soit inventé l'alphabet. Les paysans d'autrefois étaient tous un peu devins. Ils connaissaient les signes avant-coureurs des grands chambardements atmosphériques. Leurs douleurs se réveillaient avec chaque changement climatique. Tel picotement dans le coude signalait du froid ; telle démangeaison dans le genou, de la chaleur. Ceux qui n'avaient point la chance d'être souffreteux se renseignaient en examinant l'écartement des lamelles d'une pomme de pin : c'est, paraît-il, le plus sûr des baromètres.

L'observation du comportement des animaux aidait également aux prophéties. Un chat qui se léchait en passant la patte sur son oreille, une poule qui picorait sous la pluie ou les hirondelles qui voletaient en rase-motte autour des étables, étaient autant de menaces d'eau. Les fils de la Vierge s'étirant sur les labours ou le soleil couchant coupé par un nuage, confirmaient l'imminence de l'averse. L'apparition d'un arc-en-ciel entraînait immanquablement un lendemain pluvieux.

Au contraire, un soleil blanc à son lever et rouge à son coucher rassurait le paysan : le jour suivant serait beau.

Lorsqu'à son coucher, le soleil se masquait de nuages, on disait qu'il «s'enculottait» : le beau temps ne durerait pas. Lorsqu'il se voilait de stratus, on disait qu'il «buvait» : signe précurseur de la pluie.

Les vents étaient tout aussi déterminants que les nuages. La Galerne et le Solaire apportaient les giboulées ; les vents du nord et de l'est étaient souffles de sécheresse. En hiver, le vent d'est engendrait de fortes gelées.

Si le vent tournait comme les aiguilles d'une montre, le beau temps persisterait ou s'installerait ; s'il tournait à l'envers, on aurait de la pluie.

La direction du vent le jour des Rameaux indiquait d'où soufflеraient les vents pendant les trois quarts de l'année.

Les augures variaient avec les années. C'était parfois le nombre des pelures d'oignons ou l'épaisseur du brou des noix qui avertissaient que l'hiver serait rude. L'année d'après, c'étaient les hannetons qui annonçaient de belles moissons.

Des invasions de hannetons se répétaient selon un cycle triennal en accord avec leur vie larvaire. Bien qu'elles laissent espérer de bonnes récoltes, les nuées voraces ne réjouissaient personne car elles causaient de terribles dégâts dans les cultures. Si on se préparait à une belle moisson, on se préparait encore davantage à une belle gaulée de hannetons : ces satanés coléoptères défeuillaient surtout les noyers. On battait les herbes du bâton, on secouait les arbres, pruniers ou non, on fourrait enfin les bestioles dans des sacs à grain usagés que l'on vidait dans des fosses de chaux vive. Nous avons vu que les écoliers participaient à la destruction du fléau sous l'autorité du garde champêtre. Auparavant, le maître d'école avait sensibilisé les classes en leur administrant une effrayante leçon de choses sur le hanneton et ses nuisances.

On lâchait quelquefois la basse-cour en renfort, quand les triques et les poches ne suffisaient plus. Cette ultime solution comportait néanmoins un sérieux inconvénient : les jours suivants, les poules ne pondaient que des œufs au goût âcre, presque inconsommables. On réservait ces œufs-là aux cochons ou aux villotiers qui, ni les uns ni les autres, n'y distinguaient guère de différence...

Une maxime du Gâtinais disait que plus il y avait de hannetons, plus il y aurait de chiens enragés et plus on ramasserait de prunes. Il nous faut malheureusement constater que depuis lors, les hannetons ont pratiquement disparu de nos contrées, sans que les prunes et les belles moissons se raréfient pour cela.

On attrapait aussi beaucoup plus d'insectes autrefois que maintenant : des sauterelles vertes dans les maïs, des grillons et des «sauteriaux» dans les luzernes, des «jeudis» dans les vignes... Ils ont tous succombé sous le déversement intensif des engrais et des pesticides, selon un processus d'anéantissement irréversible. On savait ce que ces insectes nous gâtaient jadis mais on évalue encore mal ce que leur disparition nous coûtera dans l'avenir. Dites : fallait-il vraiment supprimer tous les hannetons ?

Seules les hirondelles ont toujours joui de la protection générale. C'étaient elles, bien sûr, qui apportaient le printemps. Abriter un de leurs nids sous son étable portait bonheur à la maisonnée tout entière...

Mais revenons à nos histoires de pluie et de beau temps. Outre l'observation de la nature, le paysan s'appuyait sur les adages pour prévoir les jours qu'il était en droit d'attendre. Les proverbes sont, dit-on souvent, les expressions de la sagesse populaire. Dans notre terroir, on en possédait pour chaque situation. Au grincheux qui criait trop fort devant une faute non avouée, on rétorquait : «C'est souvent la première poule qui chante qu'a pondu l'œuf !» A l'étourdi pressé, on rappelait :«A trop courir le lièvre perd sa mémoire !» De ces dits, on pourrait en remplir tout un tome.

En matière de météréologie, les proverbes foisonnaient tellement qu'ils se réfutaient quelquefois. La lune revenait souvent dans les prévisions :

Lune pâle fait pluie et tourmente.

Quand la lune se fait dans l'eau,
Deux jours après il fera beau.

Brouillard en décours
Met de l'eau plein la cour,
Brouillard en croissant
Amène le beau temps.

Nouvelle lune à Mardi gras,
Le tonnerre on entendra.

Pleine lune à la Saint-Martin,
Neige épaisse n'est pas loin.

Les bergers obéissaient aussi à la sélénologie :

Un Carnaval sans lune
De cent brebis n'en laissera qu'une.
Un Noël sans lune
Sur deux brebis en prendra une.

Les jardiniers respectaient également les lois lunaires :

Plantes à graine se sèment en croissant,
Plantes à racines se sèment en décroissant.

La lune rousse (celle qui suit Pâques)
Est la terreur des jeunes pousses.

Un halo près de la lune signifie : loin de la pluie.

Et inversement.

Selon qu'elle croissait ou qu'elle décroissait, la lune influait sur les potagers : une salade repiquée en décours ne montait pas, alors qu'un chou pommait. Treize lunaisons dans une même année étaient fatales pour les récoltes. La pleine lune agissait encore sur les vers d'intestin : on pouvait s'en débarrasser à ce moment-là en se frottant la colonne vertébrale avec un chiffon vinaigré, toujours en descendant. En décours, on ne devait jamais couper les cheveux d'une femme, ni tuer son cochon pour éviter que sa viande ne se gâte ou ne se diminue. Un veau qui naissait en croissant ou en pleine lune se levait tout de suite sur ses pattes ; s'il naissait en décroissant, il lui fallait une bonne demi-journée avant de se tenir en équilibre.

D'aucuns appliquaient également cette croyance aux enfants : les nouveau-nés du croissant et de la pleine lune seraient plus dégourdis que les autres. Un garçon se «bâtissait» enfin en croissant ; une fille en décroissant...

Ces recommandations pour lunatiques ne suffisant pas, chaque mois de l'année proposait ses propres dictons :

JANVIER (et la Saint-Vincent)

Soleil qui brille le jour des Rois
Fera deux hivers à la fois.

Janvier d'eau chiche
Fait le paysan riche.

S'il tonne en janvier,
Récolte en quantité.

A la Saint-Vincent
L'heure est grand',
Mais à la Chandeleur,
Petites sont les heures.

A la Saint-Vincent,
L'hiver monte ou descend.

Le jour de saint Paul
Souvent l'hiver se rompt le col,
Quand saint Pierre est pluvieux,
La pluie ne dure pas peu.

FÉVRIER (et la Chandeleur)

Pluie de février
Vaut du fumier
ou : *Fait pousser le blé.*

Belle avoine de février
Donne espérance au grenier.

Quand il tonne en février,
Monte tes tonneaux au grenier.

Février qui tonne
Fera un bel automne.

A la Chandeleur,
L'hiver se meurt
Ou prend vigueur.

A la fête de la Chandeleur,
Souvent le froid pique avec vigueur.

MARS

Quand mars tonne,
Apprête tonneaux et tonnes.

Tonnerre en mars,
Gelées en avril.

Quand mars vient en courroux,
Il devient bientôt plus doux.
Pluie et neige en mars
N'engraissent ni oies ni jars.

Taille tôt, taille tard
Rien ne vaut la taille de mars.

AVRIL (et Pâques)

Brouillard d'avril,
Gelée en mai.

Il est peu de mois d'avril
Qui n'ait son grain de grésil.

De tes vêtements en avril
Ne quitte pas un fil.

Ou :

En avril,
Ne te découvre pas d'un fil
Mais en mai,
Fais ce qu'il te plaît.

Tonnerre en avril,
Blé au grenier, vin au baril.

Ou :

S'il tonne en avril
Vigneron prépare ton baril.

Pâques haut et bas
Toujours vignes à tailler.

MAI

S'il tonne en mai,
Les vaches auront du lait.

En mai de la boue,
Des épis en août.
Bourgeon de vigne en mai
Remplit le chai.

JUIN (et la Saint-Médard)

S'il tonne en juin,
Bon blé et bon grain.

Soleil du mois de juin
Luit de grand matin.

Un pré ne vaut rien
Quand il ne verdit pas en juin.

Pluie à la Saint-Médard
Durera quarante jours plus tard
A moins que la Saint-Barnabé (11 juin)
Ne vienne lui couper le nez
ou : *Ne lui coupe l'herbe sous le pied.*

JUILLET

A juillet orageux,
Hiver rigoureux.
Ou : *Été sec souvent orageux,*
Annonce hiver très rigoureux.

Juillet sans orage,
Famine au village.

Ciel de juillet rouge au matin
Ne reste pas longtemps serein.

S'il pleut à la Visitation
De la pluie crains la continuation.

AOÛT

A 6 août couvert,
Pluie et neige en hiver.

A tonnerre d'août,
Grosses grappes et bon moût.

Temps sec et vent en août
Donneront en hiver des froids de loup.
Ou : *Août sec et gros nuages en l'air*
Donneront de la neige en hiver.

C'est le mois d'août
Qui réchauffe tout.

Qui se repose en août
S'en repentira beaucoup.

SEPTEMBRE (et la Saint-Michel)

Septembre de noix,
Hiver froid.

Quand l'hirondelle voit la Saint-Michel,
L'hiver ne viendra qu'après Noël.

Septembre agréable et frais
De l'automne est le mois de mai.

Étoiles filantes en septembre,
Tonneaux pleins en novembre.

OCTOBRE

Quand octobre le prunellier fleurit,
L'hiver très durement sévit.

S'il pleut à la Saint-Denis,
L'hiver sera de pluie.

Quand octobre est gelé,
On voit chenilles trépasser.

Quand octobre est peu clément,
Reprends chaud vêtement.

NOVEMBRE (et la Saint-Martin)

Si novembre tonne,
L'année suivante sera bonne.

Si l'hiver file son chemin,
Vous l'aurez à la Saint-Martin ;
S'il s'arrête un petit temps,
Vous l'aurez à la Saint-Clément
Mais s'il bute contre une emcombrée,
Vous l'aurez à la Saint-André.

Entre la Toussaint et l'Avent,
Attends-toi à pluie et vent.
Après la Saint-Clément,
Ne sème plus de froment.

DÉCEMBRE (et la Noël)

A la Saint-Thomas,
Les jours sont au plus bas.
Quand décembre est à sa fin,
Les jours augmentent un brin.

A la Sainte-Luce
Les jours rallongent d'un saut de puce
Mais au jour de Nau (Noël)
Ils rallongent d'un saut de cô (coq).

Noël en tonnerre
Tue l'hiver.

Sachez enfin que l'on invoquait autrefois saint Piat pour attirer le beau temps, et saint Taupin pour s'abreuver de pluie. Après lecture de ce chapitre, vous pourrez désormais faire la lippe aux météorologues distingués : à défaut de s'avérer exactes, vos prédictions ne seront certainement pas plus hasardeuses que les leurs.

Tempête sur la campagne

Le don de prévoir la versatilité du temps ne suffisait pas à s'y soustraire. C'est ainsi qu'on eut à subir plusieurs colères de la nature, auxquelles on n'était guère habitué sous nos latitudes.

Durant l'hiver 1879, principalement pendant trois semaines de novembre, notre Orléanais se changera en décor polaire. La température descendit au-dessous de trente-cinq degrés. Un timide dégel accorda quelque douceur en fin de mois mais les froidures redoublèrent leur offensive au 22 janvier. Les journées étaient cependant ensoleillées, avec leurs quinze degrés à midi, mais les nuits glaciales, en tombant, déposaient un fardeau de grésil si épais, si lourd, que les arbres les plus robustes finirent par casser. En Sologne, la totalité des pins, à quelques rares exceptions près, fendirent sous la gelée. En divers endroits du Val, les ormes qui bordaient les routes courbèrent tant leur cime qu'ils ne se redressèrent plus jamais. On dut les abattre avant qu'ils ne s'écrasent d'eux-mêmes en travers de la route. Il faisait tellement froid cette saison-là qu'on disait que les chenets glaçaient dans les cheminées allumées, ce qui semble, avouons-le, un tantinet exagéré.

Quatre-vingt-dix ans auparavant, un hiver tout aussi féroce s'était déjà acharné sur la région. On peut lire dans le registre de l'état civil de Saint-Denis-en-Vaulx (aujourd'hui : en Val), sous la plume de M. Barraud, curé de la paroisse, l'effroyable récit de cette épreuve :

L'hiver commença à la mi-novembre quartre-vingt-huit, dès ce temps la gelée fut si forte, qu'on vit des chevaux chargés passer la Loire d'un bout à l'autre. Le froid se fit toujours sentir avec la même vigueur jusqu'à la nuit de Noël, on se rendait à l'église lorsqu'on éprouva un adoucissement subit dans le temps. La desserre avec toutes ses horreurs accourut tout à coup, alors les gla-

ces se choquent, s'amoncellent, forment des digues impénétrables aux eaux qui s'accumulent et commencent à couler sur ces barrières contre lesquelles leurs terribles efforts avaient été impuissants. Dans ce moment, le froid se fait sentir avec encore plus de force que jamais ; ces eaux deviennent des montagnes de glace, et le lit de la Loire présente le plus horrible spectacle. La plupart des vignes, des noyers, des châtaigniers sont gelés sans que leur antiquité ou leur grosseur puissent les en garantir. Heureux encore, dans ce triste désastre, de ce que les bleds étaient couverts de neige.

Voici ce qui m'est arrivé, j'étais dans les plaines de l'Isle, une espèce de brouillard épais me couvre la vue, le froid s'empare de tous mes membres, je me hâte, j'arrive navré, et ne voyant presque plus, mes cils étaient collés par des boules de glace que je ne pus détacher qu'après m'être approché d'un feu très ardent. Oh Dieu ! que ce fait n'est-il le plus incroyable de ceux que je dois raconter !

Le dix-huit janvier, époque funeste : les eaux accrues par la fonte des neiges, font efforts contre ces montagnes insurmontables, dont je viens de parler. Les énormes glaçons rassemblés devant Combleux mettent obstacle au cours du fleuve qui soulève enfin cette masse énorme et la fait éclater avec une telle explosion que plusieurs maison du bourg de Combleux sont renversées. Les bateaux, dont quelques-uns chargés de plâtres sont jetés dans les vignes : un surtout (fait qui paraîtrait incroyable aux générations futures, s'il n'était consigné dans les archives d'Orléans), un de ces bateaux est lancé près rue Blanche, c'est-à-dire à plus d'une demi-lieue du lit de la Loire, à l'instant, le fleuve remonte vers sa source jusqu'à l'endroit de la levée qui est entre le château de l'Isle et la ferme appelée la Haute-Isle.

Là, il se fait un conflit entre les vagues montantes et l'immense quantité d'eau qui suivait son cours naturel, elle s'élève au-dessus du niveau de la levée qui se rompt à deux endroits et la Loire se précipite dans le Val, où l'impulsion des glaces cause d'affreux ravages : plusieurs maisons emportées, les arbres arrachés, les vignes ensablées.

Ainsi, cette plaine de sable située au nord en gagnant la levée près la Croix d'échafaud couvre les meilleures vignes de cette paroisse, les terres labourables sont horriblement endommagées, une partie de la ferme dite Brulas, vert l'orient, est couverte de pierres que le propriétaire a vendues l'année suivante, faible dédommagement de la perte irréparable du fonds de terre qui, dans plusieurs endroits, n'est plus qu'une surface de sable mêlée de cailloux. Les fermes de l'Isle et plusieurs autres qui, avant ce cruel événement, produisaient d'excellent froment, ne rapportent plus que de menus grains. Il n'a péri qu'un enfant et deux hommes. L'eau est venue dans le bourg, à l'orient jusqu'au cimetière, et à l'occident jusqu'au bas de l'escalier du presbytère. Toute la paroisse fut couverte de barques dès le lendemain matin, ceux qui ont besoin d'un plus prompt secours sont les habitants des quartiers appelés Dinetard et le Caillou. La rivière a coulé ici sans diminution, six jours, elle ne s'est retirée que le neuvième. J'ai malheureusement été témoin de cette horrible scène.

BARRAUD, *curé.*

Ce qui se passa en 1789 se passa pareillement en 1879, et les crues de 1846, 1856, 1866 et 1886 laissèrent de terribles traces dans les mémoires. Le château de l'Isle, mentionné par le curé de Saint-Denis, fut emporté par l'inondation de 1866*.

Après le déluge, la sécheresse : l'été 1893 faillit ruiner la contrée. Nos laboureurs frémirent un instant à l'idée que la terre venait de laisser évaporer ses dernières gouttes d'eau. Les vaches beuglaient autour des mares craquelées et les puits menaçaient de se tarir. Les foins se rabougrissaient au point de ne plus suffire à garnir les râteliers.

Les os pointaient sous la peau des bestiaux comme pour la percer. Les femmes partaient avec des pioches le long des chemins de terre ; elles essayaient de gratter quelques touffes d'herbe brûlée. Il fallut prendre une terrible décision : sacrifier la plupart des génisses, faute de pouvoir leur remplir la panse. Le tambour du garde champêtre battait tous les jours : «Il y a de la viande à vendre à tel endroit. Elle a encore baissé de trois ou quatre sous !» Le boucher abattait les taures en série et distribuait la viande à vil prix dans le village. Elles n'étaient certes pas grasses, les pauvres vaches, mais c'était ça ou les laisser lentement crever...

* Relire le chapitre «Les méfaits qui n'ont pas de coupables» du *Catalogue des méfaits et des étrangetés* par Gérard Boutet (Orléans, 1978).

La vie devint si difficile à vivre que les fermages s'effondrèrent. Les fermiers acculés à la ruine durent céder leurs terres contre une bouchée de pain à des profiteurs qui ne guettaient que ça.

D'autres sécheresses sévirent en 1913 et en 1920. Là encore, le foin se fit rare, mais pas assez cependant pour qu'on en vienne à réduire le cheptel. Les charrettes allaient en Sologne et en revenaient avec des chargements de fougères et de «brumailles». Pardi ! nos greniers se vidaient de leur paille et les litières ne tarderaient plus à manquer. Le paysan enfourchait son vélo et partait devant en reconnaissance ; les voitures le suivaient le lendemain. Les fougères étaient faucillées par le Beauceron, qui laissait un «petit quelque chose» au Solognot. Si ce qu'on rapportait de par là ne valait pas une grasse litière, le fumier qu'on en tirait fournissait en compensation un excellent engrais. Et quoiqu'on en dise aujourd'hui, on savait s'entraider entre compères de Beauce et compères de Sologne quand il s'agissait de l'intérêt de tous. Le fleuve n'était plus une frontière infranchissable, que diable ! surtout depuis que Satan, précisément, s'en était mêlé en construisant les ponts de Jargeau et de Beaugency…

La narration des sécheresses d'antan rassurera peut-être nos contemporains qui durant, l'été torride de 1976, pensaient avec effroi que notre vieux monde n'avait jamais connu semblable désagrément. Ce n'est pas d'aujourd'hui qu'il n'y a plus de saisons ! Qu'on se console néanmoins : une année de sécheresse est aussi une année de généreuses vendanges. A défaut d'eau fraîche, on y boit du bon vin.

Le cyclone de Cravant

Le 4 juillet 1905, date funeste entre toutes, le tonnerre gronda pendant toute la journée. Le monde pensait que l'orage allait éclater d'un moment à l'autre, mais non, rien ne se déclencha. «Ça va se décider cette nuit», dirent les charretiers en rentrant des champs. Une formidable bourrasque passa soudain, alors qu'on sortait de souper. Ce n'était plus un orage ordinaire : c'était le «Cyclone de Cravant».

Il se forma sur les derrières de Trugny, déracina quelques noyers au passage, arracha les girouettes, fit s'écrouler deux pignons, puis enfila le chemin de Paris jusqu'à Cravant, village qu'il ravagea de fond en comble, sans même crier gare. Les hameaux de Villecéry et de Cernay ne furent pas épargnés.

C'était à croire que la guerre venait de passer par là. Les maisons étaient éventrées, leurs volets dégondés, les meubles renversés et défoncés, les toitures soufflées. Des débris de toutes provenances jonchaient les rues. Les ormes arrachés tendaient piteusement leurs racines en l'air. Tout n'était plus que ruine et désolation. Les maçons venaient justement d'achever la grange de mon parent Jules Boutet, une bâtisse robuste et trapue, avec des pignons en pierre aussi épais que des murailles ; il n'en restait à cette heure qu'un amas de décombres, de poutres brisées et de tuiles en miettes : la tornade l'avait rasée jusqu'au niveau des fondations.

Les récoltes des alentours n'étaient plus moissonnables, cela va sans dire. De nombreuses vaches avaient péri sous leur étable écroulée. Les charrues restées en bout de champ s'étaient envolées comme des brindilles ; l'une d'elles échoua sur ce qui restait d'un toit de maison. Personne ne vint la réclamer, de sorte qu'on ne put jamais savoir d'où elle venait vraiment. Détail surprenant : le cyclone avait bloqué toutes les horloges du village à la même heure, à 20 h 40. Après cela, on pouvait croire que le temps s'était soudainement figé autour de Cravant.

Par bonheur, si l'on peut dire, et c'est un véritable miracle, on n'eut à déplorer aucune perte humaine. Cela peut étonner encore davantage que la furie du cyclone, mais c'est rigoureusement exact. On fut mille fois à deux doigts de frôler la catastrophe, sans jamais la toucher réellement. Ainsi, cette brave dame qui, s'inquiétant de la vilaine tournure des cieux, s'empressait de boucler sa porte. Le loquet n'était pas rabattu que l'ouragan faisait voler la porte en éclats et que tout le haut de la cheminée dégringolait dans la marmite suspendue à la crémaillère. Si la brave dame était sagement restée à touiller sa soupe, c'en était fait d'elle, alors qu'elle ne s'en tira qu'avec une sacrée frousse et quelques égratignures sans importance !

L'unique victime de la tourmente fut la doyenne du village, Mme veuve Valadon, nonagénaire, qui faillit être ensevelie sous les gravats lorsque sa maison s'effondra. Elle était déjà couchée, et c'est ce qui la sauva sûrement : en tombant sur elle, les poutres et les solives s'enchevêtrèrent de façon à la protéger au lieu de l'écraser ! Là encore, il y eut moins de plaies que de bosses, moins de sang que de commotion, moins de mal que de peur.

Le désastre provoqua un vif élan de solidarité dans toute la région. On vint de loin pour visiter les vestiges du village martyr. Les sapeurs-pompiers de Beaugency déblayèrent les ruines. On organisa des quêtes ; des troncs furent placés dans toutes les églises des environs. Les sinistrés furent largement indemnisés. On prétend même que certains y gagnèrent bougrement, car ils purent se reloger dans du neuf, alors qu'ils n'avaient perdu qu'un taudis.

Ne dédaignant nullement les petits bénéfices, un parent de la «seule personne blessée» édita bientôt une carte postale-souvenir, qui représentait la pauvre veuve Valadon ratatinée devant ses éboulis. Et puisqu'il faut continuellement se méfier des faussaires et des imitateurs, ladite carte portait la signature autographe de la vieillarde rescapée ! (voir le document en illustration).

Un premier cyclone s'était déchaîné le 25 avril 1905 sur Orléans, alors que la grande exposition battait son plein. Le «Buffalo-Bill's Wild West», qui avait planté son immense chapiteau aux Groues, donnait sa deuxième représentation. La tempête s'abattit si brusquement sur le cirque américain que ses trois mille spectateurs crurent leur dernière heure sonnée !

On remarqua en 1911 une éclipse de soleil. Le 24 juillet de la même année, à 14 h 30, ce fut un troisième cyclone qui fondit sur la ferme de Chameule, à Creusy, près de Chevilly. Il n'y eut qu'une grange qui s'écroula, mais hélas, cinq charretiers, un cheval et une voiture s'étaient réfugiés dessous. Hommes et bêtes périrent sous l'avalanche de pierres, de bois et de terre. A quelques enjambées de là s'élevaient deux meules de paille. Intactes. Pas une gerbe n'était déplacée. Une grange voisine, où s'abritaient d'autres ouvriers, ne perdit pas une seule tuile. Le cyclone ne s'était acharné que sur la première bâtisse ; allez donc savoir pourquoi...

On redoutait enfin la foudre, qui tombait sur l'imprudent qui se baladait sous l'orage avec une fourche sur l'épaule. Ou sur une charretier qui poussait son cheval sous le couvert d'un calotier. De certains foudroyés, on retrouvait si peu de choses que ça ne vaut même plus la peine d'en causer. D'autres se relevaient bizarrement ahuris, des fois bien loin de l'endroit où ils marchaient l'instant d'avant. La secousse avait été si terrible qu'il leur restait souvent un petit grain de folie dans le ciboulot, ou alors ils se mettaient à bégayer.

Témoignages

AUTANT EN EMPORTE LE VENT !

«Après lecture de votre chapitre sur le cyclone de Cravant, je viens vous conter ce que nous avons observé, papa et moi — j'avais à peine quinze ans —, ce 4 juillet 1905. Nous étions dans la plaine de Tavers à peu près à deux cents mètres plus loin que notre «Pierre Tournante». Le clocher de Cravant et quelques maisons nous étaient bien visibles.

«Pas très longtemps après notre arrivée dans la vigne, nous fûmes surpris de voir notre cheval s'impatienter, piétiner, gratter le sol, hennir. Il sentait sans doute que quelque chose se préparait pas très loin. C'est peut-être une demi-heure après que nous avons vu le premier éclair sur Cravant, vite suivi par d'autres beaucoup plus importants. On avait l'impression que le ciel et la terre brûlaient, mais *aucun tonnerre ni vent* ne grondaient. Les feuilles des arbres ne bougeaient pas et l'air était devenu très lourd. Le ciel s'était brusquement assombri, mais *sans aucun nuage.*

«Alors papa a décidé de rentrer à la maison. Notre cheval, qui paraissait plutôt apeuré, prit le trot à vive allure dès qu'il fut détaché de son pieu, sans ralentir dans les côtes ; l'atmosphère l'avait certainement prévenu du drame. Nous n'avons pas parlé, papa et moi, du départ de notre vigne jusqu'à la traversée de la ligne de chemin de fer (un kilomètre environ). Notre cheval était couvert d'écume en arrivant à la maison, après trois kilomètres de course. Les coqs des fermes voisines qui d'habitude, à cette heure-là, lançaient leurs glorieux cocoricos d'un poulailler à l'autre, s'étaient tus eux aussi.

«Ce 4 juillet était un mardi ; ce n'est que le dimanche suivant que nous sommes allés là-bas, toute la famille, alors que papa s'y était déjà rendu le mercredi matin, connaissant bien des personnes de ce pays. Le spectacle était un peu moins pénible à voir car les rues avaient été déblayées. Ça restait néanmoins une terrible vision.

«La presse de l'époque disait que cela était dû à deux courants d'électricité qui s'étaient rencontrés, ce qui expliquait l'aspiration des récoltes et tous les dégâts des maisons. Il y a même eu la locomobile de M. Valadon, l'entrepreneur de battage, qui avait été déplacée et s'était piquée dans la mare desséchée.» (Lettre de Mme Eva Douin, de Saint-Jean-de-la-Ruelle.)

QUI SÈME LE VENT...

«Né en 1914, je n'ai pas vécu l'accident de la grange de Chameule, ferme où j'ai vu le jour et que je n'ai jamais quittée. Mon père, marié en 1910, était donc tout jeune exploitant à cette époque, et ma mère venait d'accoucher huit jours auparavant de ma sœur aînée Jeanne ; elle était encore alitée et c'est elle qui, la première, a entendu le sinistre craquement de la grange qui s'écroulait. Les ouvriers qui se trouvaient sous la grange n'étaient pas venus s'y réfugier, sauf un, mais ils travaillaient à décharger une voiture de gerbes que le deuxième charretier venait d'amener, pendant que le premier et le troisième charretiers chargeaient la suivante aux champs. Seul le petit vacher, ou commis, était accouru du jardin pour se mettre à l'abri... et se faire tuer. Il est bien vrai qu'aucune botte de paille n'a été envolée des "chaumiers", alors que des planches du hangar (45 m de long) ont été retrouvées à la ferme d'Huneau, à 1 800 m environ à vol d'oiseau.

«Mes parents et les voisins m'ont toujours affirmé que c'est ce jour-là que ce même cyclone a fait des ravages à Cravant et à Mamonville*. Je possède un rapport d'expert d'assurance prou-

* Ce qui est inexact bien sûr puisque le cyclone de Cravant date de 1905 alors que la grange de Chameule a été soufflée en 1911 !

vant que le feu du ciel avait touché la grange à un endroit précis. Ce bâtiment, comme les terres, appartenait à la famille Vilmorin (semences).» (Lettre de M. Georges Faucheux, de Chameule.)

Panacées et formules abracadabrantes

Le malheur fondait sur une famille dès qu'un de ses membres osait enfreindre le moindre interdit : s'asseoir le treizième autour d'une table ou bêtement changer de chemise un vendredi, pour ne citer que ces deux exemples-là...

Un paysan n'était jamais pressé d'aller consulter le médecin ou l'apothicaire, dont les tarifs ne réussissaient qu'à empirer ses maux. Sans compter qu'il se méfiait des médications trop savantes. Au médecin donc, il préférait souvent le médicastre. Il se rendait ainsi plus fréquemment chez le marcou ou chez le guérisseur qui, pourtant, lui allégeaient plus facilement la bourse que la douleur. Mais avant toute démarche, il essayait d'abord de se tirer d'affaire par ses propres connaissances. C'est qu'il savait préparer mille drogues, mille onguents, pour ne plus se tordre en souffrance. En ces temps-là, on pouvait tout soigner, ou presque tout, du moins le croyait-on, avec les fameux «remèdes de bonne femme». Et si les recettes douteuses ne rétablissaient pas tout à fait un souffreteux, elles n'aggravaient pas son mal pour autant...

On enrayait la grippe en ingurgitant quelques gouttes de teinture d'iode étendues de lait chaud, ou un «lait de poule» (lait bouillant sucré, jaune d'œuf battu et eau-de-vie), ou tout simplement une pleine bolée de vin chaud. La grippe se combattait aussi en portant en sautoir un petit sachet contenant du camphre.

Pour traiter la bronchite, on «appelissait» une tartinée de suif sur un papier cartonné qu'on chauffait pendant quelques instants devant l'âtre et qu'on collait ensuite en cataplasme sur la poitrine du malade. Il était aussi recommandé de fumer du «pas d'âne», surtout lorsqu'on était sujet aux crises d'asthme.

Rien ne remplaçait la tisane de bleuets pour adoucir les quintes de toux, ni celle de bourrache ou de lierre terrestre pour se délivrer d'un mauvais rhume.

Les infusions de véronique étaient prescrites aux tuberculeux et aux galeux.

Les Solognots remédiaient péniblement à leurs accès de fièvre en invoquant toute une flopée de saints plus ou moins inventés pour la circonstance. Les Beaucerons, sans doute moins imaginatifs, préféraient recourir à des coutumes plus concrètes et réputées infaillibles. Le breuvage adéquat était une potion à base de reines-des-prés, qui apaisait les rhumatismes par la même occasion. Si ce traitement fébrifuge n'entraînait aucune amélioration sensible de santé, on se livrait en dernier ressort à une bien étrange pratique : le fiévreux, contagieux ou non, déposait une pièce à un carrefour ; celui qui la ramassait héritait de la maladie du même coup ! Un œuf pondu le Vendredi saint préservait de la fièvre, pendant une année, l'homme avisé qui le gobait...

Une plaie léchée par une chèvre se cicatrisait rapidement car les biques, c'est reconnu, ne broutent jamais de plantes vénéneuses. Les coupures se refermaient grâce à une macération d'herbe de Saint-Jean (millepertuis) dans un flacon d'huile, ou après des applications répétées de fleurs de pâquerette.

Pour calmer les brûlures, on avait recours à l'embrocation de millepertuis ou à l'application d'une pelure fraîche de pomme de terre. Certaines grands-mères guérissaient les brûlures par prières. A la fin de sa vie, l'initiée ne devait transmettre sa formule magique qu'à une fille plus jeune qu'elle, et cela en grand secret. Ma bisaïeule Odile connaissait une autre patenôtre qui faisait percer les furoncles au bout de... neuf jours, c'est-à-dire quand les clous mûrissaient d'eux-mêmes !

Les verrues disparaissaient lorsqu'on les recouvrait avec le suc orangé de la chélidoine, une petite plante vivace à fleurettes jaunes qui grimpait le long des murs et des margelles de puits, et qu'on nommait plus communément éclaire, herbe à verrue ou herbe à hirondelle. Le sang menstruel avait les mêmes vertus. Un panaris désenflait dès qu'on l'entortillait d'une fleur de lys.

La bouillie de pissenlit, comme le nom de cette salade le laisse sous-entendre, avait une action particulièrement diurétique. L'infusion de tilleul possédait des propriétés identiques mais, en plus, aidait à s'endormir paisiblement. Le pain de seigle venait à bout des constipations opiniâtres.

Une infusion de primevères tranquillisait les enfants nerveux ou convulsionnés, tandis que l'ail, conjugé à des massages au vinaigre et aux phases lunaires, débarrassait des oxyures.

Outre les morsures de serpents qu'il neutralisait, un philtre de violettes-des-sorciers (petites pervenches) jugulait les rages dentaires. Il existait d'autres méthodes tout autant bénéfiques : frotter la molaire cariée avec un louis d'or, boire un godet de vin dans lequel avait bouilli un lièvre, ou porter sous son aisselle gauchc une patte de lapin. Les brêche-dents pouvaient aussi partir en pèlerinage à Saint-Léonard-en-Beauce, le quatrième dimanche suivant Pâques, ou boire à grandes goulées à la fontaine de Saint-Laurent-des-Eaux en espérant un miracle. Mais la plus efficace de toutes ces façons, me confia à demi-mot un vieillard, consistait à serrer une pomme entre ses chicots et à se placer le fessier devant la cheminée : quand la pomme était cuite, le mal était passé !

On perçait les oreilles des fillettes moins par coquetterie que pour les protéger du mal des yeux. Conjonctivites, orgelets et autres compères-loriots s'effaçaient sous la compresse d'une décoction de centaurées (bleuets).

Une mixture compliquée de coquelicots et de genêts à balai tempérait les douleurs de l'enfantement, alors que le persil coupait les poussées mammaires des femmes tout en leur garantissant un joli teint par ses qualités dépuratives.

Manger du pain donnait du sang, dont la circulation était activée par les piqûres d'orties blanches. Ces mêmes piqûres étaient ensuite atténuées avec l'application des feuilles de plantin. On endiguait un saignement de nez en se glissant une clef dans le dos.

Si le bouton d'or ne guérissait rien, il trahissait en revanche les gourmets qui raffolaient du beurre : le menton de ceux-là reflète paraît-il la couleur lumineuse de la renoncule.

Vous vous doutez que la pharmacopée populaire ne suffisait pas à gommer tous les maux qui tourmentaient nos paysans. On se réconfortait alors comme on pouvait. Ainsi les rhumatismes, se consolait-on, étaient signes de longévité. On se rabattait souvent sur la science apocryphe des guérisseurs, rebouteux, renoueux, maîtres toucheurs, désensorceleux, jugeux d'eau et d'urine... Et puis sur les dons fantastiques des marcous.

A l'inverse des autres charlatans, un marcou détenait ses pouvoirs de naissance : il était le septième rejeton d'une affilée de garçons. Ce privilège estimable lui permettait de soulager des écrouelles, des scrofules, des humeurs froides et des mille autres affections strumeuses ou acrimonieuses, comme pouvaient jadis le faire les rois de France au jour de leur sacre. Selon les mêmes critères de naissance, une fille était également «marquée». Elle soignait les brûlures et les tracasseries exclusivement féminines. En d'autres pages*, je vous ai conté que les marcous ne respectaient pas toujours l'intégrité digne de leur rang. Ainsi celui-ci qui, sans doute pour se rendre plus convaincant, prétendait entrer en transes après s'être aspergé en cachette de sa propre pisse ! Le malicieux nouvelliste du Giennois Daniel Desbordes nous disait l'autre jour, en évoquant le souvenir d'un de ces «bienfaiseux» : c'était un bonhomme qui soulageait tout le monde, surtout ceux qui étaient bien portants !

Notre village n'avait pas la chance de posséder son marcou mais on connaissait celui de Cernay et un autre guérisseur — le curé — à Lorges. Ce dernier s'était spécialisé dans les exorcismes en tous genres. Il enfilait son surplis, son étole, agitait son encensoir et brandissait son crucifix pour mieux effrayer le mauvais esprit qui osait tarabuster une de ses ouailles. Il désenvoûtait les bestiaux en priant dans les étables... J'ai moi-même rencontré un abbé-devin qui se servait d'un pendule pour flairer les bonnes bouteilles de vin !

Notre famille compta elle aussi son sorcier ; c'était le père Maxime. Mon grand-père me raconta que le bougre avait puisé son enseignement dans un grimoire déniché on ne savait où. Il le lisait à la nuit tombée. Après chaque page lue, le grimoire commandait : «Tourne le feuillet si tu l'oses !» Et il osait. Sur la fin, le livre lui expliqua comment il devait s'y prendre pour tailler sa baguette magique. Il partit donc par une nuit sans lune et s'enfon-

* Voir les ouvrages de Gérard Boutet : *Les histoires qu'on raconte par ici,* chapitre : «Le coût du marcou» et *Brigands et sorciers d'autrefois,* chapitre : «Du temps où le Bon Dieu tenait une ferme du côté de Châtillon».

ça dans la forêt touffue de Marchenoir jusqu'à un buisson de noisetiers, à un endroit précis indiqué par le livre. Des animaux monstrueux hantaient les ténèbres. L'apprenti sorcier coupa sa baguette et toutes les chimères s'évanouirent aussitôt. Maxime était devenu un enchanteur.

N'ayant nullement l'âme démoniaque, notre magicien n'utilisa ses sortilèges que pour amuser sa parenté. Lorsque toute la maisonnée se réunissait à la veillée, autour de la table familiale, on entendait soudain un terrible fracas dans le fond de la pièce. On sursautait, on se retournait : le dressoir venait de s'écrouler en brisant toute sa vaisselle. Le temps que la mère se précipite sur ses assiettes en miettes et hop ! tout reprenait sa place.

A cette époque, le médecin du village voyageait en carriole quand il rendait visite à ses malades éloignés. Il lui arrivait de traverser des parages infestés de gredins prompts à vous assommer d'un coup de gourdin pour mieux vous dévaliser. Un soir d'hiver, notre illusionniste l'accompagnait lorsqu'un coquin bondit des fourrés, saisit le cheval par la bride et pointa son fusil vers eux en rugissant :

— Vos sous, vite, ou je tire !

— Tire donc si tu le peux, lui répondit calmement notre charmeur. L'autre ne put même plus remuer le petit doigt : Maxime venait de le pétrifier d'un simple coup d'œil !

Alors qu'il se promenait sur une foire, le bon magicien entendit un prestidigitateur qui bonimentait pour appâter le chaland. Le forain essaya d'accomplir un tour d'escamotage, qui rata lamentablement sous les huées de la foule. Seconde tentative, second échec. Le bateleur était déconfit. «Il se trouve dans l'assistance quelqu'un dont le fluide est plus puissant que le mien, supplia-t-il. Je lui demande de bien vouloir se retirer car c'est ma croûte que je gagne sur ces tréteaux !» Maxime s'écarta de bon cœur et le tour de passe-passe réussit enfin.

Le père Maxime s'éteignit mystérieusement, et son fils pareillement, à croire qu'un sorcier jaloux avait juré leur mort. Et mon grand-père d'ajouter dans ses moustaches : «C'était un brigand de curé qui leur voulait du mal, un de ces énergumènes qui s'agenouillent plus souvent devant le diable que devant le Bon Dieu, et dont on ne se méfiera jamais assez !»

Voilà les histoires que me racontait mon grand-père. C'est peut-être de lui que je tiens ce goût pour les contes à dormir debout...

Témoignages

LES TRISTES NOCES

En 1870, c'est une épidémie d'influenza qui ravagea nos régions. la grippe espagnole enfiévra de nouvelles victimes en 1918, et beaucoup en moururent. On luttait contre ce fléau en buvant du lait chaud additionné de quelques gouttes de teinture d'iode. L'absorption d'alcool était également prescrite aux malades ; on raconte que c'est en pillant une cave de Reims, où était cachée une fameuse réserve de bouteilles, que des pioupious de chez nous échappèrent à une mort certaine. Ce qui prouve que le vol doublé d'ivrognerie est parfois récompensé... D'autres malheureux n'eurent, hélas ! pas tant de chance. Après deux jours de fièvre, une jeune fille expira le jour où elle devait se marier. (Souvenirs de Mme Léontine Chartier, de La Nivelle).

Les guerres de religions

Il était une foi...

Mon premier cahier d'écriture fut la Bible, une bonne grosse Bible bien lourde, le seul livre qu'eût jamais possédé mon grand-père Camille. C'était un imposant volume relié de cuir sombre qui fascinait le mioche de trois-quatre ans que j'étais alors.

Un jour, profitant sans doute de la complicité de ma sœur, de cinq ans mon aînée, je m'emparai sournoisement de l'ouvrage pour en estampiller consciemment chaque page d'un large gribouillage au crayon. Acte d'impiété j'en conviens, dont je suis resté honteux.

J'ignore quelle fut la réaction de ma bonne femme de grand-mère lorsqu'elle découvrit ce regrettable acte de foi. La brave vieille n'a point dû colérer très fort car de mon enfance, je ne l'ai surprise qu'une seule fois hors de ses gonds : c'était le déplorable jour où j'avais cassé toute sa collection de boîtes à épices (moins un pot et deux couvercles dépareillés). Ce discutable exploit me valut la seule beigne, la seule — une caresse, guère plus — que la bonne femme consentit à m'administrer de toute son existence de mère-grand. Quant au grand-père, il se contenta de philosopher : «Y'a que comme ça que ça s'use, ces trucs-là!»

Pour qui connaissait mon grand-père et sa solide réputation de mécréant, lui qui jurait ses grands dieux de ne croire en rien, la présence des Écritures sur sa table de chevet n'était pas sans intriguer. C'était pourtant simple. Comme je vous l'ai déjà dit plus haut, cette Bible lui avait été offerte par le pasteur à l'occasion de son mariage. Car il était huguenot, mon grand-père Camille, et sa conversation au protestantisme avait failli révolutionner la famille entière.

Dans les temps anciens, les Boutet avaient toujours observé les doctrines parpaillotes et plusieurs d'entre eux avaient dû se marier à «l'Église du Désert», c'est-à-dire dans la clandestinité après la révocation de l'Édit de Nantes. Mais par la suite, les conflits religieux s'apaisant, leur attachement à la Réforme s'était relâché au point qu'en 1880, le père Ernest, pourtant dûment baptisé au temple, s'était laissé entraîner à l'église par sa jeune femme Aimée, pratiquante catholique assidue. Les Boutet rentrèrent donc dans le droit chemin qui menait à Rome, comme y mènent d'ailleurs tous les autres chemins. Leurs enfants reçurent alors un enseignement dévot jusqu'à mon grand-père Camille, l'aîné, qui ne se souciait guère des persécutions endurées jadis par ses ancêtres.

Tout devait cependant changer le jour où le curé le tança vertement parce qu'il arrivait en retard au catéchisme. Les remontrances et les gifles n'étant point de son goût, tout galopin qu'il était, il ne remit jamais les pieds au presbytère. Mais comme il était baptisé et qu'il lui fallait bien une religion, il emboîta le pas à ses copains d'école qui fréquentaient le temple, et dont l'un se nommait curieusement Bigot. «Ce n'est sûrment pas le pasteur qui te tirera les oreilles !» le rassurèrent-ils en l'emmenant. C'est ainsi que le jeune Camille retourna à la religion de son ascendance, par dépit.

Bien entendu, le curé s'inquiéta de ne plus revoir le chenapan. Il mena son enquête et s'aperçut que le drôle s'amusait avec les gamins des mal-pensants. Il s'en plaignait aussitôt à sa mère, qui en fut horrifiée. Pour la seconde fois dans cette navrante histoire, le pauvret reçut une volée de bois vert. Quand elle l'eut correctement corrigé, sa mère lui demanda enfin de s'expliquer, de dire ce qu'il trouvait de si bon chez ceux d'en face. Le gamin le lui dit le plus simplement possible, avec ses mots naïfs de gosse. Cela valait certainement mieux qu'un prêche car le dimanche suivant, toute la nichée au complet se rendait au temple. Après tout, le pasteur était un homme comme tant d'autres, un honnête père de famille, avec une figure joviale et sans déguisement ; il savait ce qu'était une femme pour en avoir une, des loupiots pour en avoir fait une ribambelle, et sans doute les problèmes d'un ménage... La défection des Boutet n'avait pas duré une génération !

Le grand-père Camille, avouons-le, ne fut jamais animé par le feu sacré, du moins en apparence, malgré ses primes qualités de prédicant improvisé. Il refusa néanmoins de revenir dans le troupeau bêlant qu'il avait quitté enfant. Lorsqu'il fut en âge de courailler, il conta fleurette à une fille de Nicorbon, Aurore-Marguerite, qui, elle, avait de la religion romaine. Une sincère croyante, mais point bigote pour autant. Elle réfléchit sagement : seul le Bon Dieu importait à ses yeux, et puisque c'était le même qu'on célébrait au temple ou à l'église, elle n'y voyait guère de différence. Elle adopta donc la Religion réformée de son galant sans froisser ses propres convictions. Selon la coutume, le pasteur offrit au nouveau couple la traditionnelle Bible du mariage. Voilà pourquoi le Saint Livre se trouvait sous notre toit ; voilà pourquoi je pus, marmouset, griffonner dessus...

Pareil à Moïse qui avait conduit son peuple jusqu'à la Terre promise sans en fouler le sol, le grand-père Camille mena sa famille jusqu'au temple sans y entrer vraiment, ou seulement pour les grandes occasions. Son fils — mon père — y fut baptisé, mais ne pratiqua guère non plus. Avec lui, la maisonnée sombra dans un incurable athéisme. Et beaucoup de tartufes se demandèrent alors comment nous autres, qui ne croyions à rien de rien, pouvions encore avoir quelque morale...

Au terme d'une rude vie d'efforts et de jurons à faire rougir un païen, Camille Boutet, le patriarche, demanda pourtant à être inhumé selon les rites de la Religion réformée alors que sa femme, dont la foi n'avait jamais faibli, fut enterrée civilement.

J'ai conservé la Bible de mes grands-parents. Je l'ai dévotement rangée entre les «Évangiles du Diable» et mon livre de cuisine. Ses pages sont restées enluminées de mes gribouillages d'enfant et il m'arrive quelquefois de les relire sans bien en saisir, je le crains, tout le sens. On me suppose mal-croyant, comme l'était feu mon grand-père. Avouez quand même que c'est cocasse, un aïeul athée qui ne vous lègue, pour tout héritage, que la Sainte Bible !

Si je me suis permis de vous raconter ces anecdotes familiales, c'est pour bien vous faire comprendre que les problèmes ardus de la religion, autrefois, parvenaient à glisser la discorde jusque dans les ménages. Au niveau d'un village ou d'une commune, vous pensez que cette division ne pouvait que s'amplifier, tout du moins dans les nôtres qui comptaient un bon tiers de protestants pour le reste de catholiques. En revanche, et c'est surprenant, on ne connaissait pratiquement pas de libres penseurs, à l'exception d'un cordonnier, un certain Boucher, qui, voici fort longtemps, s'était fait enterrer dans un linceul rouge. Cela n'avait d'ailleurs plu à personne, ni aux uns ni aux autres.

Au village, on continuait donc allégrement sur la lancée de la Saint-Barthélemy, bien que l'on se soit raisonné depuis quelques siècles quand il s'agissait de trucider son prochain. L'époque des massacres ayant heureusement pris fin, on se contentait d'une rivalité plus verbale qu'effective. Mais la dissension couvait toujours et ne demandait qu'à éclater : c'est précisément ce qui se passera à la séparation de l'Église et de l'État.

Une vieille histoire

L'église se tenait royalement au centre du bourg. A la sortie de ce même bourg, presque en face du cimetière, était l'un des quatre temples du département, les autres se trouvant à Blois, à Romorantin et à Vendôme. Le pasteur Lemaire avait la garde du troupeau protestant. L'un de ses successeurs — ça ne s'invente pas — répondra au patronyme prédestiné de... Seigneur !

Les mésintelligences religieuses étaient si vives que la désunion des vivants rejaillissait jusque sur les morts. Le cimetière se divisait en effet en deux parties distinctes : l'une pour les catholiques, l'autre pour les protestants. Ces derniers étaient inhumés à droite du portail principal. Une seconde porte, réservée aux funérailles huguenotes, s'ouvrait autrefois directement sur leurs concessions.

Les tombes elles-mêmes variaient selon la croyance de ceux qui gisaient dessous : les stèles arrondies pour ceux du temple, les croix de marbre pour ceux de l'église, les unes et les autres plus ou moins monumentales selon la fortune des familles.

Les lointaines guerres de Religion avaient laissé de profonds ressentiments dans cette contrée où s'étaient jadis affrontés les deux partis ennemis. Les seigneuries de Romorantin, Blois, Mer, Talcy, Lorges, Marchenoir et Vendôme furent d'ardents bastions calvinistes. De nobles personnages y avaient guerroyé, tels le turbulent Montgomery, l'amiral Coligny et le poète Agrippa d'Aubigné. Notre bon roi Henri IV avait séjourné en quelques-uns de nos châteaux, autant d'ailleurs pour s'adonner à la gasconnade que pour requinquer ses partisans. Çà et là, on s'était étripé de belle et définitive façon. Le premier jour de juin 1556, c'était le garde forestier Bertrand, de Marchenoir, qui brûlait vif sur le marché aux pourceaux de Blois ; six ans plus tard, à la même saison, ce fut le prédicateur Chasseboeuf qui se balançait sous une maîtresse branche d'un noyer de Talcy ; le mois suivant, les ligueurs s'emparaient de la cité méroise, qu'ils saccagèrent pendant dix jours de pillage et de carnage... Les papelards n'y gagnaient rien puisqu'ils reçurent en retour de sévères tripotées dont beaucoup ne se relevèrent jamais.

A la révocation de l'Édit de Nantes, les troubles redoublèrent. Les parpaillots fidèles à leur confession n'eurent de sauvegarde que dans l'abjuration ou dans l'exil. Les gentilshommes et les bourgeois purent se sauver vers la Genève ou Amsterdam, vers l'Angleterre ou l'Allemagne — le pasteur Baignoulx, de Mer, s'enfuit jusqu'au cap de Bonne-Espérance ! —, mais les infortunés paysans durent rester au pays, trop pauvres qu'ils étaient pour décamper vers d'autres horizons plus tolérents. Ils s'assemblèrent alors au Désert, la nuit, sous une grange isolée ou dans une clairière oubliée mais surveillée par des guetteurs. Ils devinrent des protestants à la sauvette. Les répressions se durcirent encore en 1658 et en 1687, lorsque les dragonnades, commandées par les sbires de Colbert puis de Louvois, entreprirent de purger nos campagnes de l'abcès hérétique.

Les familles gardèrent longtemps le souvenir de ces persécutions pourtant fort anciennes. Les plaies tardaient à se refermer et si elles ne saignaient plus, elles continuaient à faire mal. Jean Gaudard me raconta que plusieurs de ses ancêtres avaient dû partir secrètement à Tournai afin de se marier sans renier leur foi en la Réforme, avec une paire de sabots aux pieds pour l'aller et une autre sur l'épaule pour le retour. Mais la mésaventure qu'on répétait le plus souvent était celle qui advint à Moïse Gréjon, un réfractaire de ma lignée :

Cela se déroula en l'an de misère 1724, sous le règne de Louis le Quinzième. Les passions ne s'étaient toujours point calmées et le curé d'alors, le sinistre Sarrebourse, ne faisait qu'attiser les malveillances. C'était un fieffé ratichon que ce prêtre-là, un misérable de chétive engeance, un fanatique, un fielleux que la soutane rendait encore plus abject. Plaise au Seigneur qu'il grille toujours en Enfer, ce chenapan ! Or, figurez-vous que cet ecclésiastique de malheur exigeait qu'on cessât toute besogne sur son passage, qu'on se découvrît platement et qu'on se prosternât devant lui en signe de respect.

A la même époque vivait à Prenay un tonnelier du nom de Moïse Gréjon, dont l'appartenance à la Huguenote ne faisait aucun doute. Celui-là ne voulait point plier l'échine. Un jour que passait le maudit abbé, il ne trouva rien mieux que de taper encore plus fort sur ses barils, comme il eût tapé sur des tambours, le chapeau crânement en place, et de brailler à tue-tête un cantique défendu. Le curé en fut terriblement offensé mais il n'en laissa rien paraître sur l'instant. Il savait que sa vengeance ne tarderait pas.

Elle ne tarda pas en effet : Moïse Gréjon mourut quelques jours plus tard d'un mal étrange, sans avoir demandé à recevoir les saints sacrements. On ne badinait pas avec ce genre de négligence, et Sarrebourse sut en profiter. Sur son ordre, le défunt fut interdit de sépulture et on condamna sa dépouille à être pendue trois jours durant en expiation, au calvaire qui se dressait devant le parvis de l'église.

L'aggrave prononcée, la sentence fut immédiatement exécutée. On attacha le corps à la claie d'infamie et on le promena par les hameaux de la paroisse, comme on eût fait des restes d'un vulgaire malandrin. Après cette douteuse mascarade, le cadavre fut exposé publiquement, comme jugé, et la grande croix dut supporter deux suppliciés au lieu d'un : un pendu de chair roide et son habituel crucifié de bois. La nuit descendit sur ce tableau d'épouvante.

Le lendemain matin : stupeur générale. Les villageois n'en croyaient pas leurs yeux : le corps avait disparu de sa potence ! On le chercha en vain. Il fallait se rendre à l'évidence : ce damné Moïse Gréjon, tout trépassé qu'il était, venait encore de jouer une entourloupette au curé. Personne au reste n'en fut mécontent car le bonhomme, de son vivant, ne comptait guère que des amis malgré ses idées. Et si d'aucuns apprirent en quel endroit était cachée sa dépouille, ils se gardèrent bien d'en souffler mot. Tout ce qu'on chuchotait, c'était que ses trois fils avaient bien eu raison de profiter de la nuit pour le décrocher de son gibet. Les années passèrent lentement sans qu'on ne retrouve les cendres du doublement disparu...

Ces dernières années, la famille qui habite aujourd'hui l'ancienne maison de Moïse Gréjon, et dont je tairai volontairement le nom, projeta d'effectuer plusieurs aménagements dans le logis. On abattit une remise et on en creusa le sol pour y installer un égout. Un squelette y dormait sur un lit de pierrailles. Il est à parier que c'étaient les ossements de notre tonnelier. Puisque la porte du cimetière restait close, ses enfants avaient tout logiquement enterré leur père sous une de ses remises, renouant ainsi avec une coutume d'autrefois qui consistait à inhumer un huguenot à l'ombre de sa demeure. L'anathème du curé n'avait fait que servir celui qu'il devait frapper. Je vous le dis franchement : il existait même un Bon Dieu pour ces fourbes de parpaillots !

Témoignages

OUBLI

«Il y a bien un temple à Josnes, un à Blois, un à Vendôme et un à Romorantin, mais il y en a aussi un à Mer, sis rue Basse-d'Aulnay sur la place Jurieu* (d'ailleurs né à Mer dans une maison de la

* Pierre Jurieu fut un théologien protestant célèbre pour ses polémiques avec Bossuet.
Je profite par ailleurs de l'occasion pour remercier Me Maurice Pucelle, notaire à Beaugency, qui a

rue J.-et-G.-Dutems). Ce temple a été inauguré le 27 octobre 1822, M. de Kerpezdron étant pasteur. La construction a été financée en grande partie par des dons et prêts de la famille Vincens-Stapfer de Talcy. Une école protestante fonctionnait à côté. Elle existe toujours et abrite maintenant une école maternelle laïque, à laquelle les habitants d'Aulnay sont très attachés.

«Il a existé d'ailleurs plusieurs temples à Mer depuis la Réforme. La rue du Vieux-Temple existe encore ; c'est une ruelle qui débouche dans la Grand-rue. En l'an VI de la République, les protestants eurent même le droit de célébrer leur culte dans l'église ; ils se réunissaient "sous les cloches"... Le dernier pasteur titulaire de Mer a été M. Gall-Ladevèze, qui a dû mourir vers 1920. Son caveau de famille est au cimetière d'Aulnay. C'est ma mère qui a appris à lire à sa fille Simone.» (Lettre de Mme Camille Grenier-Amiot, de Mer.)

Sous la protection du bon saint Médard

Si les protestants restaient très attachés au souvenir de leurs géhennes, les catholiques perpétuaient de leur côté, en toute bonne foi, leurs traditions séculaires qui se confondaient parfois à la superstition.

L'église était placée sous le vocable de saint Médard qui fut, au VIe siècle, en lisière du Soissonnais, l'évêque de Vermand (actuel Saint-Quentin), puis de Noyon et de Tournai, après la fusion de ces deux villes en une même juridiction ecclésiastique. Sa profonde sagesse lui valut de devenir l'un des conseillers de Clotaire Ier, notamment quand ce roi cruel se sépara de la douce reine

eu la gentillesse de m'adresser une photocopie du livre : *Mer, son église réformée,* par le pasteur Paul de Félice (1885). C'est précisément un volume que je recherchais depuis longtemps car il y est mentionné l'affaire Moïse Gréjon dans ses moindres détails. La réalité historique fut encore plus horrible que ce que je vous en ai raconté : le cadavre fut salé comme un pourceau afin de rester présentable jusqu'à son procès !

Radegonde. Sa célébration canonique se déroule d'ordinaire le huitième de juin mais à Josnes, on a coutume de prendre une légère avance sur les règles hagiographiques. Ici, dans la Petite Beauce de jadis, les paysans l'honoraient surtout à titre de protecteur légendaire des récoltes. On peut donc supposer que la Saint-Médard, autrefois, marquait l'offrande des prémices à quelques semaines du début des moissons.

Ce n'était certainement pas par hasard qu'on avait choisi ce saint-là car il offrait le meilleur antidote à la propagation calviniste : qui pouvait mieux s'opposer à Jean Calvin, natif lui aussi de Noyon, qu'un évêque canonisé de même origine ? Ce choix n'est point surprenant dans un pays que déchirait l'intolérence religieuse.

Quoi qu'il en soit, l'influence du bon saint Médard n'était point à brocarder. Reportons-nous plutôt à sa légende :

Avant d'être ordonné évêque, Médard était faucheur, et faucheur prodigieux. Non loin de là habitait une fermière qu'on disait de grande avarice. Cette fermière bénéficiait d'un curieux privilège : elle pouvait ramasser, sur les prairies banales, autant de foin qu'un homme pouvait en faucher du lever au coucher du soleil. Il lui fallait donc dénicher un faucheur hors du commun. Elle connaissait Médard de réputation : elle vint le trouver et lui proposa ceci : «Si tu couches tout le foin des prairies banales en un seul jour, je te donnerai double salaire et je te nourrirai comme tu ne l'as jamais été.

— Soit, avait accepté Médard. Je coucherai tout le foin des prairies banales en un seul jour, avec l'aide de Dieu.»

C'étant dit, il s'était assis sur le talus qui bordait les dites prairies. Mais à midi, lorsque la fermière lui apporta sa miche, ce fut pour constater que son faucheur n'avait pas bougé d'un pouce, n'avait même pas pris la peine de battre sa faux. Il était toujours là, dans sa posture du matin, assis sur le talus !

«Tu t'es moqué de moi, hurla la fermière. Tu n'as même pas coupé un brin d'herbe ! Puisque c'est ainsi, fainéant, je saurai m'en souvenir au moment voulu !» Et furieuse, elle tourna les talons sans entendre Médard qui disait de sa voix calme : «Je coucherai tout le foin des prairies banales en un seul jour, avec l'aide de Dieu.»

On aurait pu croire qu'il déraisonnait mais non, le soir tombé, il avait réellement couché, avec l'aide de Dieu, tout le foin des prairies banales. Il rentra donc à la ferme pour toucher double salaire et se gaver du festin promis. Quelle ne fut pas sa déconvenue de ne s'asseoir que devant une table nue, sans écus dessus sans même une écuelle de soupe. La fermière, dans sa rogne, venait de rompre l'accord. Médard avait mouillé son cilice pour n'en tirer aucun avantage.

«Tu as osé douter de l'aide de Dieu, sermonna-t-il. Tu ne profiteras point du foin que j'avais fauché pour toi.»

Il quitta la maison lorsque la pluie commençait à tomber. Elle tomba pendant quarante jours, comme au Déluge, le temps qu'il fallait pour que pourrisse la fauchaison. Depuis lors, les faucheurs vénéraient saint Médard et les paysans l'imploraient dès que les nuées menaçaient de gâter les récoltes.

Les incantations adressées à saint Médard ne suffisant pas toujours, les paysans se rabattaient sur d'autres secours, comme saint Blaise, qui préservait les semailles. Le forgeron clouait un fer à cheval sur la porte de l'église pour s'attirer les bonnes grâces de saint Éloi, son patron. Les meuniers honoraient sainte Barbe, qui écartait les tempêtes et la foudre ; ils accrochaient encore des croix de blé bénites dans leur moulin.

On suivait également les processions. A la Fête-Dieu, les fidèles se rassemblaient autour des reposoirs, qu'on démontait dès que la procession était passée.

Chaque fête religieuse avait ses coutumes. Le jour des Rameaux, les chantres s'agenouillaient devant la grille de l'église et prenaient le buis bénit avec la bouche. On en faisait des croix pour décorer les calvaires des carrefours, les portes des greniers et les moulins.

Pendant la Semaine Sainte, les cloches s'envolaient pour Rome, à ce qu'on disait, d'où elles revenaient en éparpillant des œufs dans les prés. Le clocher restant silencieux, c'étaient les enfants de chœur qui appelaient aux offices. Ils faisaient le tour du bourg en suivant les venelles, suités d'une joyeuse bande de gamins ; ils agitaient une clochette au son grêle. Télémaque Nourrisson, qui était pourtant un fervent protestant, prenait pitié de les voir secouer ce minable grelot et se faisait une joie de leur prêter une cloche plus volumineuse, donc plus sonore. C'était, me dit un informateur, le début de l'œcuménisme ! Il faut signaler aussi cet autre protestant acharné, Henri Dumant, qui ne connaissait pas de plus chère coterie que le bedeau Paul Reynaud. Entre gens de bonne volonté, on parvient toujours à s'entendre. Nous verrons plus loin que ce n'était hélas pas souvent le cas...

A Pâques, les enfants de chœur devenaient les «pâquerets» lorsqu'ils passaient de ferme en ferme, avec un grand panier, et qu'ils ramassaient les œufs semés par les cloches en vadrouille. Ils chantaient :

Si votre poule a bien pondu
Vous m'en mettrez deux de plus
Alléluia
Dieu vous le rendra !

A la même date, les nouveaux mariés devaient sauter un ruisselet, main dans la main, en gage de fidélité. On franchit le Rubicon que l'on peut...

Les Rogations marquaient les jours précédant l'Ascension. On se recueillait devant tous les calvaires de la paroisse, à raison de ceux d'un hameau par jour. Assisté de ses enfants de chœur, le curé prononçait une prière de circonstance.

Les paroisses qui avaient le bonheur de conserver les reliques d'un saint, ou à défaut une de ses statues, organisaient d'autres processions. Si la faim fait sortir le loup du bois, c'était la sécheresse qui poussait certain saint à sortir de son église : on se joignait ainsi aux pèlerins qui défilaient devant la Croix de Saint-Étienne, le quatrième dimanche après les Pâques, en l'honneur de saint Léonard. Deux saints dans la même affaire, le succès semblait garanti.

Saint Léonard, qui possédait son bourg derrière Marchenoir, était un moine de l'abbaye de Micy, près d'Orléans ; il s'était retiré, à la fin du Ve siècle, en Sylvalonnie (actuellement Forêt Longue) où il avait mené une existence de méditation et de pénitence. Son pèlerinage datait de 1226. Cette dévotion calmait les frayeurs, les angoisses, les convulsions, les rages dentaires, la folie, la mélancolie et la langueur. Ce pèlerinage est encore pratiqué de nos jours.

La béatification de Jeanne d'Arc fut grandement fêtée dans nos églises de l'Orléanais en 1909 et 1910.

Des missionnaires itinérants promenèrent plus tard la châsse de sainte Thérèse sur le passage de laquelle, assurait-on, fleurissaient les miracles. Des paysans façonnaient des objets symboliques — des petits pressoirs pour les vignerons, des minuscules gerbes pour les moissonneurs — qu'ils disposaient sur le brancard, à côté de la châsse. Quatre missionnaires chantaient en portant ce brancard. Ils marchaient pieds nus sur les pierres des chemins. Leur piété touchait le cœur des plus insensibles. Et pourtant, histoire de faire chanter plus fort les pénitents, des plaisantins ne trouvèrent rien d'autre que de répandre des tessons coupants et des clous rouillés sur leur itinéraire !

N'en déplaise aux sceptiques, le passage de sainte Thérèse faisait vraiment des miracles ; on en fut témoin d'un. Un anticlérical invétéré gueulait à qui tendait l'oreille qu'il ne s'agenouillerait jamais devant cette pantomine. Il se planta au milieu de la chaussée, bien d'aplomb sur ses deux guibolles raidies, tandis que les autres tombaient sur les rotules en se signant. Vint le moment où il dut s'écarter pour laisser passer le cortège de la «Bonne Dame». Voilà que ce grand benêt s'empêtre dans une ronce et vlan ! se retrouve à genoux comme les copains, dans une position saugrenue pour un mécréant de sa trempe. Le miracle tant attendu venait de s'accomplir ! Ce fut néanmoins le seul qu'on put louanger cette fois-là, mais beaucoup en rigolèrent longtemps...

On n'est jamais si bien servi que par soi-même : à Séris, l'abbé Cornet fabriquait ses cierges avec la cire des abeilles qu'il élevait.

Chaque famille pratiquante cuisait le pain bénit à tour de rôle. La fournée comprenait une grande galette, d'un diamètre de cinquante centimètres environ, et d'autres galettes plus modestes, larges comme les deux mains ouvertes. La première était offerte pendant l'office ; les autres distribuées à la parentèle et au voisinage. Le prêtre recevait aussi la sienne.

Les enfants de la famille présentaient la grosse galette à l'autel, selon un cérémonial d'offrande établi de longue date. Le découpage était fait sur le banc d'œuvre, devant la chaire, par les marguilliers du conseil de fabrique. L'entamure, ou chanteau, était attribué à la personne qui devait rendre le pain bénit du dimanche suivant. Le pourtour de la galette, divisé en «grignes», était remis par le bedeau aux notabilités présentes. Le restant était rompu en morceaux, disposé dans des corbeilles et donné par les enfants de chœur à tous les assistants de moindre rang. Restait enfin le centre, ou la «couronne», qui revenait à celui qui faisait l'oblation de ce pain.

Voici longtemps, dans certaines paroisses, on avait pour habitude de vendre une galette aux enchères à la sortie de la messe, au profit des œuvres paroissiales. Le monsieur qui l'achetait l'emportait au bistrot et la partageait avec ses amis : c'était la «jubilation».

Dans les paroisses voisines...

Le lundi de Pâques, les jeunes gens de Huisseau-sur-Mauves se rendaient à la source du Bois-Rond. Ils y tressaient une couronne de feuillage qu'ils offraient au «père Pâques». Un vieux reste de paganisme, sans doute.

Témoignages

VRAI OU FAUX ?

Dans son «Histoire des Ducs et du Duché d'Orléans», un ouvrage publié à Paris en 1845, Philipon de La Madeleine écrivait : *«On a découvert à Josnes d'assez nombreuses antiquités. L'église renferme un tableau de Boucher qui fut, dans l'origine, destiné à la chapelle de Chambord.»* Mais l'auteur n'ayant cité aucune de ses sources, rien ne nous permet aujourd'hui de certifier la véracité de son affirmation.

En 1910, l'Almanach paroissial mentionnait cependant que cette toile monumentale, «l'Adoration des Mages», avait été donnée avant la tourmente révolutionnaire par le châtelain de Cerqueux. «Ce tableau, lisait-on sous la plume du prêtre Henri Faix, pour éviter qu'il ne fût volé ou détérioré pendant la Révolution, avait été détaché de son cadre, roulé et caché dans un grenier.»

L'abbé Bernard Luxereau, qui fut curé à Josnes de 1927 à 1948, effectua diverses recherches à ce sujet dans les années trente. Il établit ainsi qu'une réplique de ce tableau se trouvait à Bourges, à la différence près que sur l'œuvre exposée en l'église Saint-Médard, l'artiste se serait représenté à côté du Mage de droite.

Rappelons que François Boucher, ornemaniste et décorateur de théâtre, devint, par la grâce de la Marquise de Pompadour dont il était l'intime, surintendant de la manufacture des Gobelins puis premier peintre de Louis XV. Jean-Honoré Fragonard fut son élève. Ses créations fourmillent de chasseresses antiques aux formes potelées, de muses alanguies dans des décors pastoraux, de Vénus aux chairs nacrées et à la sensualité épanouie.

Par quel miracle le châtelain du pays put-il enrichir l'église d'un tel trésor, si toutefois l'authenticité du tableau était confirmée ? Voilà bien le mystère ! On peut évidemment supposer que le sieur Paul-René Dupont de Veillenne, dernier seigneur de Grand-Cerqueux en cette fin de l'Ancien Régime, entretint quelques liens amicaux avec la favorite du roi, quand celle-ci se retirait en villégiature au château voisin de Menars, et par là même qu'il en vint à fréquenter François Boucher, son protégé. Mais, répétons-le, il ne s'agit que d'une hypothèse...

Pour sa part, le père Jacques Rivet — l'actuel responsable du secteur paroissial — demeure fort dubitatif sur la question. L'attribution de cette «Adoration des Mages» à Boucher lui paraît d'autant plus hasardeuse que le maître fut souvent imité en son temps. Il faut admettre en effet que le tableau encrassé de l'église, malgré sa facture habile, ne reflète guère ni la patte ni la palette du célèbre peintre.

LES TRICOTEUSES

Il n'y a pas si longtemps en Touraine, dans le canton de Vouvray, il existait une coutume spéciale au mercredi des Cendres. Ce jour-là, on «tricotait», c'est-à-dire qu'on allait se faire payer une bonne bouteille dans les maisons où était survenu un grand changement dans l'année : une acquisition importante, un emménagement, un nouvel emploi... (Information de Mme Claudette

Louchart, de La Chaussée-Saint-Victor.)

LES CONFRÉRIES

La commune de Boynes, petit village agricole et artisanal, fut la «capitale» du safran et un pays de vignoble — 317 ha de vignes (Meslier) — en 1826.

La Confrérie de Saint-Vincent, qui a compté entre cent-vingts et cent-quatre-vingts membres, en majorité des agriculteurs et des vignerons, était fêtée le 22 janvier. Un membre de la confrérie, désigné chaque année suivant l'ordre de son inscription à la confrérie, devait offrir le pain bénit. Son suivant prenait le chanteau et chacun de ceux-ci désignait un «marié» et une «mariée» de circonstance.

La veille de la fête, les jeunes garçons allaient poser un énorme bouquet de verdure et de fleurs enrubannées, à grand renfort de clous et de coups de marteau, sur les portes cochères du porteur de pain bénit, de celui du chanteau, du marié et de la mariée. A chacune de ces quatre étapes, on leur offrait la galette arrosée de bon vin.

Le jour de la fête, après la messe entendue sous la bannière du saint, tous les membres de la confrérie, musiciens en tête, suivis du marié et de la mariée, se dirigeaient vers un café voisin pour y déguster la galette copieusement arrosée par le porteur de pain bénit. L'après-midi, nouveau défilé dans les rues principales. Un grand bal clôturait la soirée. Toutes ces agapes étaient assorties, cela va sans dire, de la rengaine si connue :

Saint Vincent vient tous les ans
Souvenez-vous-en, souvenez-vous-en
Saint Vincent vient tous les ans
Souvenez-vous-en longtemps.

La Confrérie de Saint-Éloi, qui regroupait plutôt les artisans nombreux à cette époque, ainsi que certains cultivateurs, comptait aussi cent-vingts membres environ. La fête, le 1er décembre, se déroulait de la même façon que celle de la Saint-Vincent, à ceci près qu'en plus, chaque membre se voyait poser un petit baquet à sa porte, ce qui demandait beaucoup plus de travail et de clous aux jeunes garçons de la confrérie.

Ces confréries ont disparu vers 1958, les frais engagés par le porteur de pain bénit devenant trop onéreux. (Informations de M. André Nivet, de Boynes.)

Notre guerre de sécession

L'église semblait veiller sur la mairie, sur l'école des garçons et sur la place publique. Pour les protestants, c'était déjà le symbole de la mainmise cléricale sur la commune. Cette église, qui profilait l'ombre de son clocher sur les bâtiments communaux comme pour les priver du soleil, il fallait l'investir à la première occasion. Et cette première occasion, ce fut M. Aristide Briand qui l'offrira...

La division se situait à tous les niveaux et la rupture devint telle qu'on sentit souventes fois des relents de guerre civile. Après avoir exacerbé les passions, l'affaire Dreyfus eut pour conséquence, en 1899, d'affermir une Troisième République encore chancelante, jusque-là exposée aux rudes coups monarchistes assenés par *l'Action Française* de Charles Maurras et par la *Ligue de la Patrie* de Paul Déroulède, Jules Lemaitre (qui habitait près d'ici, à Tavers) et François Coppée. L'*Alliance républicaine démocratique* riposta en déclenchant dès 1901, sous le cabinet Waldeck-Rousseau, un profond mouvement anticlérical. L'année suivante, les «élections rouges» poussaient Émile Combes au pouvoir. Tout ancien séminariste qu'il était, ce nouveau président du Conseil (il le restera jusqu'en 1905) avait juré «d'assurer la suprématie de la société laïque sur l'obédience monacale», de dégager l'État des tentacules avides de l'Église, de dissoudre le clergé et de liquider ses biens. Les autorisations de formation des congrégations religieuses furent en grande part invalidées et l'on ferma les écoles confessionnelles, sauf les noviciats qui envoyaient des enseignants dans les colonies. Le 9 décembre 1905, après lecture du rapport d'Aristide Briand, le Parlement votait la fameuse loi sur la séparation de l'Église et de l'État. La liberté des cultes était garantie mais aucune subvention n'était plus à soutirer du Trésor public. A chacun désormais la charge d'entretenir son autel. Les catholiques s'opposèrent immédiatement à l'inventaire des biens de l'Église ; on dut appeler la troupe. Pour une rare fois, le sabre se tournait contre le goupillon...

Au village, tout s'était envenimé à partir de 1896. Les gens semblaient pourtant avoir oublié leurs animosités passées. Il n'en était rien et la première étincelle suffit à enflammer la poudrière.

La gravité de la désunion apparut lorsqu'il fut décidé la construction de l'école des filles. Chacun la voulait à sa porte : les uns à cette extrémité du bourg et les autres à l'opposé. Les esprits conciliants proposaient de la construire au juste milieu du bourg mais personne ne voulait vraiment les entendre. Les familles d'Ourcelles et de Prenay devinrent «ceux du Nord» ; celles d'Izy, de Trugny et de Lavau furent «ceux du Midi». Les sudistes eurent finalement gain de cause.

Mais la graine d'ivraie germait déjà et cette bataille d'école dégénéra vite en conflit politique, puis en guerre religieuse. Tous les groupements, toutes les associations se coupèrent en deux. On ne disait plus maintenant «ceux du Nord» ou «ceux du Midi» : on disait les «rouges» ou on disait les «blancs».

La fanfare existante, la Société municipale, fut la première à se scinder entre la Société musicale principale et l'Union républicaine. On se fit alors un devoir d'apprendre le solfège pour rejoindre ensuite le parti de son choix. La Musicale obéissait à la baguette de René Boulet (porte-bannière : Antonin Huet) alors que la Républicaine était dirigée par le brave Launay (porte-bannière : André Gentils).

Dès sa constitution, la Républicaine entreprit d'édifier sa propre salle des fêtes, qu'elle baptisa pompeusement «Casino». Pour ce faire, elle proposa un système de participation à tous ses adhérents... La Musicale continua de se réunir dans la salle habituelle des noces et banquets du café Boulet.

Les jeunes se gardaient bien de fringuer dans les bals de la société adverse et les mariages entre les diverses tendances n'étaient plus pensables. Aux assemblées, les fanfares jouaient chacune leur tour devant leur public attitré. A la Saint-Médard ou au 14 Juillet, la «musique du Nord», comme on l'appelait à l'époque, exécutait dans la cour d'Émile Simon tandis que la Musicale, sans doute mieux en faveur auprès de la mairie, se produisait sur la place. Les choses faillirent tourner au drame à plusieurs reprises. C'était à qui empêcherait les autres de jouer, à qui soufflerait le plus fort dans son baryton pour couvrir celui d'en face. Les notes discordantes de la zizanie ne manquaient ni dans les attitudes, ni dans les partitions. Et l'on ose prétendre que la musique adoucit les mœurs !...

Les blancs, virulents, ordonnèrent un jour à leur chef d'aller interdire le concert des rouges. Cela lui était bien sûr impossible puisque les indésirables se tenaient dans une cour privée. Le chef se récusa donc. Ce défaitisme suspect se solda par la démission du «traître», comme les ultras se plurent à le fustiger en peinturlurant ses portes de grange !

Une retraite aux flambeaux fut à deux doigts de provoquer une nouvelle révolution. Dans la ruelle de la cure, l'Union républicaine avait tenté de doubler la Musicale principale, bonguieu de bonguieu !

A dater de ce déplorable incident, la Musicale fut la seule harmonie à recevoir l'autorisation de défiler pendant la fête nationale. Cette bizarrerie laisse pantois car les membres de ladite Musicale, à l'inverse des composants de l'Union, penchaient davantage vers la monarchie que vers la République ! C'était décidément le monde à l'envers dans cette pétaudière, où les royalistes disputaient aux jacobins l'honneur de célébrer la prise de la Bastille !

Les autres, les exclus des réjouissances patriotiques, se consolaient en banquetant dans leur Casino fraîchement inauguré. Lorsque le défilé des blancs passait devant le repaire des rouges, le capitaine des pompiers se plaçait devant la porte, l'épée au clair, afin de décourager toute intention malfaisante.

Avant 14, nos pompiers marchaient avec la Société musicale principale ; ils ripaillaient ensemble à la Sainte-Barbe et à la Sainte-Cécile. C'étaient autant de preuves tangibles de la collusion qui liait la Réaction et l'Armée. Car nos sapeurs-pompiers d'alors faisaient figure de militaires puisqu'ils étaient armés de fusils. Ils avaient aussi leur clique : des tambours, des clairons et des gants blancs. La compagnie, son prestige nonobstant, ne paradait pas souvent car ses soldats, malgré leur bonne volonté évidente, n'avaient jamais réussi à marcher au pas. A dire vrai, ils n'étaient guère plus brillants au feu qu'à la revue. C'était la pompe à bras qui se coinçait, ou c'étaient les tuyaux qui éclataient. Le plus fréquemment, il ne leur restait qu'à se glisser piteusement dans la chaîne des seaux. En cas de violent incendie, les écoliers arrivaient en renfort, sous les ordres du maître d'école.

La brouille des fanfares glissa progressivement vers le désordre politique, comme nous le constations plus haut. Les soirs d'élection étaient particulièrement animés et fiévreux. Mon bisaïeul Ernest, de Trugny, fut une nuit assommé au coin d'un mur de café, alors qu'il se soulageait tranquillement. Ce lâche attentat avait été commis par cette brute de Christophe Gasselin, de Toupenay. L'arme du terroriste était une pierre entortillée dans un mouchoir. Le pauvre Ernest saignait comme un bœuf.

Le dissentiment se manifestait également dans les associations de battage, ainsi que nous en parlions tantôt.

A la séparation de l'Église et de l'État, en 1905, la bigoterie refusa nettement de se plier aux lois qu'elle jugeait scélérates. Les guerres de religions redevinrent d'actualité. Des manifestations émeutières troublèrent soudain la quiétude orléanaise.

La grogne n'épargna pas notre paroisse, évidemment. Certains enragés voulaient la perte des autres ; les bonnes femmes n'hésitaient plus à se jeter dans la bagarre à la suite des hommes, prêtes à se crêper sauvagement le chignon. Le 15 Août, fête de Marie, les protestants narguaient les catholiques en rentrant les moissons ; les «calotins» en bisquaient de rage car ce jour-là, ils devaient s'abstenir de travailler par respect pour la Sainte Vierge, alors que le temps pressait. Et l'on entendait fuser les jurons dans tous les coins : Bon d'la ! Animal cochon ! Fi d'garce !

Les dévots se barricadèrent dans l'église pour résister à l'inventaire obligatoire. On les entendait chanter le miséréré depuis l'entrée du bourg. Les anticléricaux assiégeaient le clocher, bien contents de voir la tournure que prenaient enfin les événements. Les portes furent forcées. Une rebelle se planta devant l'officier bien embarrassé, qu'elle toisa d'un regard plein de haine.

«Où sont vos armes ?» lui demanda poliment l'officier.

Et la femme, posant théâtralement la main droite sur son cœur ulcéré, lui répondit d'un air hautain : «Elles sont là !»

Après bien des gnons donnés et reçus, après bien des illusions et des désillusions, les ressentiments se tassèrent d'eux-mêmes et les combats cessèrent encore une fois, faute de combattants. Les deux sociétés de musique fusionnèrent en 1920. De leur réunion naquit l'Union républicaine de Josnes ; la direction en fut confiée à mon arrière-grand-père Armand Gréjon, de Messilly. Les répétitions de théâtre ou de musique se déroulaient au Casino, pendant l'hiver, quand on est moins bousculé par l'ouvrage. C'était surtout une partie de rigolade : on y buvait et on y faisait les crêpes.

Contrairement à d'autres endroits, les différentes classes sociales n'étaient guère marquées. Les filles des riches et les garçons des pauvres se retrouvaient ensemble à ramasser des brouettées de crottin, sur la route, pour le jardin de leurs parents. C'était tout juste qu'on entendait les gammes d'un piano qui sortaient d'une maison bourgcoisc : Suzannc Riby — qu'on appellera toujours néanmoins avec déférence «Mademoiselle Riby» — prenait sa leçon, ce que n'aurait jamais fait une fillette de modeste naissance. A part cela, point d'arrogance de fortune.

Notre village n'eut pas la chance — et ce fut bien dommage — de bénéficier du legs de quelque vieille demoiselle vertueuse afin d'honorer une traditionnelle rosière, comme cela se pratiquait en certaines paroisses. Et l'anecdote de la pucelle méritante qu'on élit alors qu'elle se trouve enceinte de plusieurs mois, est certainement trop connue pour être contée en ces pages...

Témoignages

POUR LE ROY

«Le château de Cerqueux était occupé par la famille Roger, famille qui avait de bien petits moyens. Roger était leur nom de famille.

«Mon père, comme bourrelier, rafraîchissait tous les ans les harnais et les voitures qui avaient été de luxe. Ils ne servaient jamais. Le châtelain les réservait, disait-il, pour le jour où le roi remonterait sur le trône de France. Mon père, qui ne manquait pourtant pas facilement à la charité, ne pouvait réprimer un sourire.» (Lettre de M. Georges Rousseau, de Gien mais originaire de Josnes.)

On peut lire cette manière d'épitaphe sur une croix tombale du cimetière d'Artenay :

Libre penseur la croix ne me fait pas peur.

(Information de Jean-François Amary, du groupe de recherche sur les traditions de Beauce.)

AUTEUR MÉCRÉANT ET DESCENDANT DE VOLEURS

«Je vous écris à propos de la série d'articles intitulés *Ils étaient de leur village.*

«Ces articles ne seraient pas dénués d'intérêt s'il ne s'y glissait des remarques aussi stupides qu'injustes : ainsi l'auteur parlant de "riches abbayes" attaquées par les Barbares, et des religieux emportant "leurs reliquaires d'or", croit devoir ajouter : "qui seyaient sacrément bien à leurs vœux de pauvreté" ! Une telle remarque montre que l'auteur ignore tout de la religion et de l'honneur dû à Dieu et aux Saints car, qu'est-ce qu'un reliquaire ? C'est un objet (boîte, coffret...) destiné à recevoir des reliques et rien n'est trop beau ni trop précieux pour honorer Dieu, les Saints et les Martyrs. Ceci n'empêchait pas les moines de vivre, eux-mêmes, pauvrement, couchant dans des dortoirs, sur des planches, se nourrissant de légumes et de pain noir. Lorsqu'on aime quelqu'un, on veut ne lui offrir que de belles choses, rien n'est donc trop beau pour glorifier Dieu.

«Dans un article précédent, l'auteur parlait des "biens nationaux" et se plaignait de ce que ceux-ci avaient été repris, sous la dernière monarchie, "sans dédommagement"! Là encore, c'est ignorer d'où provenaient les biens nationaux, qui avaient tout simplement été volés à l'Église et aux nobles par des fonctionnaires de la Révolution qui se les appropriaient sans scrupules. Les personnes qui ont été héritières de ces biens ont donc hérité de biens volés, et si elles avaient eu, elles-mêmes, quelque honnêteté, elles les auraient restitués à leurs propriétaires légitimes.

«Je vous serais obligée de bien vouloir porter ces rectifications à la connaissance de vos lecteurs dont certains (dé)formés par l'école (obligatoirement) laïque et républicaine, n'auront peut-être pas rectifié d'eux-mêmes.» (Lettre de Mme G. Milleret, de Jargeau, adressée au rédacteur en chef du journal qui publiait cet ouvrage en feuilleton.)

CONTRE-RÉACTION

«J'ai lu la lettre de la dame de Jargeau au sujet de l'école "laïque, gratuite et obligatoire"... C'est quand même cette école laïque qui a pratiquement supprimé l'analphabétisme. Des religieux lui ont même rendu hommage et gardaient un excellent souvenir de leur maître laïque.

«Vous pourriez préciser, en douce, que les fondateurs de cette école "laïque, gratuite et obligatoire" venaient tous des écoles confessionnelles ; ils savaient parfaitement ce qu'ils faisaient dans l'intérêt du peuple. Le père Combes venait même du séminaire ! Et Renan, et Prosper Alfaric !» (Lettre de M. Roger Barbat, de Baule.)

SOYONS LOYAUX, QUE DIABLE !

«Vous faites paraître une série de caricatures anticléricales d'un goût plutôt douteux ; même s'il s'agit d'une rétrospective, je ne vois pas l'intérêt de publier tant de grossièretés.

«En tout cas, il faut au moins être loyal. La stèle du curé de Noyers n'a pas été rédigée *(sic)* par celui-ci, mais par son neveu et sa nièce qui l'avaient séquestré, profitant de son grand âge et de sa cécité et le privant de tout contact avec ses confrères. Je crois qu'il serait bon d'en rectifier le sens.» (Lettre de M. l'abbé Richaud, curé-doyen d'Ingré.)

LA FAUTE DE L'ABBÉ DELARUE

«Ils ont tué mon pauvre garçon ! Lui qui était si bon, qui aimait tant rendre service à son prochain ! Ils l'ont tué quand même !»

Le vieil homme qui se lamente ainsi, des sanglots dans la voix, accablé de douleur, ce vieil homme est le père de l'abbé Joseph-Alfred Delarue, le curé de Châtenay. Un desservant connu et

Ce n'est pas nous qui dirons jamais les paroles impies le « Paix » et de « Désarmement » !

Collection R. G. — No 48. Voilà l'ennemi

apprécié de tous dans une paroisse sans histoires. Mais voilà : il a fallu que le Malin s'en mêle. L'honnête curé vient de disparaître inexplicablement. Envolé, il n'y pas d'autre mot !

Nous sommes aux beaux jours de l'été 1906. Le 23, qui tombait un lundi, plusieurs villageois ont vu M. le Curé retrousser sa soutane, enfourcher sa bicyclette et pédaler hardiment en direction de Paris où, selon ses propres dires, certaines obligations de son ministère le réclamaient d'urgence. Bien.

On sait aussi que le lendemain, le mardi 24 donc, sur le chemin du retour, il projetait de s'arrêter à Étampes, pour souffler, chez Mme Charpentier, une de ses amies auprès de qui il comptait déjeuner. Pas de quoi s'alarmer jusque-là, d'accord... Mais c'était il y a une semaine et depuis, M. le Curé n'a plus donné signe de vie !

Les brebis commencent à bêler, les grenouilles coassent déjà. Les ouailles se sentent tenaillées par une soudaine faim de pain bénit. L'inquiétude se change aussitôt en frayeur lorsqu'un charretier ramasse dans une ornière, près du hameau de Longuetoise, le chapeau du prêtre, ensanglanté et comme déchiqueté par une lame d'eustache.

L'angoisse est à son comble. Cette fois, plus de doute permis : le curé de Châtenay a plongé tête baissée dans le guet-apens qu'un maraudeur lui avait tendu au détour de la route ! L'abbé Delarue a été assassiné par la racaille. Décidément, les vauriens ne respectent plus rien. Pardi ! Ils se sentent encouragés dans leur mauvaiseté depuis que le gouvernement a voté la séparation de l'Église et de l'État. La tendance est au sacrilège, bien sûr !

Les gendarmes, appelés, entament immédiatement leurs investigations tandis que M. Germain, le juge d'instruction d'Étampes, est officiellement chargé du dossier. Mme Charpentier confirme que le mardi à midi, M. l'abbé a bien déjeuné à sa table, comme convenu de longue date. Le mystère s'épaissit bougrement. Les gardes-champêtres sondent les mares et les puits, les cantonniers battent les ronciers des accotements, les bûcherons passent les sous-bois au râteau. Rien, pas l'ombre d'un indice. On se pince pour y croire !

Récapitulons : le curé de Châtenay s'est littéralement volatilisé lors d'un déplacement qu'il effectuait à vélo, mais on se perd en conjectures. Il a probablement été victime d'un meurtre, soit ; mais où ? Comment ? Pourquoi ?

Un suspect est néanmoins appréhendé. Un individu louche, un gars de la contrée, un païen fini. L'égorgeur de curés idéal. Hélas ! on doit le relâcher car le chenapan produit un alibi incontestable. Dommage : il aurait fait un excellent coupable.

Alors faute de mieux, on se rabat sur trois galvaudeux, de ces trimardeux qui suivent les batteuses tout en chapardant peu ou prou dans les jardins et les poulaillers. Ceux-là, d'aucuns les ont surpris à rôdailler autour de l'église, à Châtenay, ces jours derniers, même qu'ils semblaient ruminer quelque malfaisance à leur air de voleurs de poules, du genre : fracturer le tronc. Des pilleurs de troncs, oui, c'est cela !

Il s'agit de Théo-la-Boulange, de Rebut et de Matelot. Des sobriquets, évidemment. Et puisque ces bougres s'entêtent à ne pas vouloir cracher le morceau, les pandores se font un devoir de les tabasser copieusement, de manière à leur rafraîchir la mémoire. Ce qu'ils s'obstinent à nier aujourd'hui, ces pieds-nickelés l'avoueront forcément demain. Ce n'est qu'une question de temps.

Mais le temps, justement, n'apaise guère les choses. L'affaire obtient maintenant un retentissement formidable. Le climat politique s'y prête à merveille car l'heure est aux querelles confessionnelles. On anathématise à droite et on bouffe de la calotte à gauche. Les journaux de Paris ont déjà envoyé leurs meilleurs reporters à Châtenay ; chacun espère glaner le détail sensationnel.

«Le Matin» va même jusqu'à offrir une prime de mille francs à qui fournira le premier adminicule. La promesse est si alléchante qu'une nuée de charlatans s'abat aussitôt comme une volée de corbeaux sur la campagne beauceronne. L'un brandit une baguette, l'autre balance un pendule. Sans résultat, on l'aurait parié.

Voici que les anticléricaux y ajoutent leur grain de sel, fatalement. Ah ! ceux-là, que n'inventeraient-ils pas pour troubler l'eau des bénitiers ? Le 31 août, une commère ose insinuer devant le commissaire Cœuille, du quartier Saint-Lambert, que ce malheureux abbé aurait fui en compagnie d'une demoiselle avec laquelle il s'encanaillerait quelque part. Il aurait également suborné, naguère, une jeune et jolie veuve de Nevers. Celle-ci, convoquée, dément formellement ces basses calomnies, non mais quoi !

Autant dire que la rumeur se met à ragoter à tort et à travers, sans réfléchir. On lit d'ailleurs dans «Le Petit Journal» que «malgré toutes les informations qui tendent à ternir la mémoire de l'abbé Delarue, le curé de Châtenay disparu, la population de la région tient le pauvre prêtre pour mort. Cette conviction, partagée par tous les desservants de la région d'Étampes ou d'Angerville jusqu'à Chartres, est aussi celle de la justice».

Le 25 septembre en effet, le juge d'instruction dépose son rapport sur le bureau du procureur de la République. Ce rapport conclut à l'assassinat. Si le cadavre demeure introuvable, c'est tout simplement parce qu'il a été «enlevé par un moyen mécanique». On pense à un véhicule automobile.

Or le même jour, tenez-vous bien, une dépêche fort surprenante parvient de Belgique.

Coup de théâtre : M. le Curé de Châtenay, que l'on recherche partout depuis deux mois, vient d'être localisé à Bruxelles. Sain et sauf. Dans une chambrette, dominominette, un petit nid douillet qu'il partage avec — oh ! ça par exemple ! — avec Melle Marie-Josèphe Frémont, la maîtresse d'école du village ! Quel scandale, vingt dieux !

La tragédie qui a révolutionné le pays tourne brusquement à la farce croquignolette. L'assassinat d'un brave curé de campagne devient la fugue d'un polisson ensoutané. Les chansonniers s'en donnent à cœur joie en composant moult refrains sur la tendre escapade de Coco et de Poupoule. Les gens de Châtenay, eux, sont catastrophés : non seulement ils ont complètement perdu leur curé alors qu'on le retrouvait, mais encore ils doivent faire une croix sur leur institutrice à qui, pourtant, ils auraient offert le bon Dieu sans confession ! Par quelle diablerie en est-on arrivé là ?

La vérité est tellement simple que vous avez déjà votre religion faite, pas vrai ? Eh, oui ! M. l'Abbé, trente-cinq ans, est sincèrement entiché de Mlle Frémont depuis trois ans ; et depuis trois ans, Mlle Frémont, vingt-six printemps, est éperdument éprise de M. l'Abbé. Ils se sont aimés en cachette, certes, mais leur liaison ne pouvait plus rester secrète longtemps : la silhouette de

Mlle Frémont, en effet, n'aurait pas tardé à éveiller les soupçons. Car Mlle Frémont est en attente de famille.

Alors les amants ont décidé de fuir loin de Châtenay et de ses paroissiens trop bien pensants. Le 23 juillet, M. le Curé se rend à Paris où un bimbelotier de connaissance accepte de l'engager comme représentant en bijoux fantaisie à l'étranger. Le lendemain, l'abbé déjeune à Étampes puis fait mine de regagner son presbytère. Mais il abandonne sa bicyclette dans un bosquet, court à la gare de Chalo-Saint-Mars, saute dans le train de Paris, se défroque dans le compartiment, enfile le costume anonyme qu'il a eu soin d'acheter la veille.

Après une brève étape à Mons, Delarue s'installe à Bruxelles, dans le quartier Saint-Gilles. Il se laisse pousser la moustache, puis la barbe, et se fait appeler Derucourt. Marie-Josèphe, qu'il l'a rejoint, se présente comme son épouse. Toutefois, le logeur leur paraissant sourcilleux, les tourtereaux préfèrent se réfugier prudemment dans une mansarde du 11, rue de l'Économie. Et c'est en remplissant une banale déclaration de résidence à la Légation de France que notre fuyard se fait bêtement alpaguer. Le pot aux roses est aussitôt découvert !

Confondu, l'abbé Delarue dévoile tout. Moyennant finances, néanmoins. La bourse du couple est plate et il ne faut plus compter sur la quête du dimanche pour la regonfler. Alors il en coûte cent francs à tout journaliste qui désire une entrevue (*). Les vedettes se font payer cher, n'est-ce-pas ?

Et il gèrera si bien sa publicité, M. l'ex-Curé de Châtenay, que plusieurs directeurs de caf'conc' l'inviteront à participer à leurs spectacles tandis qu'un éditeur se proposera de publier le récit de ses frasques ! Finalement, il se reconvertira dans le commerce.

(*) Soit 4 500 F d'aujourd'hui.

Le cœur en fête

Falbalas et feux de joie

Tout a une fin, y compris un ouvrage que l'on se plaisait à rédiger ensemble — vous les conteurs, moi le plumitif — et qui n'avait le but que de vous distraire tout en vous remémorant ce qu'était le «bon vieux temps d'autrefois»... Tout a une fin donc, et c'est pourquoi je vous ai gardé le meilleur sujet pour ces derniers chapitres : celui des fêtes campagnardes. Car nos anciens, s'ils se tuaient souvent à la tâche, n'en restaient pas moins de bons vivants pour autant.

Pendant la semaine, les habits de rechange étaient soigneusement rangés dans l'armoire. C'étaient la chemise blanche, la cravate, le gilet, les souliers de cuir et, dans les maisons aisées, la redingote et le chapeau haut de forme. Les paysans n'oubliaient jamais de parer leur gousset d'un oignon et de sa chaînette en or, bien qu'ils sachent mieux lire l'heure à la position du soleil qu'aux aiguilles d'une montre. Bref, ces messieurs se mettaient sur leur trente-et-un, propres comme des sous neufs ; ils avaient «pouillé leurs biaux cols à s'empiffrer d'la tarte».

Les femmes s'endimanchaient dans une robe longue sombre, une jupe et un corsage de lainage en hiver, de cotonnade en été. Elles ne quittaient jamais leur corset. Elles nouaient leurs cheveux en chignon (ma voisine Sarah avoue ne s'être jamais fait couper les cheveux de sa vie). Seules se maquillaient les gourgandines.

Parlons un peu de la coiffure de nos grands-mères, nous propose Mlle Suzanne Millié, de Beaugency. *Nos grands-mères portaient des bonnets et non des coiffes. Le mot coiffe désignait une sorte de sous-bonnet qui avait la même forme et les mêmes dimensions que le bonnet proprement dit, et qui soutenait celui-ci. La coiffe était en satinette noire ou en tissu de soie noire. Elle servait à tenir les cheveux en place et évitait de salir le bonnet blanc. Évidemment, ce nom de coiffe semble plus élégant que le nom de bonnet et on les confond souvent. Et pourtant, de toute mon enfance, je n'ai jamais entendu dire que «bonnet» pour la coiffure blanche extérieure. Celle des dimanches était de mousseline fine, parfois ornée de superbes broderies, la passe bordée de dentelle de Valenciennes et «paillée». La semaine, c'était la «câline», plus simple, de mousseline plus solide, quadrillée de rayures de même sorte, blanche aussi. Deux «brides» pendaient derrière, amidonnées comme la câline. On les réunissait avec une petite épingle à tête mais si l'on avait une visite à faire, chez le médecin, le notaire ou quelque personnalité, on retirait l'épingle, on ramenait les brides et on en faisait un nœud sous son menton.*

A Chitenay, il y avait une lingère en bonnets, comme dans beaucoup d'autres villages. Cette lingère ne faisait, ne réparait, ne remettait en état que les bonnets fins. Pour les câlines de la semaine, une lingère ordinaire les enduisait d'amidon cuit et les repassait sur un pied de bois à grosse tête, garnie de tissu, qu'on appelait un «champignon». Lorsque les grosses broderies des beaux bonnets du dimanche n'étaient pas abîmées et que la mousseline était usée, on repiquait à la main ces broderies sur un fond de mousseline neuve, pour refaire un nouveau bonnet. Cela économisait l'achat d'un bonnet neuf brodé.

A Beaugency, dans le commerce de mes parents, nous avons vu progressivement disparaître l'usage du bonnet : les «maîtresses», c'est-à-dire les femmes des propriétaires terriens aisés, le délaissèrent les premières. On les voyait venir au marché du samedi, coiffées d'un chapeau. On disait : Madame Untel ou la maîtresse Untel, s'est «mise en chapeau». Ce chapeau leur allait généralement très mal car leurs cheveux n'étaient pas ordonnés en conséquence, habitués qu'ils étaient à être confinés en petit chignon bien tiré sous le bonnet, et aplatis sur le front, séparés en bandeaux enduits de vaseline pour les maintenir en place.

Ajoutons seulement que les moissonneuses se confectionnaient des sortes de bavolets munis de visières en carton recouvertes d'étoffe, pour se protéger le visage du soleil.

Les enfants traînaient des galoches même le dimanche. Ils portaient une blouse et une culotte qui descendait aux mollets ; ils n'avaient droit au pantalon — à la culotte longue — qu'après avoir franchi le cap de la première communion. Les gadouillots, pour se vieillir, se laissaient pousser un duvet qui se voulait moustache. On leur recommandait de se badigeonner le dessous du nez avec de la fiente de poule ou de pigeon, traitement qui n'a pas son pareil, c'est sûr, pour activer la pousse de la pilosité faciale. Essayez et vous le constaterez certainement.

Les mères passaient leurs veilles de Pâques et de Toussaint en couture car c'était à ces dates qu'on changeait ses vêtements de saison. Les effets d'un aîné étaient usés par ses cadets, ou par ses petits voisins, par économie.

Lorsqu'on allait se faire tirer en portrait chez le photographe de Beaugency, l'événement demandait un effort de toilette particulier. Les militaires avaient cœur de poser en uniforme de parade, la moustache martialement retroussée. Ceux qui avaient la plus fière allure étaient certainement les dragons, avec leur sabre et leur casque empanaché. Pour les prises de groupe, à l'école ou aux noces, c'était le photographe qui se déplaçait avec tout son attirail. En vélo ou en carriole.

Les hommes se réunissaient chaque dimanche dans les cafés. La chopine de vin y coûtait quatre sous. On y jouait aux cartes des gains parfois considérables : son argent, ses bestiaux, ses terres. Les malmariés y jouaient même leur femme, avec le secret espoir de la perdre ! Il fallait, pour être chanceux au jeu, avoir quelques grains d'avoine dans sa poche, sans le savoir.

L'assemblée la plus courue, au village, restait bien sûr la Saint-Médard, la kermesse patronale du premier dimanche de juin. L'affluence ne manquait jamais le rendez-vous. Des forains venaient d'Orléans, parfois même de plus loin, pour y monter leurs baraques. Sur la place, au pied des tilleuls, des petites étiquettes signalaient les emplacements réservés. On avait le choix entre les jeux d'adresse et de tir (des jeux de massacre avec des «catins» qu'il fallait abattre à coups de pelotes de chiffon), les jeux de force avec des maillets, les loteries et les tombolas à un sou le billet (où l'on gagnait quatre fois rien !) et les manèges enfin, qui égrenaient les flonflons d'un orgue de Barbarie. L'un de ces manèges s'était mis au goût du jour en remplaçant ses chevaux de bois par des vélos. Plus les usagers pédalaient et plus le manège tournait vite. Les tours ne duraient pas longtemps quand la foule se pressait autour. On se consolait en grignotant les macarons du père Boucher, le marchand pâtissier de Meung.

La frairie se terminait sur les bals animés par les deux fanfares, l'un au Casino, et l'autre dans la salle du Café Boulet. On ne payait pas à l'entrée mais à la danse. Le cafetier criait : «Les danseurs, faisez le tour !» Tous les couples décrivaient une large ronde et lâchaient leurs deux sous. Le cafetier avait l'œil du maître et ceux qui ne déboursaient rien n'avaient aucune chance de frauder. Là encore, comme sur les manèges, la durée de la danse était en fonction de la cohue.

Après minuit, on pouvait s'abonner pour dix ou vingt sous. Les mères «faisaient banquette», les sourcils froncés, prêtes à réprimer la moindre étreinte furtive. On avait toutes les peines à s'asseoir car ces braves chaperons monopolisaient la totalité des sièges. Et c'était l'affolement dans la volière dès qu'un coquin éteignait malicieusement les lumières ! On entendait alors mille baisers dans l'obscurité complice pendant que les pauvres dames, à tâtons, tentaient en vain de repérer leur innocente demoiselle...

Le répertoire se composait du quadrille «en avant-deux», quelquefois du quadrille des lanciers, de la polka, de la scottish, de la mazurka, de la polka-marche et, plus rarement, de la valse. Pour danser le quadrille, les cavalières devaient relever leurs jupes d'un geste prude afin de ne point s'exposer à la réprobation ou au qu'en-dira-t-on.

Chaque hameau célébrait sa propre fête patronale. Ignares sont ceux qui prétendent sottement, aujourd'hui, que la Saint-Glinglin n'existe point : on la fêtait autrefois à Prenay, le dernier dimanche du mois d'août ! En journée, les jeunesses avaient ficelé un bonhomme de paille, l'avaient boudiné dans de vieux habits et l'avaient pendu enfin à l'orme de la mare, qu'on disait être un ancien «arbre de la Liberté». Après avoir trimbalé ce mannequin par les rues du village, on le faisait brûler, le soir descendu, dans un immense feu de joie. Toute l'assistance formait la ronde autour des flammes tandis que les plus lestes sautaient au-dessus. L'Union républicaine venait y mener la danserie et le bistrot Martin installait une buvette sur un pressoir, légèrement en retrait. Les musiciens étaient invités à dîner dans les maisons du hameau. Le bal se tenait devant la mare ou, par gros temps, sous la grange à Jules Boutet.

A chaque assemblée, les joyeux drilles du pays coursaient les gars des autres villages qui «venaient pour chiper leurs filles». L'échauffourée se terminait généralement devant la chopine de la réconciliation car on ne comptait guère de bagarreurs en ce temps-là.

Dans les paroisses voisines...

En d'autres hameaux de la commune, on fêtait la Pentecôte (Ourcelles), la Saint-Matthieu (Izy) et la Margoton (Trugny). Ici c'était un concert de la fanfare, là une procession de potirons évidés en guise de lanternes. A Tavers et en Sologne, on farandolait autour des feux de la Saint-Jean (24 juin). Les «gâs de la parche», qui allumaient la flambée, quêtaient ensuite des harengs et des oignons pour se remettre de leur nuit endiablée.

A Villemuzard, où l'on célébrait également la Saint-Greluchon, on ramassait les brindilles sèches des haies, on les entassait en un bûcher au bout d'un champ et on giguait tant que brûlaient ces «herbes de la Saint-Jean».

La Saint-Jean dictait aussi d'étranges coutumes. L'eau puisée avant le lever du soleil, et conservée en fût au frais de la cave jusqu'en automne, ferait, croyait-on, un cidre excellent. Ce même matin, les bergers s'assuraient contre les fièvres en se roulant dans la rosée. Les œufs pondus ce jour-là donnaient les meilleures couvées de l'année.

En Sologne, on dansait aussi autour d'un feu de joie le soir des Brandons (au Carnaval).

Témoignages

AVOIR L'OEIL

«J'ai connu les frères Gentils, quincailliers. On les appelait les "Foui" et, en plus, l'aîné Maxime était surnommé "La Joie" parce qu'il était très gai. On le recherchait souvent dans les séances théâtrales : son physique le désignait d'office pour les rôles de pochard, alors qu'il ne buvait que de l'eau !

«Nous fîmes ensemble le concours de Trouville, avec la Fanfare. Notre chef était ton arrière-grand-père Armand Gréjon. Je me rappelle qu'il était grand et qu'il avait beaucoup d'autorité ; il ne se fâchait jamais très fort mais il ne riait pas facilement. Ses trois garçons, Henri, André et Pierre — dont l'un devait être ton grand-père —, jouaient tous du piston. J'étais de l'âge de Pierre (sans jeu de mots !) ; nous étions souvent côte à côte en classe et nous nous bagarrions pour les places...

«Au concours de Trouville donc, je me trouvais près de Maxime-la-Joie, dans un couloir. Un homme passe, puis fixe Maxime en lui disant : "Je ne peux me rappeler où je vous ai vu, mais je vous connais." Et lui, imperturbable, porte la main à l'un de ses yeux, en écarte les paupières et, pendant que son œil de verre lui tombait dans la paume, déclare à brûle-pourpoint : "Ça n' m'étonne pas ! J'ai un œil qui s' dévisse !"» (Lettre de M. Georges Rousseau, de Gien mais originaire de Josnes.)

Du premier au dernier de l'An

Le «Premier de l'An» restait avant tout une fête de famille. Les loupiots souhaitaient la bonne année aux voisins dans l'espoir de recevoir une petite récompense : deux ou trois sous, une poignée de beignets, une gâterie... Ils couraient surtout chez leur parrain et chez leur marraine qui, eux, devaient leur acheter un jouet, une babiole, un méchant cheval de bois, une musette pour les cahiers d'école ou une poupée de chiffon. Les adultes s'offraient un coup de gnôle, histoire de se donner du cœur au ventre afin de mieux affronter les rudes mois de l'hiver à venir.

A ceux qui se montraient généreux, les gosses chantonnaient : *J'vous souhaite une bonne année, une bonne santé, et le paradis à la fin de vos jours !* Mais la formule changeait de ton pour les rapiats qui ne baillaient rien ; c'était alors : *J'vous souhaite une boule dans le nez, une quille dans le ventre, et que le diable vous étrangle !*

A l'Épiphanie, on dévorait la Galette de la Fève. Celui qui croquait dans le gros haricot payait une seconde galette. On tirait les Rois en famille mais à Orléans, certains boulangers offraient une gigantesque tourte qu'ils partageaient dans leur clientèle. La graine fut vite remplacée par une figurine en porcelaine car des malhonnêtes préféraient avaler la fève plutôt de verser leur écot !

Jusqu'au milieu du siècle passé, la dégustation de la Galette des Rois donnait lieu à une charmante cérémonie depuis oubliée. Le benjamin se glissait sous la table familiale tandis que le patriarche découpait le gâteau et le distribuait. Sur le choix de l'innocent bambin, une des portions était rangée dans la huche : c'était la «Part du Bon Dieu», celle qu'on tendrait au premier vagabond qui toquerait à l'huis. Une maintenance de cette coutume est parvenue jusqu'à nous, mais avec quelques modifications : l'enfant ne se masque les yeux que de la menotte pour décider de la distribution générale, et la «Part de Bon Dieu» a disparu. Est-ce parce qu'il ne passe plus de vagabonds ou parce que la galette est devenue trop coûteuse ?

En jetant douze grains de blé dans le feu, le jour des Rois, on pouvait déterminer le nombre des bons mois que réservait l'année à venir : il suffisait de compter les grains qui éclataient hors des chenets.

On se régalait d'une autre galette à la Saint-Vincent, cette fois non plus en famille mais au bistrot, après la grand-messe. On tapait ensuite les cartes, principalement à «la mouche». Saint-

Vincent, diacre-martyr de Saragosse, était le patron des vignerons.

Avec la Chandeleur, il n'était plus question de galette mais de crêpes. La ménagère qui les faisait sauter dans la poêle devait serrer une pièce de monnaie dans sa main droite pour ne pas manquer d'argent dans l'année. Une crêpe «oubliée» sur le haut de l'armoire portait également bonheur à la maisonnée. Une crêpe jetée dans la basse-cour obligeait les poules à pondre davantage.

Au Mardi gras, dernier jour de Carnaval avant le Carême, on préparait les platées de «rousselettes», qu'on appelait aussi «roussettes» ou «rondiaux» (roussettes parce que ces pâtisseries grossières, plongées dans la friture bouillante, prenaient une appétissante couleur rousse ; rondiaux parce qu'on découpait l'abaisse de pâte avec un verre retourné). Les enfants se déguisaient et frappaient à toutes les portes des hameaux ; ils se taillaient un masque épatant dans un bout de carton et s'attifaient comme des épouvantails. En guise de tirelire : une boîte de conserve au couvercle percé. Les bonnes femmes faisaient mine de ne pas les reconnaître, leur glissaient quelques centimes ou les gavaient de rousselettes. Tout en secouant leur cagnotte, les «carnaviaux» chantaient :

Mardi gras ne t'en va pas
J'ferons des crêpes (ter)
Et t'en auras !

Dans les fermes de Beauce, les charretiers gueuletonnaient à Carnaval. Les ripailles ne continuaient cependant point le lendemain mercredi des Cendres : on disait que les patrons enterraient les restes pendant la nuit !

La mascarade recommançait vingt jours après le Mardi gras, à la Mi-Carême. Les adultes se déguisaient aussi pour honorer le «Bœuf gras».

Le boucher du bourg attachait un énorme bovin sur sa bétaillère décorée de ramée, de cocardes, de fleurs. On s'en allait dans cet équipage par les villages, musique en tête et cortège costumé. En fin de journée, pris par l'allégresse générale, les gens achetaient du Bœuf gras à foison, aux enchères. Le boucher sacrifiait l'animal, dont la viande ne suffisait jamais à contenter la commande. La première vache maigre venue faisait alors l'affaire. L'aubaine du Bœuf gras était d'abord, pour le boucher, celle du Veau d'or !

Durant tout le joli mois de mai, les campagnes frémissaient à l'annonce des prochains beaux jours. C'était la saison des fredaines et des accordailles. Pendant la nuit du 1er mai, les jeunes gens déposaient une botte de paille sous la fenêtre des filles trop gredines. Les libertines se levaient tôt pour se débarrasser de leur enseigne peu flatteuse. L'accusation n'était pas toujours justifiée et telle drôlière qui avait repoussé les avances d'un drôle risquait de récolter une gerbe infamante. Ces jalousies causèrent parfois des drames... Les jeunesses «dansaient le mai» sur les places du village, ce qui n'avait rien à voir avec ce que l'on entendait autrefois par l'expression grivoise «greffer son may» !

Le principal souci d'une famille, à l'approche de la Noël, était de dénicher son «trifouyau», une énorme bûche qui devait brûler pendant toute la nuit exceptionnelle. On la faisait parfois bénir avant de la jeter dans l'âtre. En diverses régions, on accordait à ses cendres maints pouvoirs magiques, mais chez nous, où la superstition n'avait guère de prise, on se contentait de les semer dans les jardins, ou de les mélanger à la «cherrée» des lessives.

Noël restait d'abord la célébration de la venue au monde de l'Enfant-Jésus, donc une fête religieuse. Un immense sapin se dressait dans le temple ; les petits protestants venaient y décrocher un cadeau enrubanné garni d'un rameau et d'une minuscule bougie (les enfants non protestants n'étaient pas oubliés, qui recevaient un petit quelque chose, souvent une orange). A l'église, c'était devant la crèche que les gosses s'émerveillaient pendant la messe de minuit.

En Beauce, les bergers suivaient une procession qui finissait par l'offrande d'un agneau à la crèche de l'église. En tête du cortège marchait un gamin qui brandissait un falot allumé au bout d'une longue perche, symbole de l'étoile qui avait jadis guidé les Rois mages.

Après les dévotions, les repues. Le réveillon se déroulait en famille. On savourait le traditionnel boudin blanc. Les jeunes gens ribouldinguaient à part, entre eux.

Les enfants espéraient bien entendu le passage du père Noël, comme de nos jours. Ils l'appelaient parfois le Bonhomme Hiver. Ce bon vieillard descendait par les cheminées, se riant des trifouyaux qui ne parvenaient même pas à roussir sa longue barbe blanche. Mais en ces temps-là, sa hotte ne recelait guère de jouets : elle renfermait au mieux des oranges et des petits Jésus en sucre que l'on retrouvait au matin, dans les galoches.

Le Bonhomme Hiver connaissait les enfants obéissants et ceux qui l'étaient moins. A ces derniers, il cédait sa place au père et à la mère Fouettard, un couple d'ogres hideux que la croyance équipait d'un redoutable martinet : «*Quant aux enfants incorrigibles,* lisait-on sur une image d'Épinal, *le père Fouettard les emportait dans ses grandes bottes, sa femme les emmenait attachés par le cou.*»
Les draps n'étaient jamais changés pendant l'Avent sous peine d'attirer l'adversité sur la maisonnée. Entre la Noël et la Saint-Sylveste, c'était le pain qu'on ne cuisait pas.

Dans les paroisses voisines...

En Sologne, on «courait Carnaval» plus longtemps qu'en pays beauceron et le Mardi gras durait jusqu'au dimanche suivant, jour des Brandons. On forçait les maris trompés à passer la tête entre les «rolons» d'une échelle : c'était la «Procession des cocus». On arpentait aussi les champs en agitant des torches de paille, ce qui devait anéantir les mulots. Le dimanche des Brandons s'achevait sur un feu de joie pendant que les cloches carillonnaient à la volée.

En Sullias, on allumait cette flambée selon un rite spectaculaire : les fagots étaient entassés au pied d'un grand pin de la cime duquel pendait une vessie de porc remplie de pétrole à lampe. Un coup de fusil, le ballon éclatait et une pluie de pétrole inondait le bûcher qui s'embrasait et ronflait aussitôt.

Sur l'air des lampions

Le bourg se pavoisait pour le 14 Juillet. Des arcs de triomphe s'élevaient à l'entrée et à la sortie du village ; des lampions multicolores et des guirlandes se balançaient sous les tilleuls de la place ; des drapeaux flottaient sur les arbres et aux lucarnes.

Dans l'après-midi retentissait le concert des fanfares rivales tandis que les jeunesses participaient aux distractions que la municipalité organisait à leur intention : jeux de ciseaux pour les filles, mât de cocagne pour les garçons. Il n'était pas demandé de décrocher les lots qui couronnaient le haut de la perche savonnée, seulement de les toucher. On se mesurait encore à l'épreuve de la poêle dont le cul enduit de suie grasse proposait une pièce de cent sous que les candidats devaient décoller du bout du nez, ou à celle du baquet rempli de flotte dans lequel baignaient des grosses pommes vertes qu'il fallait retirer avec la bouche (l'astuce consistait non pas à les mordre, ce qui était quasiment impossible, mais à les aspirer).

Les jeunes gens s'alignaient encore pour le départ des épreuves : la course en sac, la course à l'âne (qui démarrait devant le Moulin à Rousseau), la course sur les mains (depuis le bout de la place jusqu'à la porte de la mairie), la course à la cuillère (avec un œuf en équilibre posé dessus et le manche serré entre les dents), enfin la course au crapaud. Pour celle-ci, chaque concurrent devait pousser une brouette sans ridelle, avec un crapaud comme passager. Pour éviter que le crapaud ne s'échappe, les plus malins trichaient en assommant le malheureux batracien !

La retraite aux flambeaux s'ébranlait le soir sur les mâles accents de la Musicale principale. Le défilé se disloquait sur la place, devant les montants du feu d'artifice, après avoir parcouru le bourg en tous sens.

L'année suivant la Guerre de 14-18, la municipalité décida de faire éclater un stock de fusées éclairantes qui n'avait point servi : cette récupération dispenserait au moins d'acheter un véritable feu d'artifice, qui est toujours onéreux pour une modeste commune. L'une des fusées tomba, hélas, dans la foule et blessa gravement plusieurs personnes pendant qu'une autre, mal dirigée, pétait dans le tas de fusées qui restait. Pour un feu d'artifice, ce fut vraiment un beau feu d'artifice. Tout le monde se retrouva face contre terre. L'explosion fut telle qu'elle défonça la porte de l'école des garçons ! Il est des économies qui s'avèrent ruineuses...

On se rendait également aux assemblées des bourgs environnants : à la Saint-Michel de Marchenoir, à la Quasimodo de Cravant, à la cavalcade d'Oucques-la-Joyeuse... On se déplaçait selon ses moyens : à pied, en vélo ou en carriole.

Les comices agricoles attiraient surtout par leur aspect d'information. C'était là qu'on se tenait au courant des nouveautés en matière de culture, qu'on parlait de l'amélioration des semences et des rendements, qu'on découvrait les récentes trouvailles dans l'outillage...

Les plus curieux de nos villageois visitèrent les foires-expositions d'Orléans. Ils se rendaient en carriole jusqu'à la gare de Beaugency et, là, grimpaient gaillardement dans le train. Toute une odyssée comme on l'imagine ! Certains traînasseux poussèrent même l'audace, en 1900, de monter jusqu'à Paris, où se tenaient l'Exposition universelle et la fameuse tour Eiffel...

Le 24 avril 1905 aux Groues d'Orléans, pendant la Grande Exposition, figurez-vous que le célèbre Buffalo Bill en personne avait planté son immense chapiteau, le «Buffalo-Bill's Wild West and Congress of Rough Riders of the World». Autour du légendaire éclaireur évoluaient huit cents participants et cinq cents chevaux. On n'en avait jamais vus autant, des chevaux, même pas dans une caserne de cavalerie. Il caracolait même des Indiens emplumés, des sauvages que les Américains venaient juste de civiliser et qui, sur la piste, attaquaient une diligence en hurlant comme des possédés !

Le «Roi de la Prairie» était alors au sommet de sa légende. Son spectacle s'était produit dans les villes des États-Unis puis, en 1887, à Londres, devant la reine Victoria, et à Paris, devant le gouvernement au complet de Sadi Carnot. A Orléans pourtant, la seconde représentation (trois mille spectateurs) faillit tourner en catastrophe quand une tornade s'acharna sur le chapiteau, ce qui n'était point prévu au programme !

Des cirques, il en passait bien au village, mais c'étaient des troupes de bernassiers qui s'entassaient dans deux ou trois roulottes bringuebalantes tirées par des bourrins étiques, des romanichels qui ne montraient que de clowns guenilleux (certainement moins amusants que notre farceur de Tirouge !), des singes miteux et des chèvres guère plus savantes que nos biques.

Il circulait aussi des compagnies de théâtre ambulant. Elles jouaient au Casino ou sous leur propre chapiteau, qu'elles tendaient sur la place. La coutume voulait que la dernière représentation soit une sorte de revue dans laquelle les comédiens imitaient les figures les plus marquantes du village. On y reconnaissait le maire et son adjoint, le garde champêtre et tous les personnages originaux de la commune, avec leurs tics et leurs manies, sans oublier mon grand-père Camille, qu'on remarquait à sa pipe, à sa gâpette et à ses mains tremblantes.

On courut plus tard aux projections de lanterne magique. Le garde champêtre annonçait la séance au tambour. Le pasteur Seigneur était alors le seul à posséder un cinématographe. C'est donc lui qui présenta les premiers documentaires et les films comiques dans la salle du Casino. Un drap faisait office d'écran. Des opérateurs itinérants s'arrêtèrent ensuite chez le café-buraliste Simon. «Dehors, se souvient Jacques Hubleur, on retrouvait la nuit et le froid ; et par petits groupes, chacun regagnait sa demeure, emportant avec lui quelques images de rêve et de pays inconnus.»

Témoignages

À LA SAINT-MICHEL DE MARCHENOIR

«On en parlait plusieurs mois à l'avance, de la Saint-Michel, à Marchenoir ; on en parlait même toute l'année car chaque saison ou chaque événement s'y référait. Ainsi, on disait : Untel est décédé avant ou après la Saint-Michel, ou bien telle chose s'était passée avant ou après la Saint-Michel.

«Cette fête patronale se trouve dans une période qui est, pour ainsi dire, le repos de la campagne, des gens, des choses et de la nature. A cette époque, la moisson était terminée, engrangée et même battue partiellement ; ce n'était pas encore le commencement des labours d'hiver. Le travail des gens était donc très calme ; on ramassait des fruits, ce qui était plutôt un plaisir qu'une fatigue. Le temps est généralement beau en cette saison, ni trop chaud, ni trop froid. Pour les écoliers, c'étaient encore les vacances. Et puis pour les ruraux, c'était aussi le moment où ils commençaient à recueillir le fruit de leur travail annuel, c'est-à-dire le paiement de leurs récoltes : une période donc fort agréable à tous égards.

«Tout cela contribuait à l'euphorie de la Saint-Michel. Ce 29 septembre était un jour de liesse et l'on s'y préparait longtemps à l'avance.

«Toutes les familles du village, sans aucune exception, recevaient pour cette journée des invités, parents ou amis, et c'était vraiment un grand jour de fête. Sur le mail s'installaient les baraques foraines, des tirs, des loteries et un manège de chevaux de bois. Ces chevaux de bois étaient animés d'un mouvement de montée et de descente. Le manège possédait aussi un piano mécanique, qu'on appelait le limonaire, du nom de son constructeur, qui débitait de la musique préalablement enregistrée sur des cartons perforés. Ce limonaire faisait l'admiration des enfants car il était garni de personnages animés frappant sur des clochettes ou sur des cymbales, suivant le rythme de la musique. Un cheval — un vrai cheval — attelé à l'intérieur du manège, l'actionnait dans une ronde incessante, durant toute la journée de la fête.

«Très tôt le matin, les rues du village se remplissaient déjà de piétons, de bicyclettes, de voitures de tous modèles, cabriolets ou chars à bancs, et aussi d'animaux, car la Saint-Michel commençait par une importante foire aux bestiaux — chevaux, vaches et cochons — qui se tenait sur le champ de foire. En cette matinée avaient encore lieu d'autres transactions, s'effectuant non plus sur des animaux mais sur des hommes : c'est là que les fermiers recrutaient, pour les travaux agricoles d'hiver, les charretiers qui leur étaient nécessaires et même indispensables pour les labours et les charrois. L'embauchage de cette main-d'œuvre saisonnière s'effectuait dans les cafés du village, autour d'une table réunissant les fermiers et les postulants...

J'ai souvenance d'y avoir vu un arracheur de dents, installé sur une plate-forme devant sa voiture peinte en rouge et ornée de lanternes de cuivre scintillantes, extrayant la dent de son patient en faisant couvrir ses cris par un roulement de tambour ! Les bohémiennes, diseuses de bonne aventure, étaient entourées.» (Souvenirs de M. Jacques Hubleur, de Marchenoir.)

Notre ouvrage se termine à ces pages. Il faut rappeler qu'il a été un travail collectif, un peu comme une maison où chacun aurait tenu à apporter sa pierre — qui un témoignage, qui un document.

Mais tout n'a pas été dit, tout n'a pas été écrit, et la maison reste inachevée. Qu'importe, puisqu'elle est déjà accueillante et qu'on peut s'y reposer un instant en la visitant. A chacun de nous, maintenant, de la meubler avec ses souvenirs personnels...

A nos sept conteurs du début, dont les noms figurent en générique sous le titre, se sont bientôt joints Mme Muguette Rigaud, de Saint-Denis-en-Val, MM. Jean-François Amary, d'Artenay, Jacques Hubleur, de Marchenoir, et Louis Tranchant, de Fleury-les-Aubrais. On ne peut que louer leur gentillesse désintéressée et les remercier des trésors qu'ils ont bien voulu nous confier. Les deux premiers nous ont permis de fouiller dans leurs fabuleuses collections de cartes postales, les deux autres dans leurs souvenirs d'enfance.

Pour leur amabilité et leur contribution, les uns offrant une anecdote, les autres une photographie jaunie, nous signalons également les associations et les correspondants suivants :

Mme Évelyne Amiel, de Beaugency ; Mme Androvie, d'Orléans ; l'Association régionale des Amis des moulins de Beauce ; l'Association de sauvegarde du Moulin-Pelard ; Mme Yvette Aubry, de Josnes ; Mme M.R. Auger, de Châtenoy ; Mme Aury-Blot, de Rouvres-Saint-Jean ; Roger Barbat, de Baule ; Jacques-Henry Bauchy, de Bellegarde-du-Loiret ; Émile Berton, de Briare ; Édouard et Simone Boutet, de Josnes; Ernest Boureau, de Saran ; Mme Maurice Branchu, de Marigny-les-Usages ; Yves Brinon, de Villerable ; G. Brossard, d'Artenay ; Roger Brouard, de Lailly-en-Val ; Jean-Jacques Cardona, d'Artenay ; le Centre culturel safranier international ; Mme Fernande Chaillon, de Beaugency ; Mme Léontine Chartier, de La Nivelle ; René Chaubert, d'Orléans ; Roger Chouteau, de Josnes ; Yves Clairambaud, de Beaugency ; Bernard Claveau, d'Épieds-en-Beauce ; Pierre Couratier, de Meung-sur-Loire ; Henri Dedun, de Dhuizon ; Daniel Desbordes, des Bordes ; Mme Camille Desbuards, d'Orléans ; Mme Éva Douin, de Saint-Jean-de-la-Ruelle ; François Dubois, de Lamotte-Beuvron ; Guy Dufour, d'Orléans ; Georges Durand, d'Orléans ; Mme R. Duvallet, d'Orléans ; Georges Faucheux, de Chameule ; René Foiret, d'Ouzouer-le-Marché ; Jean-Pierre Forhan, de Josnes ; Raoul François, d'Orléans ; Jean Fromet, de Josnes ; Abbé Louis Gaillard, d'Orléans ; Jean Gauthier, de Baule ; Mme Madeleine Gérôme-Boucher, de Saint-Pryvé-Saint-Mesmin ; lieutenant-colonel Gervaise, de Lailly-en-Val ; André Girault, d'Orléans ; Roger Girault, de Viglain ; Jean-Dominique et Marie-Ève Godelu, de Saint-Laurent-des-Eaux ; J.D. Gombault, de

Saint-Jean-le-Blanc ; Pierre Gréjon, de Josnes ; Yves Gréjon, de Josnes ; Mme Camille Grenier-Amiot, de Mer ; Mme Odette Griveau, de Lailly-en-Val ; le Groupe de recherche des expressions, arts et traditions populaires de Sologne (les «Brandelons») ; le Groupe de recherche des traditions populaires de Beauce ; Mme Marie Guay, de Josnes ; Roland Guillet, de Grigny 2 ; Daniel Guy, de Trainou ; Mme Guyard, d'Orléans ; Joë Hamman, de Pourville-sur-Mer ; Bernard Heude, de Lamotte-Beuvron ; Mme Bernadette Houssais, d'Orléans ; Émile Huguet, de Lailly-en-Val ; Mme Thérèse Huvelle, de Meung-sur-Loire ; Claude Imberti, d'Olivet ; Joseph Jaquet, d'Artenay ; le Journal de la Sologne ; Mme S. Lablanche, de La Chapelle-Saint-Mesmin ; Mme Langlet, de Dry ; Joseph Languille, d'Escrennes ; Jean Leclaire, de Beaugency ; Le Floch, de Séris ; Gérard Lemaitre, de Coulmiers ; Mme Raymonde Lenzi, de Meung-sur-Loire ; Mme Simone Liétard, de Fay-aux-Loges ; Mme Claudette Louchart, de La Chaussée-Saint-Victor ; Daniel Maillard, de Cravant ; Henri Marin, de Terminiers ; Mme Suzanne Millié, de Beaugency ; Gérard Moireau, de Montcellereux ; Christian Moreau, de La Ferté-Saint-Cyr ; Mme Roger Moreau, de Saint-Denis-sur-Loire ; Guy Motté, de Paris ; Maurice Nioche, d'Olivet ; André Nivet, de Boynes ; Daniel Ollivier, de Denonville ; Albert Ortlieb, de Villorceau ; Mme Odette Pajon, de Jouy-le-Potier ; Alain Pellé, ancien maire de Huisseau-sur-Mauves ; Rémi Pouillot, de Saint-Jean-le-Blanc ; Bernard Prouteau, de Jazeneuil ; Maurice Pucelle, de Beaugency ; M. Quétard, garde champêtre de Saint-Denis-en-Val ; Jean Rebeyrotte, de Josnes ; le service des Archives de «La République du Centre» ; Michel Richard, de Chécy ; Abbé Richaud, d'Ingré ; Claude Rigaud, de Saint-Denis-en-Val ; Georges Rousseau, de Gien ; Robert Rousseau, de Blois ; Marcel Roux ancien maire de Huisseau-sur-Mauves ; Royer, de Chécy ; Claude Seignolle, de Châtenay-Malabry ; Mme Huguette Sergent, d'Outarville ; René Sicot, d'Orléans ; Jean-Claude Silvestre, d'Autry-sur-Juine ; Mme Tavan, d'Orléans ; A. Thibault, de Pithiviers ; Jean-Paul Tibéri, de Bazoches-les-Gallerandes ; Albert Trembleau, de Tigy ; Bernard Valette, d'Épieds-en-Beauce ; Mme Veuillon, de La Chapelle-Saint-Mesmin ; plusieurs informateurs anonymes d'Olivet, de La Chapelle-Saint-Mesmin, de Cléry et une «ancienne habitante de Villeneuve».

C'est grâce à eux tous que ce livre a pu être rédigé et publié, grâce à eux que nous avons pu évoquer les coutumes et la vie quotidienne de nos grands-parents. Leurs lettres sont autant de témoignages annexes qui s'enchaînent comme de véritables dialogues. Que tous ces amis soient assurés de notre profonde gratitude et qu'ils reçoivent, encore une fois, l'expression de nos sincères remerciements.

Josnes, le 27 septembre 1978.
(Edition remaniée de Septembre 1988.)

Table

Le présent ouvrage se compose des chapitres suivants :

CET OUVRAGE
A ÉTÉ REPRODUIT
ET ACHEVÉ D'IMPRIMER
PAR L'IMPRIMERIE FLOCH
À MAYENNE EN OCTOBRE 1988

N° d'éd. 71. N° d'impr. 27275.
D.L. octobre 1988.
(Imprimé en France)